AS LEMBRANÇAS DO PORVIR

CAPA E PROJETO GRÁFICO **FREDE TIZZOT**
TRADUÇÃO **IARA TIZZOT**
REVISÃO **TATIANA IKEDA**

© 2019, EDITORA ARTE & LETRA

D. R. © 1963, Elena Garro

D. R. © 2021, Roberto Tabla,
por la titularidad de los derechos patrimoniales

D.R. © 2022, Penguin Random House Grupo Editorial,
S.A. de C.V. (Mexico)

G243L GARRO, ELENA
AS LEMBRANÇAS DO PORVIR / ELENA GARRO; TRADUÇÃO
DE IARA TIZZOT. CURITIBA : ARTE & LETRA, 2019.

228 P.

ISBN: 978-65-87603-78-0

1. LITERATURA MEXICANA. 2. ROMANCE. I. TIZZOT, IARA. II.
TÍTULO.

CDU 82-31 (721/727)

ARTE & LETRA EDITORA
Curitiba - PR - Brasil / CEP: 80420-180
Fone: (41) 3223-5302
www.arteeletra.com.br | contato@arteeletra.com.br
@arteeletra

ELENA GARRO

AS LEMBRANÇAS DO PORVIR

trad. Iara Tizzot

curitiba-pr2024

A José Antonio Garro

PRIMEIRA PARTE

I

Aqui estou, sentado sobre esta pedra aparente. Só minha memória sabe o que contém. Vejo-a e me recordo, e como a água vai para a água, assim eu, melancólico, venho me encontrar em sua imagem coberta pelo pó, rodeada pelas ervas, fechada em si mesma e condenada à memória e a seu espelho variado. Vejo-a, vejo-me e transfiguro-me em muitas cores e tempos. Estou e estive em muitos olhos. Eu só sou memória e a memória que de mim se tenha.

Desde esta altura me contemplo: grande, estendido em um vale seco. Rodeiam-me umas montanhas espinhosas e umas planícies amarelas povoadas de coiotes. Minhas casas são baixas, pintadas de branco, e seus telhados surgem ressecados pelo sol ou brilhantes pela água segundo seja o tempo de chuvas ou de secas. Há dias como hoje nos quais lembrar-me me dá pena. Quisera não ter memória ou converter-me em um piedoso pó para escapar da condenação de me olhar.

Eu conheci outros tempos: fui fundado, sitiado, conquistado e engalanado para receber exércitos. Conheci o prazer inexprimível da guerra, criadora da desordem e a aventura imprevisível. Depois me deixaram quieto por muito tempo. Um dia apareceram novos guerreiros que me roubaram e me mudaram de lugar. Porque houve um tempo em que eu também estive em um vale verde e luminoso, fácil para a mão trabalhadora. Até que outro exército de tambores e generais jovens entrou para me levar de troféu a uma montanha cheia de água, e então conheci cascatas e chuvas em abundância. Ali estive por alguns anos. Quando a Revolução agonizava, um último exército, envolto na derrota, deixou-me abandonado neste lugar sedento. Muitas de minhas casas foram queimadas e seus donos fuzilados antes do incêndio.

Lembro ainda os cavalos cruzando alucinados minhas ruas e minhas praças, e os gritos aterrorizados das mulheres levadas em desequilíbrio pelos cavaleiros. Quando eles desapareceram e as chamas ficaram convertidas em cinzas, as jovens esquivas começaram a sair pelos parapeitos dos poços, pálidas e irritadas por não terem participado da desordem.

Minha gente é morena de pele. Veste-se de algodão rústico branco e calça sandálias. Enfeita-se com colares de ouro ou prende no pescoço um lencinho de seda rosa. Move-se devagar, fala pouco e contempla o céu. De tarde, ao cair o sol, canta.

Nos sábados, o pátio da igreja, repleto de amendoeiras, enche-se de compradores e negociantes. Brilham ao sol refrescos coloridos, as faixas de cores, as contas de ouro e os tecidos rosa e azuis. O ar fica impregnado de vapores de *fritangas*, de sacos de carvão cheirando ainda à madeira, de bocas babando álcool e de bosta de burro. À noite, estouram os rojões e as rixas: reluzem os machados junto às pilhas de milho e às lâmpadas de petróleo. Na segunda-feira, bem cedo, retiram-se os ruidosos invasores deixando-me alguns mortos que a Prefeitura recolhe. E isto acontece desde que eu tenho memória.

Minhas ruas principais convergem a uma praça repleta de tamarindos. Uma delas se alarga e desce até perder-se na saída de Cocula; longe do centro seu calçamento torna-se escasso; à medida que a rua baixa, as casas crescem em seus lados sobre plataformas de dois ou três metros de altura.

Nesta rua há uma casa grande, de pedra, com uma varanda e um jardim cheio de plantas e pó. Aí não transcorre o tempo: o ar ficou imóvel depois de tantas lágrimas. No dia que tiraram o corpo da senhora Moncada, alguém que não me lembro fechou o portão e despediu os criados. Desde então as magnólias florescem sem que ninguém as admire e as ervas ferozes cobrem as pedras do pátio; há aranhas que dão longos passeios através dos quadros e do piano. Faz já muito que morreram as palmeiras e que nenhuma voz invade as arcadas do terraço. Os morcegos aninham-se nas guirlandas douradas dos espelhos, e "Roma" e "Cartago", frente a frente, seguem carregados de frutos que caem de maduros. Somente esquecimento e silêncio. E, no entanto, na memória há um jardim iluminado pelo sol, radiante de pássaros, povoado de correrias e de gritos. Uma cozinha fumegante e estendida à sombra dos jacarandás, uma mesa na qual fazem o desjejum os criados dos Moncadas.

O grito atravessa a manhã:

— Te semearei de sal!

— Se eu fosse a senhora, mandaria tirar essas árvores – opina Félix, o mais velho da criadagem.

Nicolás Moncada, de pé no galho mais alto de "Roma", observa sua irmã Isabel, a cavalo em uma forquilha de "Cartago", que contempla as suas mãos. A menina sabe que "Roma" se vence com o silêncio.

— Degolarei teus filhos!

Em "Cartago" há pedaços de céu que se filtram através dos galhos. Nicolás desce da árvore, dirige-se para a cozinha em busca de um machado e volta correndo para o pé da árvore de sua irmã. Isabel contempla a cena desde o alto e desce sem pressa de galho em galho até chegar ao chão; então olha firme para Nicolás e este, sem saber o que fazer, fica com a arma na mão. Juan, o menor dos três irmãos, começa a chorar.

— Nico, não a degole!

Isabel se afasta devagar, cruza o jardim e desaparece.

— Mamãe, viu Isabel?

— Deixe-a, é muito malvada.

— Desapareceu...! Tem poderes.

— Está escondida, bobo.

— Não, mamãe, tem poderes – repete Nicolás.

Claro que tudo isso é anterior ao general Francisco Rosas e ao fato que me entristece agora diante desta pedra aparente. E como a memória contém todos os tempos e sua ordem é imprevisível, agora estou frente à geometria de luzes que inventou esta ilusória colina como uma premonição de meu nascimento. Um ponto luminoso determina o vale. Esse instante geométrico se une ao momento desta pedra e à superposição de espaços que formam o mundo imaginário, a memória me devolve intactos aqueles dias; e agora Isabel está outra vez ali, dançando com seu irmão Nicolás, na varanda iluminada por lanternas alaranjadas, girando sobre seus calcanhares, com os cachos em desordem e um sorriso aceso nos lábios. Um coro de jovens vestidas de claro os cerca. Sua mãe a olha com reprovação. Os criados estão bebendo álcool na cozinha.

— Não vão acabar bem – sentenciam as pessoas sentadas ao redor do braseiro.

— Isabel, para quem dança? Parece uma louca!

II

Quando o general Francisco Rosas chegou para pôr ordem me vi invadido pelo medo e esqueci a arte das festas. Meu povo não dançou mais diante daqueles militares estrangeiros e taciturnos. Os lampiões se apagaram às dez da noite e esta se tornou sombria e temível.

O general Francisco Rosas, chefe da Guarnição da Praça, andava triste. Passeava por minhas ruas batendo nas botas com um chicote, não saudava ninguém e olhava-nos sem afeto como fazem os forasteiros. Era alto e violento. Seu olhar cuidadoso delatava os tigres que o habitavam. Acompanhava-o seu segundo, o coronel Justo Corona, também sombrio, com um *paliacate* vermelho amarrado no pescoço e um chapéu texano bem ladeado.

Diziam-se pessoas do Norte. Cada um levava duas pistolas. As do general tinham seus nomes em letrinhas em ouro rodeadas de cavalos e pombas: *Os olhos que te viram* e *A caprichosa*.

Sua presença não nos era grata. Eram governistas que haviam entrado pela força e pela força permaneciam. Formavam parte do mesmo exército que havia me esquecido neste lugar sem chuvas e sem esperança. Por sua culpa os zapatistas haviam ido para um lugar invisível aos nossos olhos e desde então esperávamos sua aparição, seu clamor de cavalos, de tambores e de tochas fumegantes. Nesses dias ainda acreditávamos na noite sobressaltada de cantos e no despertar prazeroso do regresso. Essa noite luminosa permanecia intacta no tempo, os militares não a haviam feito desaparecer, e o gesto mais inocente ou uma palavra inesperada podia resgatá-la. Por isso nós a guardávamos em silêncio. Na espera eu estava triste, vigiado de perto por esses homens taciturnos que abasteciam as árvores de enforcados. Havia medo. A passagem do general nos produzia temor. Os bêbados também andavam tristes e de quando em quando anunciavam sua pena com um grito comprido e rasgado que retumbava na luz fugidia da tarde. Às escuras sua bebedeira terminava em morte. Um círculo se fechava sobre mim. Talvez a opressão se devesse ao abandono em que eu me encontrava e à estranha sensação de haver perdido meu destino. Os dias me eram pesados e estava inquieto e destruído esperando o milagre.

Também o general, incapaz de desenhar seus dias, vivia fora do tempo, sem passado e sem futuro, e para esquecer seu presente enganoso organizava serenatas a Julia, sua *querida*, e perambulava na noite seguido de seus assistentes e da Banda Militar. Eu me calava, por trás das sacadas fechadas e o *Gallo* passava com sua cauda de cantos e tiroteios. Cedo pela manhã apareciam alguns pendurados nas árvores das portas de saída para Cocula. Nós os víamos ao passar, fazendo como se não os víssemos, com um pedaço de língua ao ar, a cabeça pendurada e as pernas longas e magras. Eram ladrões de gado ou rebeldes, conforme diziam os pareceres militares.

— Mais pecados para Julia – dizia-se Dorotea quando passava muito cedo perto da saída para Cocula para ir beber seu copo de leite direto da vaca.

— Deus os tenha em sua Santa Glória! – acrescentava olhando para os enforcados, descalços e vestidos de algodão grosseiro, que pareciam indiferentes à piedade de Dorotea. "Dos humildes será o reino dos Céus" recordava a velha, e a Glória resplandecente de raios de ouro e nuvens branquíssimas aparecia diante de seus olhos. Bastava estender a mão para tocar esse momento intacto. Mas Dorotea se privava de fazer o gesto; sabia que uma fração mínima de tempo continha o abismo enorme de seus pecados e a separava do presente eterno. Os índios pendurados obedeciam a uma ordem perfeita e estavam já dentro do tempo que ela nunca alcançaria. "Estão aí por serem pobres." Viu suas palavras se desprenderem de sua língua e chegarem até os pés dos enforcados sem tocá-los. Sua morte nunca seria como a deles. "Nem todos os homens alcançam a perfeição de morrer; há mortos e há cadáveres, e eu serei um cadáver", disse com tristeza; o morto era um eu descalço, um ato puro que alcança a ordem da Glória, o cadáver vive alimentado por heranças, costumes e rendas. Dorotea não tinha para quem dizer seus pensamentos, pois vivia sozinha em uma casa meio em ruínas, detrás das cercas da casa de dona Matilde. Seus pais foram os proprietários das minas La Alhaja e La Encontrada, lá em Tetela. Quando eles morreram, Dorotea vendeu sua casa grande e comprou a que havia sido dos Cortina e nela viveu até o dia de sua morte. Uma vez sozinha no mundo, dedicou-se a fazer crochê para o altar, bordar camisolões para o Menino Jesus e encomendar adornos preciosos para a Virgem. "É uma alma de Deus", dizíamos dela. Quando chegavam as festas, Dorotea e dona Matilde se encarregavam de vestir as imagens. As duas mulheres fechadas na igreja cumpriam sua obrigação com reverência. Dom Roque, o sacristão, depois de descer os santos afastava-se respeitoso e deixava-as a sós.

— Queremos ver a Virgem desnuda! – gritavam Isabel e seus irmãos ao entrar na igreja correndo e de surpresa. As mulheres cobriam as imagens com rapidez.

— Por Deus, crianças, estas coisas seus olhos não devem ver!

— Saiam daqui! – suplicava sua tia Matilde.

— Tia, por favor, só uma vez!

Dorotea teria rido com vontade da curiosidade e da correria das crianças. Pena que rir seria um sacrilégio!

— Venham até minha casa; vou contar uma história e verão por que os curiosos vivem pouco – prometia Dorotea.

A amizade da velha com os Moncadas sempre existiu. As crianças limpavam o jardim, baixavam os favos de abelha e aparavam as buganvílias e as flores das magnólias para ela, pois Dorotea, quando o dinheiro acabou, substituiu o ouro pelas flores e se dedicou a tecer guirlandas para enfeitar os altares. Nos dias a que agora me refiro, Dorotea era já tão velha que se esquecia do que deixava no fogo e seus tacos tinham gosto de queimado. Quando Isabel, Nicolás e Juan chegavam para visitá-la, gritavam:

— Está cheirando queimado!

— Desde que os zapatistas queimaram minha casa também queimam os meus feijões... – respondia sem levantar-se de sua cadeirinha baixa.

— Mas você é zapatista – diziam os jovens rindo.

— Eram muito pobres e nós escondíamos deles o dinheiro e a comida. Por isso Deus nos mandou Rosas, para que sentíssemos saudades deles. É preciso ser pobre para entender o pobre – dizia sem levantar a vista de suas flores.

Os rapazes se aproximavam para beijá-la e ela os olhava com espanto, como se a cada dia mudassem tanto que lhe fosse impossível reconhecê-los.

— Como crescem! Já vão servir o exército! Não se deixem levar pelo rabo do demônio!

Os jovens riam mostrando seus dentes bem alinhados e brancos.

— Doro, me deixa ver seu quarto? – pedia Isabel.

O único quarto que Dorotea ocupava tinha as paredes atapetadas de leques que tinham pertencido a sua mãe. Havia também imagens santas e um cheiro de pavio e cera queimada. Aquele quarto sempre recolhido em penumbra assombrava Isabel. Gostava de contemplar os leques com suas paisagens pequenas iluminadas pela lua, as varandas escuras nas quais casais desvanecidos e minúsculos se beijavam. Eram imagens de um amor irreal, minucioso e pequeníssimo, recolhido naquelas peças guardadas na escuridão. Permanecia longo tempo olhando essas cenas intrincadas e invariáveis através dos anos. Os demais quartos eram paredes pretas por onde passavam gatos furtivos e entravam os galhos dos *mantos* azuis.

— Nicolás, quando eu for bem velha terei um quarto assim!

— Não diga isso, menina, você não foi feita para ficar só...! Você sabe que quando casar levará os leques de que você mais gosta.

Nicolás se tornava sombrio, o cabelo negro e os olhos se turvavam.

— Você vai casar, Isabel?

Apoiado em um pilar do corredor, Nicolás observava Isabel sair do quarto de Dorotea com o rosto transfigurado, perdida em um mundo desconhecido para ele. Traía-o, deixava-o sozinho, rompia o laço que os unia desde pequenos. E ele sabia que tinham que ser os dois: fugiriam de Ixtepec; os caminhos com sua aureola de pó reluzente os esperavam, o campo estendido para ganhar a batalha... Qual? Os dois deveriam descobri-la para que não escapasse deles por alguma fenda. Depois se encontrariam com os heróis que os chamariam de um mundo glorioso de clarins. Eles, os Moncadas, não morreriam em sua cama, no suor de uns lençóis úmidos, agarrando-se à vida como sanguessugas. O clamor das ruas os chamava. O estampido distante da Revolução estava tão perto deles que bastava abrir a porta de sua casa para entrar nos dias sobressaltados de uns anos antes.

— Prefiro morrer no meio da rua ou em uma batalha de bar – disse Nicolás com raiva.

— Sempre está falando de sua morte, rapaz – respondeu Dorotea.

Nicolás, ocupado em olhar para sua irmã, não contestou. Era verdade que havia mudado; suas palavras não lhe causaram nenhum efeito. Isabel pensava ir embora, mas não com ele. "Como será seu marido?", perguntou-se assustado. Isabel pensava o mesmo.

— Nico, você acha que neste momento já nasceu?

— Não seja burra! – exclamou. Sua irmã o irritava.

— Neste momento deve estar em algum lugar – ela respondeu sem se alterar. E foi embora para procurá-lo em lugares desconhecidos e encontrou uma figura que a entristeceu e que passou junto dela sem olhá-la.

— Não, não creio que eu case...

— Não imaginem coisas que não existem que não vão acabar bem – recomendou a velha quando os jovens se preparavam para ir embora.

— Doro, a única coisa que se tem para imaginar é o que não existe – respondeu Isabel já no vestíbulo.

— O que você quer dizer com essa besteira?

— Que é preciso imaginar os anjos – gritou a jovem e beijou a velha que ficou pensativa na porta, olhando como se distanciavam, pela rua de pedras, os três últimos amigos que lhe restavam no mundo.

III

— Não sei o que fazer com vocês...

Dom Martín Moncada interrompeu sua leitura e olhou perplexo para seus filhos. Suas palavras a essa hora pacífica caíram no escritório e se perderam pelos cantos sem eco. Os jovens, inclinados sobre um tabuleiro de um jogo de damas, não se moveram. Fazia já tempo que seu pai repetia a mesma frase. Os círculos de luz distribuídos pela sala continuaram intactos. De quando em quando, o ruído leve de uma dama correndo no tabuleiro abria e fechava uma porta minúscula por onde fugia vencida. Dona Ana deixou cair seu livro, subiu com delicadeza a chama do lampião e exclamou em resposta às palavras de seu marido:

— É difícil ter filhos! São outras pessoas...

No tabuleiro preto e branco Nicolás moveu uma peça, Isabel se inclinou estudando o jogo e Juan estalou a língua várias vezes para conspirar uma disputa entre os dois mais velhos. O relógio martelava os segundos em sua caixa de mogno.

— Quanto barulho há à noite – disse-lhe dom Martín, olhando-o com severidade e ameaçando-o com o dedo indicador.

— São nove horas – respondeu Félix de seu canto; obedecendo a um velho costume da casa, levantou-se de sua banqueta, dirigiu-se ao relógio, abriu a portinha de vidro e desprendeu o pêndulo. O relógio ficou mudo. Félix colocou a peça de bronze sobre a escrivaninha de seu amo e voltou a ocupar seu lugar.

— Por hoje já não vai perambular por aí – comentou Martín olhando os ponteiros imóveis sobre a face de porcelana branca.

Sem o tique-taque, a sala e seus ocupantes entraram em um tempo novo e melancólico onde os gestos e as vozes se moviam no passado. Dona Ana, seu marido, os jovens e Félix se converteram em lembranças de si mesmos, sem futuro, perdidos na luz amarela e individual que os separava da realidade para torná-los somente personagens da memória. Assim os vejo agora, cada um inclinado sobre seu círculo de luz, ocupados no esquecimento, fora de si mesmos e da tristeza que caía sobre mim quando as casas fechavam suas persianas.

— O porvir! O porvir...! O que é o porvir? – exclamou Martín Moncada com impaciência.

Félix mexeu a cabeça, e sua mulher e seus filhos ficaram em silêncio. Quando pensava no porvir, uma avalanche de dias apertados uns contra os outros vinha-lhe em cima e vinha em cima de sua casa e de seus filhos. Para ele os dias não contavam da mesma maneira que contavam para os demais. Nunca dizia: "segunda-feira farei tal coisa" porque entre essa segunda e ele, havia uma multidão de lembranças não vividas que o separava da necessidade de fazer "tal coisa nessa segunda". Lutava entre várias memórias e a memória do acontecido era a única irreal para ele. De criança passava longas horas lembrando do que nunca havia visto ou ouvido. Surpreendia-o muito mais a presença de uma buganvília no pátio de sua casa que ouvir que existiam alguns países cobertos pela neve. Ele lembrava da neve como uma forma de silêncio. Sentado ao pé da buganvília se sentia possuído por um mistério branco, tão certo para seus olhos escuros como o céu de sua casa.

— Em que está pensando, Martín? – perguntou sua mãe, surpreendida diante de sua atitude concentrada.

— Estou me lembrando da neve – ele respondeu desde a memória de seus cinco anos. À medida que cresceu, sua memória refletiu sombras e cores do passado não vivido que se confundiram com imagens e atos do futuro, e Martín Moncada viveu sempre entre essas duas luzes que nele se tornaram uma só. Nessa manhã sua mãe se pôs a rir sem consideração para aquelas lembranças suas que abriam caminho muito dentro dele mesmo, enquanto olhava incrédulo a violência da buganvília. Havia cheiros ignorados em Ixpetec que só ele percebia. Se as criadas faziam fogo na cozinha, o cheiro do pinheiro queimado abria, em suas outras lembranças, umas visões de pinheiros e o cheiro de um vento frio e resinoso subia por seu corpo até se fazer consciente em sua memória. Olhava surpreendido ao seu redor e se encontrava perto do braseiro quente respirando um ar carregado de cheiros pantanosos que chegavam do jardim. E a impressão estranha de não saber onde estava, de achar-se em um lugar hostil, fazia-lhe desconhecer as vozes e as caras de suas babás. A buganvília que chamejava através da porta aberta da cozinha lhe produzia espanto e se punha a chorar ao sentir-se extraviado em um lugar desconhecido. "Não chore, Martín, não chore!", afligiam-lhe as criadas aproximando as tranças escuras do seu rosto. E ele mais só do que nunca entre aquelas caras estranhas, chorava com mais desconsolo. "Sabe-se lá o que é!", diziam as criadas dando-lhe as costas. E ele pouco a pouco se reconhecia como Martín, sentado em uma cadeira de junco e esperando o café da manhã na cozinha de sua casa.

Depois do jantar, quando Félix parava os relógios, a sua memória não vivida corria com liberdade. O calendário também o encarcerava em um tempo da narrativa e o privava do outro tempo que vivia dentro dele. Nesse tempo uma segunda-feira era todas as segundas-feiras, as palavras se tornavam mágicas, as pessoas se desdobravam em personagens incorpóreos e as paisagens se transmutavam em cores. Ele gostava dos feriados.

As pessoas perambulavam pela praça enfeitiçada pela lembrança esquecida da festa; desse esquecimento derivava a tristeza desses dias. "Algum dia lembraremos, lembraremos", dizia-se que a origem da festa, como todos os gestos do homem, existia intacta no tempo e que bastava um esforço, um querer ver, para ler no tempo a história do tempo.

— Hoje fui ver o doutor Arrieta e falei a ele dos meninos – ouviu Félix dizer.

— O doutor? – perguntou Martín Moncada. Que seria dele sem Félix? Félix era sua memória de todos os dias. "Que vamos fazer hoje?" "Em que página parei ontem à noite?" "Que dia morreu Justina?" Félix lembrava de tudo que ele esquecia e sem errar respondia a suas perguntas. Era seu segundo eu e a única pessoa diante da qual não se sentia estranho nem lhe resultava estranha. Seus pais haviam sido personagens enigmáticos. Parecia-lhe incrível não que tivessem morrido, mas que tivessem nascido em uma data tão próxima da data de seu próprio nascimento, e aliás mais remota em sua memória que o nascimento de Ciro ou de Cleópatra. Era assombroso que não estivessem estado sempre no mundo. Quando era pequeno e leram para ele a História Sagrada e o apresentaram a Moisés, Isaac e ao Mar Vermelho, parecia que só seus pais eram comparáveis ao mistério dos profetas. Essa sensação de antiguidade se devia ao respeito que sentia por eles. Quando muito pequeno, seu pai o sentava nos seus joelhos, inquietava-o ouvir as batidas de seu coração, e a lembrança de uma tristeza infinita, a memória tenaz da fragilidade do homem, ainda antes que lhe tivessem contado de morte, deixava-o transido de pena, sem fala.

— Diga alguma coisa, não seja bobinho – lhe pediam. E ele não encontrava palavra desconhecida que dissesse sua profunda infelicidade. A compaixão anulou o tempo remoto que eram seus pais, tornou-o cuidadoso com seus semelhantes e lhe arrancou a última possibilidade de eficácia. Por isso estava arruinado. Seus diversos trabalhos mal davam o suficiente para viver.

— Expliquei o estado de nossas contas e ficou absolutamente de acordo em empregar os rapazes em suas minas – concluiu Félix.

Os lampiões tremeluziram e soltaram uma fumaça negra. Tinha que renovar o querosene deles. Os jovens guardaram o tabuleiro de damas.

— Não se preocupe, papai, nós vamos embora de Ixpetec – disse Nicolás sorridente.

— Assim saberemos se são tigres com dentes ou sem dentes, pois há muito poucos cordeiros – respondeu Félix de seu canto.

— Eu gostaria que Isabel se casasse – interveio a mãe.

— Não vou casar – contestou a filha.

Isabel não gostava que estabelecessem diferenças entre ela e seus irmãos. Sentia-se humilhada com a ideia de que o único futuro para as mulheres fosse o casamento. Falar de casamento como uma solução a deixava reduzida a uma mercadoria a qual havia que encontrar uma saída a qualquer preço.

— Se a menina for embora e eles ficarem, esta casa não será a mesma casa. É melhor que vão os três, como disse o menino Nicolás – assegurou Félix, pois ele não gostava da ideia de que a menina Isabel se fosse embora com um desconhecido. Ainda ouço as palavras de Félix girando entre as paredes da sala, rondando uns ouvidos que já não existem e repetindo-se no tempo só para mim.

— Não sei, não sei o que vou fazer com vocês – repetiu Martín Moncada.

— Estamos cansados – esclareceu Félix e desapareceu para voltar dentro de uns minutos com uma bandeja na qual repousavam seis copos e uma jarra de água de tamarindo. Os jovens beberam depressa seu refresco. A essa hora o calor baixava um pouco e o perfume do cheiro da noite e dos jasmins inundava de tepidez a casa.

— Pode ser bom para os meninos – acrescentou Félix enquanto recolhia os copos vazios. Dom Martín agradeceu suas palavras com um olhar.

Mais tarde em sua cama lhe assaltou uma dúvida: e se enviar seus filhos às minas significasse violentar sua vontade? "Deus dirá! Deus dirá!", repetiu a si mesmo inquieto. Não podia dormir: havia presenças estranhas em torno de sua casa, como se um malefício lançado contra ele e sua família desde há muitos séculos houvesse começado a tomar forma naquela noite. Quis lembrar o mal que rondava seus filhos e só conseguiu o terror que o invadia a cada Sexta-feira Santa. Tentou rezar e se viu só e impotente para conjurar as trevas que o ameaçavam.

IV

Recordo-me da partida de Juan e Nicolás para as minas de Tetela. Os preparativos duraram um mês inteiro. Blandina, a costureira, chegou numa manhã provida de seus óculos e seu cesto de costura. Sua cara morena e seu corpo pequeno brilharam uns momentos antes de entrar no quarto de costura.

— Eu não gosto de paredes; preciso ver folhas para lembrar o corte – assegurou com gravidade e recusou-se a entrar.

Félix e Rutilio tiraram a máquina Singer e a mesa de trabalho para a varanda.

— Aqui está bem, dona Blandina?

A costureira se sentou com parcimônia ante a máquina, ajustou os óculos, inclinou-se e fez como se trabalhasse; depois levantou a vista consternada.

— Não, não, não! Vamos para lá, em frente às tulipas... estas samambaias são muito intrigantes...!

Os criados colocaram a máquina de costura e a mesa em frente aos vasos de tulipas. Blandina mexeu a cabeça.

— Muito vistosos! Muito vistosos! – disse com desgosto.

Félix e Rutilio se impacientaram com a mulher.

— Se não se incomodam prefiro estar em frente às magnólias – disse com suavidade e avançou com seu passo pequeno até as árvores, mas uma vez diante delas exclamou desalentada:

— São muito solenes e me deixam triste.

A manhã passou sem que Blandina encontrasse o lugar apropriado para seu trabalho. Ao meio-dia se sentou à mesa meditando com gravidade sobre seu problema. Comeu sem ver o que lhe serviam, distraída e imóvel como um ídolo. Félix trocava os pratos.

— Não me olhe assim, dom Félix! Ponha-se em meu triste lugar, pôr tesouras em tecidos caros, rodeada de paredes e de móveis ingratos...! Não me acho!

De tarde Blandina "se achou" em um ângulo da varanda...

— Daqui só vejo a folhagem; o alheio se perde entre o verde. – E sorridente iniciou seu trabalho.

Dona Ana veio lhe fazer companhia e das mãos de Blandina começaram a sair camisas, mosqueteiros, calças, fronhas, lençóis. Durante várias semanas costurou laboriosa até às sete da noite. A senhora Moncada marcava as vestimentas com as iniciais de seus filhos. De quando em quando a costureira levantava a cabeça.

— Julia é culpada de as crianças irem para tão longe e sozinhos entre os perigos dos homens e das tentações do demônio!

Naqueles dias Julia determinava o destino de todos nós e a culpávamos pela menor de nossas infelicidades. Ela parecia ignorar-nos, escondida em sua beleza.

Tetela estava na serra a só quatro horas a cavalo de Ixtepec e no entanto a distância no tempo era enorme. Tetela pertencia ao passado, estava abandonada. Dela só restava o prestígio dourado de seu nome vibrando na memória como um guizo e alguns palácios incendiados. Durante a Revolução, os donos dos minérios desapareceram e os habitantes paupérrimos fugiram das bocas das minas. Ficaram algumas famílias dedicadas à olaria. Pelos sábados, muito cedo, víamos chegarem descalças e esfarrapadas para vender seus jarros em Ixtepec. O caminho que cruzava a serra para chegar ao minério atravessava "quadrilhas" de camponeses devorados pela fome e as febres malignas. Quase todos eles haviam se juntado à rebelião zapatista e depois de uns breves anos de luta haviam voltado dizimados e igualmente pobres para ocupar seu lugar no passado.

O campo produzia medo nos mestiços. Era sua obra, a imagem de sua pilhagem. Haviam estabelecido a violência e se sentiam em uma terra hostil, rodeados de fantasmas. A ordem de terror estabelecida por eles os havia empobrecido. Daí provinha minha deterioração. "Ah, se pudéssemos exterminar todos os índios! São a vergonha do México!" Os índios calavam. Os mestiços, antes de sair de Ixtepec, armavam-se de comida, remédios, roupa e "Pistolas, boas pistolas, índios safados!" Quando se reuniam olhavam-se desconfiados, sentiam-se sem país e sem cultura, sustentando-se de formas artificiais, alimentadas somente pelo dinheiro mal havido. Por sua culpa meu tempo estava imóvel.

— Já sabem, com os índios mão firme! – recomendou Tomás Segovia aos Moncadas, em uma das reuniões que fizeram para a despedida dos jovens. Segovia havia se acostumado ao pedantismo de sua farmácia e distribuía conselhos com a mesma voz que distribuía os remédios: "Já sabe, uma dose a cada duas horas".

— São tão traidores! – suspirou dona Elvira, a viúva de dom Justino Montúfar.

— Todos os índios têm a mesma cara, por isso são perigosos – acrescentou sorridente Tomás Segovia.

— Antes era fácil lidar com eles. Tinham mais respeito por nós. O que diria meu pobre pai, que descanse em paz, se visse essa indiada sublevada, ele que sempre foi tão digno! – replicou dona Elvira.

— Necessitam corda. Não vão devagar. Tenham sempre a pistola em ordem – insistiu Segovia.

Félix, sentado em seu banquinho, escutava-os impávido.

"Para nós, os índios, é o tempo infinito de calar", e guardou suas palavras. Nicolás olhou para ele e se mexeu inquieto em sua cadeira. Envergonhava-se das palavras dos amigos de sua casa.

— Não falem assim! Todos somos meio índios!

— Eu não tenho nada de índia! – exclamou sufocada a viúva.

A violência que sopra sobre minhas pedras e minha gente se enfurnou debaixo das cadeiras e o ar se tornou viscoso. As visitas sorriram, hipócritas. Conchita, a filha de Elvira Montúfar, contemplou Nicolás com admiração. "Que felicidade ser homem e poder dizer o que se pensa!", disse a si mesma com melancolia. Nunca tomava parte na conversa: sentada com recato, ouvia caírem as palavras e as aguentava estoicamente como quem aguenta um aguaceiro. A conversa se tornou difícil.

— Sabem que Julia encomendou um diadema? – perguntou Tomás e sorriu para dissimular a raiva provocada pelas palavras de Nicolás Moncada.

— Um diadema? – exclamou surpreendida a viúva.

O nome de Julia dissipou o tema escabroso dos índios e a conversa ficou animada. Félix não havia parado o relógio e seus ponteiros tomavam ao voo as palavras que saíam dos lábios de dona Elvira e Tomás Segovia e as transformavam em um exército de aranhas que tecia e destecia sílabas inúteis. Eles, alheios a seu próprio ruído, arrebatavam-se excitados ao nome de Julia, a *querida* de Ixpetec.

As badaladas da torre da igreja chegaram distantes. O relógio do salão dos Moncadas repetiu o gesto em voz mais baixa e as visitas fugiram com a velocidade dos insetos.

Tomás Segovia acompanhou dona Elvira e Conchita por minhas ruas escuras. A viúva aproveitou as sombras para falar do tema favorito do boticário: a poesia.

— E diga-me, Tomás, como vai a poesia?

— Esquecida por todos, dona Elvira; só eu de vez em quando lhe dedico algumas horas. Este é um país de analfabetos – respondeu o homem com amargura.

"O que ele queria?", pensou aborrecida a senhora, e ficou em silêncio.

Ao chegar à casa dos Montúfar, Segovia esperou galantemente que as mulheres fechassem o ferrolho e as trancas do portão; e depois, retomou a rua solitário. Pensava em Isabel e seu perfil de rapaz. "É de natureza esquiva" disse a si mesmo para se consolar da indiferença da jovem e sem querer rimou "esquiva" com "altiva" e de imediato, em meio à solidão noturna da rua, sua vida pareceu-lhe como um enorme armazém de adjetivos. Surpreso, apressou o passo; seus pés também contavam sílabas. "Estou escrevendo muito", disse perplexo, e ao chegar em casa, escreveu os dois primeiros versos do primeiro quarteto de um soneto.

— Você deveria prestar um pouco mais de atenção em Segovia e não olhar como tonta para Nicolás! – exclamou Elvira Montúfar, sentada em frente ao espelho.

Conchita não retrucou; sabia que sua mãe falava por falar. O silêncio lhe dava medo, lembrava-lhe o mal-estar dos anos passados junto ao marido. Nesse tempo tenebroso a viúva havia esquecido até de sua própria imagem. "Que curioso, não sei que cara tinha de casada!", confiava a suas amigas. "Menina, não se olhe tanto no espelho!", ordenavam-lhe as mais velhas quando era pequena; mas não podia impedi-lo: sua própria imagem era a maneira de reconhecer o mundo. Por ela sabia os lutos e as festas, os amores e as datas. Em frente ao espelho aprendeu as palavras e os risos. Quando se casou, Justino açambarcou as palavras e os espelhos e ela atravessou alguns anos silenciosos e apagados nos quais se movia como uma cega, sem entender o que acontecia a seu redor. A única memória que tinha desses anos era que não tinha nenhuma. Não havia sido ela a que atravessou esse tempo de temor e silêncio. Agora, ainda que recomendasse o casamento a sua filha, estava contente ao ver que Conchita não lhe fazia nenhum caso. "Nem todas as mulheres podem gozar da decência de ficarem viúvas", dizia-se em segredo.

— Previno-a de que se não ficar esperta, vai ficar solteirona.

Conchita ouviu a reprovação de sua mãe e silenciosamente colocou debaixo da cama de dona Elvira a bandeja com água para espantar o espírito do "Mal"; depois pôs a Magnífica e seu rosário entre as fronhas dos travesseiros. Desde menina, Elvira tomava precauções antes de ir para a cama: dava-lhe medo sua cara adormecida. "Não sei como sou com os olhos fechados", e afundava a cabeça debaixo dos lençóis para evitar que alguém visse sua cara desconhecida. Sentia-se indefesa em seu rosto adormecido.

— Que fastio viver em um país de índios! Aproveitam-se do sonho para fazer algum mal para a gente – disse envergonhada vendo que sua filha, a essas horas da noite, ocupava-se em tais afazeres em lugar de ir para a cama. Penteou os cabelos com energia e olhou-se assombrada no espelho.

— Meu Deus! Essa sou eu...? Essa velha dentro do espelho...? É assim que as pessoas me veem...? Não vou mais voltar a sair às ruas, não quero inspirar lástima!

— Não diga isso, mamãe.

— Graças a Deus seu pai morreu. Imagine sua surpresa se me visse agora... E você o que está esperando para se casar? Segovia é o melhor partido de Ixtepec. Claro que é um pobre homem! Que castigo ouvi-lo a vida toda...! Mas essa sou eu? – voltou a repetir fascinada ante sua cara que gesticulava no espelho.

Conchita aproveitou a surpresa de sua mãe para ir para seu quarto. Queria estar sozinha para pensar com liberdade em Nicolás. Na frescura de seu quarto podia desenhar o rosto do jovem, recuperar seu sorriso. Que pena que ela não se atrevesse a dizer uma palavra! Ao contrário, sua mãe falava muito, rompia o feitiço. Tomás Segovia de marido! Como se atrevia a dizer semelhante loucura? Quando Segovia falava, os ouvidos de Conchita se enchiam de grude. Viu o cabelo de Tomás e se sentiu tocada pela gordura. Se amanhã minha mãe falar seu nome, farei birra. Suas birras assustavam dona Elvira.

Sorriu com malícia e acomodou a cabeça com aprovação. Debaixo do travesseiro guardava o sorriso de Nicolás.

— Já tenho vontade que vocês vão embora para Tetela! – gritou colericamente Isabel quando as visitas cruzaram o portão de sua casa. Mas mal seus irmãos se foram de Ixtepec, arrependeu-se de suas palavras: a casa sem eles se converteu em uma grande casca de noz desabitada; desconhecia-a e desconhecia as vozes de seus pais e dos criados. Desprendia-se deles, retrocedia para se converter em um ponto perdido no espaço e se encheu de medo. Havia duas Isabéis, uma que perambulava pela casa, pelos pátios e pelas salas, e a outra que vivia em uma esfera longínqua, fixa no espaço. Supersticiosa tocava os objetos para se comunicar com o mundo aparente e pegava um livro ou um saleiro como ponto de apoio para não cair no vazio. Assim estabelecia um fluido mágico entre a Isabel real e a Isabel irreal e se sentia consolada. "Reze, tenha virtude!", diziam-lhe, e ela repetia as fórmulas mágicas das orações até dividi-las em palavras sem sentido. Entre o poder da oração e as palavras que a continham existia a mesma distância que entre as duas Isabéis: não conseguia integrar as ave marias nem a ela mesma. E a Isabel suspensa podia desprender-se a qualquer momento, cruzar os espaços como um meteorito e cair em um tempo desconhecido. Sua mãe não sabia como abordá-la. "Você é minha filha, Isabel", repetia-se, incrédula frente à figura alta e interrogante da jovem.

— Algumas vezes o papel nos despreza...

Sua filha olhou para ela surpreendida e ela ruborizou-se. Queria dizer que à noite havia imaginado uma carta que abolisse a distância que a separava da jovem e que pela manhã, diante da insolente brancura do papel, as frases noturnas se desvaneceram como se desvanece a cerração do jardim, deixando-lhe somente umas palavras inúteis.

— E na noite passada eu era tão inteligente! – suspirou.

— À noite todos somos inteligentes e de manhã nos encontramos tontos – disse Martín Moncada olhando os ponteiros do relógio.

Sua mulher voltou a se afundar na leitura. Martín viu-a virar a página de seu livro e olhou-a como a via sempre: como um ser estranho e encantador que dividia a vida com ele, mas que guardava zeloso um segredo intransmissível. Agradeceu sua presença. Nunca saberia com quem havia vivido, mas não necessitava sabê-lo; bastava-lhe saber que havia vivido com alguém. Olhou depois para Isabel, afundada em uma poltrona, com o olhar fixo na chama do lampião; tampouco sabia quem era sua filha. Ana costumava dizer: "os filhos são outras pessoas", assombrada de que seus filhos não fossem ela mesma. Chegou-lhe certeira a angústia de Isabel. Félix e sua mulher, obstinados e quietos junto a seus lampiões, pareciam desconhecer o perigo: Isabel podia converter-se em uma estrela fugaz, fugir e cair no espaço sem deixar rastros visíveis, neste mundo onde só a brutalidade dos objetos toma forma. "Um meteorito é a vontade furiosa da fuga" disse e recordou a estranheza desses volumes enormes apagados, incendiados em sua própria cólera e condenados a uma prisão mais sombria do que aquela que haviam fugido. "A vontade de separar-se do Todo é o inferno."

Isabel se levantou de sua poltrona, encontrava-a agressiva; para ela não só o papel, a casa inteira lhe desprezava. Deu boa noite e saiu da sala. "Faz já sete meses que se foram." Esquecia-se que às vezes seus irmãos vinham a Ixtepec, passavam uns dias com ela e já regressavam às minas de Tetela. "Amanhã vou pedir a meu pai que os traga" e jogou o lençol em cima da cabeça para não ver a escuridão quente e as sombras que se integravam e desintegravam em milhares de pontos escuros, fazendo um barulho ensurdecedor.

Nicolás também definhava longe de sua irmã. Em suas viagens de regresso a Ixtepec, ao cruzar a serra seca e árida, as pedras cresciam sob os cascos de seu cavalo e as montanhas enormes lhe fechavam a passagem. Cavalgava calado. Sentia que só a boa vontade conseguiria abrir caminho naquele labirinto de pedra. Sem a ajuda de sua imaginação nunca chegaria a sua casa, e ficaria aprisionado nas muralhas de pedra que lhe faziam sinais maléficos. Juan cavalgava a seu lado, contente de voltar a ver a luz de seu quarto, a tepidez dos olhos de seu pai e a mão ascética de Félix.

— É bom voltar para casa...

— Qualquer dia não volto mais – prometeu Nicolás com rancor. Não queria confessar que em suas voltas ao povoado temia defrontar-se com a notícia do casamento de sua irmã, e que esse temor inadmissível o atormentava. E pensava que seu pai os havia enviado às minas, não por sua crescente pobreza, mas para obrigar sua irmã a aceitar um marido.

— Isabel é traidora e meu pai é infame...

— Lembra quando me afogavam na cova do rio? Sentia-me como agora, com esta noite tão escura em cima de mim – revidou Juan assustado com as palavras de seu irmão.

Nicolás sorriu; ele e sua irmã jogavam Juan em uma poça de água profunda e então lutavam para salvá-lo. Resgatavam-no sob risco de suas próprias vidas e voltavam ao povoado com o "afogado" nas costas, olhando para as pessoas da profundidade de seu secreto heroísmo. Isso acontecia quando os três compartilhavam a surpresa infinita de encontrar-se no mundo. Naquele tempo, até o dedal de sua mãe brilhava com uma luz diferente enquanto ia e vinha construindo abelhas e margaridas. Alguns desses dias tinham ficado à parte, assinalados para sempre na memória, suspensos em um ar especial. Depois o mundo se tornou opaco, perdeu seus cheiros penetrantes, a luz se suavizou, os dias se fizeram iguais e as pessoas adquiriram estaturas anãs. Restavam contudo lugares intactos pelo tempo como a carvoeira com sua luz negra. Anos atrás, sentados em montes de carvão, ouviam estremecidos os tiroteios dos zapatistas em suas entradas ao povoado. Ali os fechava Félix enquanto durava a invasão dos guerreiros. Para onde iam os zapatistas quando deixavam Ixtepec? Iam ao verde, à água para comer espigas de milho e gargalhar depois de jogar algumas horas com os moradores. Agora ninguém vinha para alegrar os dias. O tempo era a sombra de Francisco Rosas. Não sobraram nada além de "pendurados" em todo o país. As pessoas tratavam de acomodar suas vidas aos caprichos do general. Isabel também procurava acomodar-se, encontrar um marido e uma cadeira onde balançar seu tédio.

Muito tarde da noite entraram em Ixtepec. Isabel ajudou-os a desmontar. Na sala de jantar estavam seus pais esperando-os. Félix serviu um jantar caseiro que os fez esquecer as tortilhas azuis e o queijo envelhecido de Tetela. Inclinados sobre a mesa, os três irmãos se olharam reconhecendo-se. Nicolás falava só para Isabel. Dom Martín ouvia de longe.

— Se não querem não voltem para a mina – disse o pai em voz baixa.

— Martín, está louco? Sabe que precisamos desse dinheiro – contestou sobressaltada sua mulher.

O senhor guardou silêncio. "Martín, está louco?" era uma frase que lhe repetiam cada vez que cometia um erro. Mas por acaso violentar a vontade de seus filhos não era um erro mais grave de que perder um pouco de dinheiro? Não entendia a opacidade de um mundo em cujo céu o único sol é o dinheiro. "Tenho vocação para pobre", dizia como desculpa para sua ruína progressiva. Os dias do homem lhe pareciam de uma brevidade insuportável para dedicá-los ao esforço do dinheiro. Sentia-se asfixiado pelos "corpos opacos" como chamava o círculo que formava a sociedade de Ixtepec: desintegravam-se em interesses sem importância, esqueciam sua condição de mortais, seu erro provinha do medo. Ele sabia que o porvir era um retroceder veloz até a morte e a morte o estado perfeito, o momento precioso em que o homem recupera plenamente sua outra memória. Por isso esquecia a memória de "na segunda-feira farei tal coisa" e olhava aos eficazes com assombro. Mas "os imortais" pareciam satisfeitos em seu erro e, às vezes, pensava que só ele retrocedia para aquele encontro assombroso.

A noite deslizava sem cessar pela porta aberta para o jardim. Na sala se instalaram insetos e perfumes escuros. Um misterioso rio fluía implacável e comunicava a sala de jantar dos Moncadas com o coração das estrelas mais remotas. Félix retirou os pratos e dobrou a toalha. O absurdo de comer e conversar caiu sobre os habitantes da casa e os deixou imóveis frente a um presente indizível.

— Eu não caibo neste corpo! – exclamou Nicolás vencido, e cobriu o rosto com as mãos como se fosse chorar.

— Estamos todos cansados – disse Félix do seu banquinho. Durante uns segundos a casa inteira viajou pelos céus, integrou-se à Via Láctea e depois caiu sem ruído no mesmo ponto em que se encontra agora. Isabel recebeu o choque da queda, saltou de seu assento, olhou para seus irmãos e se sentiu segura; lembrou-se que estava em Ixtepec e que um gesto inesperado podia reintegrar-nos à ordem perdida.

— Hoje fizeram voar o trem. Talvez cheguem...

Os demais olharam para ela sonâmbulos e as mariposas noturnas continuaram seu voo empoeirado ao redor dos lampiões.

V

    Todo os dias, às seis e meia da tarde, chegava o trem da Cidade do México. Esperávamos os jornais com as notícias da cidade como se delas pudesse surgir o milagre que rompesse o feitiço quieto em que havíamos caído. Mas só víamos as fotografias dos condenados. Era o tempo dos fuzilamentos. Então acreditávamos que nada ia nos salvar. Os paredões, os tiros de misericórdia, as cordas para pendurar surgiam em todo o país. Esta multiplicação de horrores nos deixava reduzidos ao pó e ao calor até as seis da tarde do dia seguinte. Às vezes o trem não chegava por vários dias e corria a voz "Agora sim já vão chegar!". Mas no outro dia o trem chegava com suas notícias e a noite caía irremediável sobre mim.

    De sua cama dona Ana ouviu os rumores da noite e se sentiu asfixiada pelo tempo quieto que vigiava as portas e as janelas de sua casa. A voz de seu filho chegou a ela: "Eu não caibo neste corpo." Recordou a turbulência de sua própria infância no Norte. Sua casa de portas de mogno que se abriam e fechavam para dar passagem a seus irmãos; seus nomes sonoros e selvagens que se repetiam nos cômodos altos, onde no inverno flutuava um cheiro de madeira queimada. Viu a neve se acumular nos parapeitos e ouviu a música das polcas no vestíbulo onde circulava o ar frio.

    Os gatos monteses desciam a serra e os criados saíam para caçá-los, entre risadas e tragos de "sotol". Na cozinha assavam carnes e dividiam pinhões e o barulho das vozes inundava a casa de palavras estridentes. A premonição de uma alegria desbaratava um a um os dias petrificados. A revolução estourou uma manhã e as portas do tempo se abriram para nós. Nesse instante de esplendor seus irmãos foram para a Serra de Chihuahua e mais tarde entraram barulhentos em sua casa, com botas e chapéus militares. Vinham seguidos de oficiais e na rua os soldados cantavam "La Adelita".

> *Que si Adelita se fuera con otro*
> *la seguiría por tierra y por mar,*
> *si por mar en un buque de guerra*
> *si por tierra en un tren militar...*

    Antes de completar os vinte e cinco anos seus irmãos foram morrendo um depois do outro, em Chihuahua, em Torreón, em Zacatecas; e a Francisca, sua mãe, só ficaram seus retratos e ela e sua irmã enlutadas. Depois, as batalhas ganhas pela Revolução se desfizeram pelas mãos traidoras de Carranza e vieram os assassinos para disputar os lucros, jogando dominó nos bordéis abertos por eles. Um silêncio sombrio se estendeu de Norte a Sul e o tempo se voltou outra vez de pedra. "Ah, se pudéssemos cantar outra vez *La Adelita*!", disse a senhora, e ficou feliz que houvessem feito voar o trem da Cidade do México. "Essas coisas dão vontade de viver." Talvez ainda pudesse acontecer o milagre de mudar a sorte de sangue que pesava sobre nós.

À tarde o trem anunciou sua entrada com um longo apito de triunfo. Passaram-se muitos anos, dos Moncadas já não sobra ninguém, somente eu estou como testemunha de sua derrota para escutar todos os dias às seis da tarde a chegada do trem da Cidade do México.

— Se tivéssemos ao menos um bom tremor de terra! — exclamou dona Ana cravando com raiva sua agulha no bordado. Ela, como todos nós, padecia de uma saudade de catástrofes. A senhora se dirigiu à sacada para espiar por trás das cortinas a passagem do general Francisco Rosas, que a essa hora atravessava o povoado para ir se embebedar na cantina de Pando.

— Como é jovem! Não deve chegar a trinta anos!

— E já tão desgraçado! — acrescentou compassiva ao ver passar o general, alto, reto, e sem olhar para ninguém.

Um cheiro de frescura saía da cantina. Soava o copo de dados que corriam sobre a mesa e as moedas passavam de uma mão a outra. O general, bom jogador e protegido da sorte, ganhava. À medida que ganhava perdia a compostura e bebia com desespero. Bêbado se tornava perigoso. Seus ajudantes faziam o possível para ganhar a partida dele e quando viam que ganhava sem parar se olhavam inquietos.

— Vamos ver, meu tenente-coronel, jogue uma partidinha com o general!

O tenente-coronel Cruz se prestava sorridente para ganhar do general Francisco Rosas. Era o único que conseguia batê-lo com facilidade. O coronel Justo Corona, de pé atrás de seu chefe, observava o jogo com olho atento. Pando, o cantineiro, seguia os movimentos dos militares; sabia pelas expressões das caras quando o ambiente se tornava perigoso.

— Vão indo que o general está ganhando!

E com dissimulação os demais clientes da cantina desapareciam pouco a pouco. "Se ganha é que Julia não o quer; por isso fica tão brabo", dizíamos com regozijo, e já na rua lançávamos gritos que entravam na cantina e provocavam a ira dos militares.

Tarde já, os cascos do cavalo de Francisco Rosas rompiam a noite. Nós o ouvíamos percorrer as ruas, caminhar pelo povoado escuro, perdido em seus pesares. "O que estará procurando a estas horas da noite?" "Anda buscando coragem antes de chegar para vê-la." A cavalo também entrava no Hotel Jardín e chegava até o quarto de Julia, sua *querida*.

VI

Uma tarde um forasteiro com terno de casimira escuro, boné de viagem e uma pequena maleta embaixo do braço, desceu do trem. Parado na plataforma de lajotas rotas, parecia duvidar de seu destino. Olhava para todos os lados como se perguntando: que é isso? Esteve assim uns instantes, vendo como descarregavam os fardos de tecido dos vagões. Era o único viajante. Os carregadores e dom Justo, o chefe da estação, olharam para ele com assombro. O jovem pareceu se dar conta da curiosidade que despertava e atravessou com passo desanimado o pedaço de plataforma que o separava da rua de terra, cruzou-a e seguiu em linha reta até chegar ao rio, quase seco. Vadeou-o a pé e se dirigiu à entrada de Ixtepec. Dali, como se conhecesse o caminho mais curto, entrou no povoado ante os olhos admirados de dom Justo. Parecia que ia sorrindo consigo mesmo. Passou em frente à casa dos Catalán e dom Pedro, chamado por maldade de *Cofrinho* por causa do buraco que uma bala deixou em uma das faces, viu-o passar, enquanto descarregava latas de manteiga na porta de seu armazém. Toñita, sua mulher, era curiosa e saiu à porta.

— E este? – perguntou sem esperança de resposta.

— Parece um inspetor... – disse seu marido cheio de suspeitas.

— Não é inspetor! É outra coisa, algo que não temos visto por aqui! – contestou Toñita com segurança.

O forasteiro seguiu seu caminho. Seus olhos pousavam com suavidade nos telhados e nas árvores. Parecia ignorar a curiosidade que despertava sua passagem. Virou a esquina de Melchor Ocampo. Atrás das venezianas, as senhoritas comentaram com gritos sua aparição; dom Ramón, seu pai, tinha grandes planos: substituir as carruagens que estavam sob os tamarindos da praça, há cinquenta anos, por carros de motor, instalar uma central elétrica e asfaltar as ruas. Tudo isso conversava com suas filhas, sentado em uma cadeira de junco, enquanto dona Maria, sua mulher, preparava cocadinhas com pinhões, doces de gema e *pabellones*, para vender aos comerciantes do mercado.

Ao ouvir as exclamações de suas filhas, o senhor Martínez se aproximou da sacada. Só conseguiu ver as costas do desconhecido.

— Homem moderno, de ação! – exclamou entusiasmado. E em seu interior fez cálculos para contar com sua influência nas melhorias que tinha projetadas. "Era uma pena que o Comandante Militar, como ele chamava o general, fosse tão retrógrado!"

Não cabia dúvidas, tratava-se de um estrangeiro. Nem eu nem o mais velho de Ixtepec lembrávamos tê-lo visto antes. E no entanto parecia conhecer muito bem o traçado das minhas ruas, pois sem titubear chegou até a porta do Hotel Jardín. Dom Pepe Ocampo, o dono, mostrou-lhe um amplo quarto com piso de lajota, plantas de sombra, cama de casal de ferro branco e mosquiteiro. O estrangeiro se mostrou contente. Dom Pepe sempre foi conversador e obsequioso e a presença de um novo hóspede o entusiasmou:

— Já faz tanto tempo que ninguém passa por aqui! Quer dizer, ninguém que venha de tão longe. A indiada não conta. Dorme nos portais ou no saguão. Antes chegavam caixeiros viajantes com suas maletas cheias de novidades. Por acaso o senhor é um deles?

O forasteiro negou com a cabeça.

— O senhor veja a que fiquei reduzido com esta situação política! Ixtepec foi um lugar muito visitado, o comércio foi muito importante, e o hotel estava sempre cheio. Tinha que ter visto, com mesinhas na varanda e as pessoas comendo e falando até tarde...! Valia a pena viver naquele tempo! Agora não tenho quase ninguém. Bem, com exceção do general Rosas, o coronel Corona, alguns militares de menor categoria... e suas *queridas*...

Disse esta última palavra em voz muito baixa e aproximando-se do estrangeiro que o escutava sorridente. O jovem tirou dois cigarros e ofereceu um ao dono do hotel. Segundo se soube muito depois, dom Pepe notou que os tinha tirado do ar. Simplesmente havia estendido o braço e os cigarros já acesos apareceram. Mas nesse momento dom Pepe não estava em condições de surpreender-se com nada e o fato lhe pareceu normal. Olhava nos olhos de seu cliente, fundos, com rios e com ovelhas que baliam tristes dentro deles. Fumaram agradavelmente e saíram à varanda coberta de samambaias úmidas. Ali ouviram o burburinho dos grilos.

A formosa Julia, a amante do general, envolta em um roupão de rosa fulgurante, com o cabelo solto e os brincos de ouro enredados nos cabelos, cochilava em sua espreguiçadeira, perto deles. Como se sentisse a presença estranha, abriu os olhos e olhou sonolenta e curiosa para o estrangeiro. Não pareceu sobressaltar-se, embora ela fosse capaz de fingir mais de um sobressalto. Desde a tarde que a vi desembarcar do trem militar me pareceu mulher perigosa. Nunca havia andado ninguém como ela em Ixtepec. Seus costumes, sua maneira de falar, de caminhar e olhar para os homens, tudo era diferente em Julia. Ainda a vejo caminhando pela plataforma, cheirando o ar como se tudo lhe parecesse pouco. Se alguém a via uma vez, era difícil esquecê-la, de modo que não sei se o estrangeiro já a conhecia; o fato é que não pareceu surpreender-se com o encontro nem com sua beleza. Aproximou-se dela e conversou longo tempo, inclinado sobre a formosa. Dom Pepe nunca pôde lembrar o que havia ouvido. Julia, estendida na espreguiçadeira, com seu roupão entreaberto e o cabelo revolto, escutou o forasteiro.

Nem ela nem dom Pepe pareciam se dar conta do perigo que corriam. O general podia chegar e surpreender aquela conversa, ele sempre tão ciumento diante somente da ideia de que um homem pudesse falar com sua *querida*, olhar seus dentes e a ponta rosada de sua língua quando sorria. Por isso, quando o general chegava, dom Pepe se precipitava ao seu encontro para dizer que a senhorita Julia não havia falado com ninguém. À noite, Julia se vestia com um traje de seda rosa coberto de *chaquiras* brancas, enfeitava-se com colares e pulseiras de ouro e o general, entristecido, convidava-a para dar uma volta na praça. Parecia uma alta flor iluminando a noite e era impossível não olhar para ela. Os homens sentados nos bancos ou passeando em grupos a viam com olhares nostálgicos. Mais de uma vez o general deu chicotadas nos atrevidos e mais de uma vez bofeteou Julia quando devolvia o olhar. Mas a mulher parecia não temê-lo e permanecia indiferente diante de sua ira. Diziam que ele a havia roubado muito longe, ninguém sabia precisar onde, e diziam também que eram muitos os homens que a haviam amado.

A vida no Hotel Jardín era apaixonada e secreta. As pessoas fuçavam pelas sacadas tentando ver algo daqueles amores e daquelas mulheres, todas formosas e extravagantes e todas *queridas* dos militares.

Da rua se ouviam as risadas de Rosa e Rafaela, as irmãs gêmeas, amantes as duas do tenente-coronel Cruz. Eram do Norte e volúveis e quando se irritavam atiravam seus sapatos na rua. Se estavam alegres punham tulipas vermelhas no cabelo, vestiam-se de verde e passeavam provocando olhares. As duas eram altas e fortes e à tarde, sentadas em suas sacadas, comiam frutas e presenteavam sorrisos aos transeuntes. Sempre tinham as persianas levantadas e ofereciam generosas sua intimidade à rua. Ali estavam as duas, estendidas na mesma cama de colcha branca de crochê, mostrando suas pernas bem torneadas, e no meio delas o tenente-coronel Cruz acariciando-lhes as coxas ao mesmo tempo que sorria com olhos turvos. Cruz era de boa natureza e às duas consentia igual.

— A vida é a mulher e o prazer! Como querem que as prive do que me pedem se elas não me privam de nada...!

E ria abrindo muito a boca e mostrando seus dentes brancos de canibal jovem. Por muito tempo foram o assombro de Ixtepec os cavalos cinza com uma estrela branca na frente que deu de presente para as irmãs. O tenente-coronel havia percorrido todo Sonora para encontrá-los tão iguais.

— A única coisa que se deve cumprir são os caprichos! Um capricho contrariado, mata. Assim me pediram minhas crianças e assim os dei a elas!

Antonia era uma litorânea loira e melancólica; gostava de chorar. Seu amante o coronel Justo Corona levava para ela presentes e serenatas, mas nada a consolava e diziam que sofria de terrores noturnos. Era a mais jovem de todas e nunca saía sozinha à rua. "É uma criança!" exclamavam as senhoras de Ixtepec, escandalizadas quando nas quintas e nos domingos Antonia chegava à serenata, pálida e assustada de braço com o coronel Corona.

Luisa pertencia ao capitão Flores e por seu mal gênio era temida por seu amante e pelos demais hóspedes do hotel. Era muito mais velha que o capitão, pequena de estatura, de olhos azuis e cabelo escuro; andava com decotes e os peitos soltos. De noite Julia ouvia-a brigar com o capitão e depois sair ao corredor e arrastar seus pés de cima para baixo.

— Essa gata anda no cio, não sei o que Flores vê nela! – comentava o general desgostoso. Seu instinto dizia-lhe que Luisa sentia animosidade por Julia e a *querida* de seu assistente se tornava antipática a ele.

— Você arruinou minha vida, canalha! – Os gritos de Luisa atravessavam as paredes do hotel.

— Valha-me Deus, ser a vida tão curta e gastá-la assim! – comentava Cruz.

— Sempre está com ciúmes – afirmavam as gêmeas espreguiçando-se na cama.

Antonia tremia. Justo Corona bebia um trago de conhaque.

— E você o que me diz? Também eu arruinei a sua vida?

Antonia silenciosa se afundava no canto mais profundo da cama. Francisco Rosas fumava enquanto duravam os gritos. Deitado de barriga para cima espiava Julia, estendida junto dele e impávida. E se alguma vez ela lhe fizesse alguma censura? Pensou que se sentiria aliviado. Atormentava-lhe vê-la sempre tão preguiçosa, tão indiferente. Era indiferente se ele chegasse ou não chegasse em muitos dias: o rosto, a voz de Julia não mudavam. Bebia para ter coragem em frente dela. À meia-noite conforme ia se aproximando do hotel, um tremor sempre novo se apoderava dele. Com os olhos embaçados, a cavalo, chegava até seu quarto.

— Julia, você vem comigo?

Sua voz mudava diante da mulher. Falava-lhe em voz muito baixa pois sua presença afogava suas forças na garganta. Olhava-a nos olhos, queria saber o que ela tinha detrás das pálpebras, mais além dela mesma. Sua *querida* se escondia de seu olhar, punha a cabeça de lado sorridente, olhava seus ombros desnudos e se recolhia em um mundo distante, sem ruído, como os fantasmas.

— Venha, Julia! – suplicava vencido o general, e ela, meio se vestindo e sempre risonha, montava no mesmo cavalo de seu amante. Saíam a galope por minhas ruas para ir sob a lua até Las Cañas, o lugar da água. De longe, a cavalo também, seguiam os assistentes. Ixtepec ouvia-a rir à meia-noite, mas não tinha o direito de olhá-la assim, correndo à luz da lua, levada por seu amante taciturno.

No hotel, as outras esperavam a volta dos homens. Luisa de camisola, em uma mão o lampião e na outra um cigarro, saía para o corredor para bater nas portas dos quartos vizinhos.

— Abre, Rafaela!

— Deixe de história e vá dormir! – contestaram as gêmeas.

— Vieram buscar Julia e não vão voltar até que raie o dia – suplicava Luisa grudando os lábios na fresta da porta.

— E o que importa. Durma...

— Não sei o que está me acontecendo; estou com um frio no estômago.

— Pois vá procurar Antonia, é coruja como você – retrucavam as irmãs com voz sonolenta.

Antonia do quarto contíguo escutava o diálogo e fazia como se estivesse dormindo.. Ouvia como Rafaela, por fim, acendia o lampião, e ela se escondia debaixo dos lençóis quentes, com olhos muito abertos, perdida naquela escuridão estranha. "A esta hora, que estará fazendo meu pai? Certamente ainda anda me procurando..." Fazia já cinco meses que o coronel Corona a havia roubado, lá no litoral.

Luisa chamou a sua porta. Antonia tapou a boca com a mão para sufocar o grito.

— Venha com as meninas! O que está fazendo aí tão sozinha?

Ela não respondeu. Assim chamaram à porta de sua casa naquela noite. Anda, Antonia, vá ver quem está chamando a esta hora", disse seu pai. Ela abriu a porta e viu uns olhos faiscantes que lhe atiraram um cobertor na cabeça, envolveram-na, suspenderam-na no ar e a arrancaram de sua casa. Eram muitos homens. Ela ouvia as vozes. "Passe-a rápido para mim!" Uns braços a entregaram a outros, colocaram-na em um cavalo. Através da manta sentiu o calor do corpo do animal e do corpo do homem que a levava. Partiram a toda pressa. Ia se afogando debaixo do cobertor como agora que Luisa a chamava e que ela cobria a cabeça com o lençol sem saber por quê. O medo a paralisou. Não se atrevia a fazer nenhum movimento que lhe exigisse ar.

O homem parou a montaria.

— Não podemos levá-la coberta a noite toda, vai se sufocar.

— Pois meu coronel assim disse que a entregássemos – revidaram.

— Quando estivermos chegando voltamos a cobri-la – contestou a voz que a levava. E sem apear-se afrouxou a manta e descobriu sua cara.

— É *güerita*! – exclamou o homem assombrado e os olhos mudaram a curiosidade para nostalgia.

— Pois claro que é! Se seu pai é o espanhol Paredes – responderam. O capitão Álvarez apertou-a contra si.

— Não tenha medo, não vai lhe acontecer nada. Vamos entregá-la ao coronel Justo Corona.

Antonia se pôs a tremer de novo. O homem a apertou cada vez mais profundamente. Quando apontava o dia iam já chegando a Texmelucan onde o coronel os esperava.

— Não me entregue a ele... Melhor me levar com o senhor – suplicou. O capitão não respondeu. Baixou os olhos sem querer ver os dela.

— Não me entregue a ele...

Álvarez a apertou em silêncio e a beijou.

— Por favor, deixe-me com o senhor! – soluçou Antonia.

E sem responder lhe cobriu a cara com a manta e assim deu-a a Corona, sem uma palavra. Através da manta chegou-lhe o cheiro de álcool.

— Saiam todos! – ordenou o coronel. Os passos do capitão Álvarez se distanciaram. O cheiro se tornou insuportável. Nunca havia tido tanto medo, nem sequer na noite que ouviu aquela pergunta.

— Antonia, já apareceu para você o *Güero* Mónico...?

No corredor escuro de sua casa, cheio de galhos e de sombras, umas meninas estranhas lhe encostavam suas caras curiosas e esperavam a resposta com olhos ansiosos.

— Não.

— Ha, ha, ha! – riram malévolas – Já vai ver quando a lua baixar e lhe der uma mordida entre as pernas. Que jorro de sangue...!

Antonia ficou aterrorizada, sem poder se mexer, no meio das sombras espessas dos galhos refletidos sobre as paredes caiadas.

— O *Güero* Mónico desce a cada lua!

E as meninas saíram correndo.

Nunca teve mais medo até que se encontrou sozinha envolta na manta em frente ao coronel Justo Corona. Este lhe baixou a manta, e os olhos escuros e pequenos de um homem desconhecido foram se aproximando procurando seus lábios. Antonia se revirou na cama suando. "Onde está a brisa do mar? Neste vale a gente se afoga"... No quarto contíguo falavam.

— Vá buscar essa *güera*. Aposto que está chorando.

— Eu não vou. Já sabe os alaridos que dá quando chamam à sua porta.

Luisa, sentada, fumava nervosamente e olhava para as irmãs estendidas na mesma cama, meio desnudas, os peitos tenros e formosa pele pinhão. Os olhos sonolentos e as bocas a essa hora infantis queriam que ela, Luisa, fosse para seu quarto.

— Por que será isso? – perguntou Rosa, referindo-se a Antonia.

— Não sei, por mais que a gente diga que se acalme e que quando ela estiver desempenhando seu papel, faça como se estivesse se acostumando. Desse modo ele lhe dá mais tranquilidade – disse Rafaela pensativamente.

— No fim, o mau momento passa depressa, e logo a gente até passa a gostar – agregou Rosa.

— Muito bem! – exclamou Rafaela, e como se esta ideia a reanimasse, saltou da cama e alcançou uma cesta de frutas.

— Vamos comer frutas enquanto eles não chegam...

— Que diriam se nós saíssemos para a farra? – disse Luisa mordendo uma laranja.

— Não vão para a farra. Não podem deixar o general sozinho. Não vê como anda? A manhosa da Julia não vai acabar bem.

Luisa se endireitou cheia de raiva.

— Oxalá a mate de uma vez! Assim andaríamos mais tranquilas.

— Cale-se. Não seja bárbara!

Luisa se sentiu só no meio de suas amigas e pensou com amargura que ela era diferente daquelas mulheres.

— Eu deixei meus filhos para segui-lo. Sacrifiquei tudo por ele. Não sou como vocês, que estão aqui só para as delícias. Eu tinha minha casa. Em troca Julia é uma puta e se não acreditam perguntem ao padre Beltrán.

— De acordo, mas nisso estamos todas – concedeu Rafaela.

— Eu não! - contestou Luisa, erguendo-se.

— Vamos! E você é a esposa legítima? – disse Rosa com um sorriso.

— Eu cometi um erro e foi por amor. Fiquei cega. E esse homem não merece!

— Alguma coisa tem de merecer. Tem olhos muito bonitos, e quando nos banhamos no rio eu vi que tem bons ombros.

Luisa olha para Rafaela com rancor. Era verdade que todas eram umas putas. Uma imagem lhe veio à imaginação: os ombros de seu amante cobrindo os de Rafaela. Sentia-se insegura no meio dessas mulheres ávidas de fruta. Pareciam estúpidas, sentadas quase nuas sobre a cama revirada. Quis sair, olhou pelas frestas da porta: a manhã clareava. Julia não tardaria em voltar ao hotel com seu amante e sua fila de homens.

Durante o dia as mulheres ficavam privadas da companhia dos militares. Então se penteavam, comiam sem vontade e esperavam a entrada da noite, cheia de promessas. Às vezes, à tarde, passeavam a cavalo: Rosa e Rafaela em suas montarias cinza, Julia em seu alazão, as três rindo, com os peitos soltos como pássaros, seus brincos de ouro, suas esporas de prata e um chicote na mão que lhes servia para tirar de um golpe os chapéus dos homens que não se descobriam à sua passagem. Seus amantes as seguiam. Ixtepec, fascinado, via passarem enquanto elas nos olhavam do alto de seus olhos e se distanciavam balançando-se no pó, ao compasso das ancas de seus cavalos.

Esses passeios doíam em Luisa. Ela não sabia montar e ver Flores na comitiva que seguia os jovens lhe produzia um pranto amargo. Sentada na sacada tratava de chamar a atenção dos homens que passavam. Mostrava seus ombros desnudos, fumava e lançava olhares provocativos.

Um soldado bêbado se deteve.

— Quanto, *güerita*?
— Entre!

O homem entrou no hotel e Luisa chamou os soldados que limpavam as botas dos militares perto da fonte.

— Amarrem-no a um pilar e deem-lhe uma surra! – ordenou.

Os soldados se olharam. Luisa se enfurecia e a seus gritos acudia dom Pepe Ocampo.

— Por Deus, Luisa, acalme-se!

— Deem-lhe uma surra ou farei com que o coronel os fuzile!

Ante a inutilidade de seus rogos, dom Pepe tapou o rosto com as mãos. O sangue lhe produzia vertigem. Espantado viu como prendiam o homem em um pilar e ouviu as chicotadas caírem sobre o corpo da vítima. Depois viu quando os soldados jogaram o homem ensanguentado na rua. O hoteleiro se sentiu mal e foi para seu quarto. À noite, contou ao capitão Flores a cena acontecida em sua ausência. O jovem oficial mordeu os lábios e pediu um quarto distante do quarto de sua *querida*. Quando seus assistentes foram recolher as roupas do capitão, Luisa saía chorando pelo corredor. "Mas ele se fechou em seu quarto e ela passou a noite toda gemendo diante de sua porta...", contou dom Pepe aos moradores de Ixtepec.

VII

O forasteiro, que ignorava esta vida secreta e apaixonada, estava ainda falando com Julia quando o general chegou ao Hotel Jardín. Ao vê-lo inclinado sobre ela, contaram depois as más línguas, cruzou-lhe a cara com o chicote, enquanto chamava dom Pepe de alcaguete. Julia, espantada, saiu correndo até a rua. Ali a alcançou o general e juntos voltaram ao hotel e entraram em seu quarto.

— Por que teve medo, Julia?

O general se aproximou de sua *querida* e lhe tomou o rosto entre as mãos para ver seus olhos. Era a primeira vez que Julia se assustava diante de uma de suas cóleras. A jovem sorriu e ofereceu seus lábios. Nunca diria a Rosas por que havia tido medo ao ver a marca vermelha do golpe na cara do forasteiro.

— Julia, por que teve medo? – suplicou outra vez o general, mas ela como uma gata escondeu a cara entre os ombros de seu amante e beijou-lhe a garganta.

— Diga-me quem é, Julia...

A jovem se desprendeu dos braços de seu amante e sem dizer uma palavra se estendeu na cama e fechou os olhos. O general a contemplou por um longo tempo.

As primeiras sombras alaranjadas da noite entraram pelas persianas. Os pés de Julia com os últimos reflexos do sol adquiriram uma vida efêmera e translúcida, alheios ao corpo envolto na camisola rosa. O calor da tarde acumulado nos cantos se refletiu no espelho da cômoda. Em um vaso os jacintos se afogavam em seu perfume, do jardim chegavam aromas pesados e da rua um pozinho seco. Francisco Rosas saiu na ponta dos pés. Sentia-se vencido ante o silêncio de sua amante. Fechou a porta com precaução e chamou com ira dom Pepe Ocampo. Nesse dia minha sorte foi lançada.

O forasteiro recebeu os golpes no rosto e sem dizer uma palavra pegou sua maleta e saiu devagar do hotel. Eu o vi de pé na entrada, impassível. Desceu a rua, chegou na esquina e virou para baixo, rumo a Guerrero. Ia pela calçada estreita, não procurava nada, parecia refletir. Cruzou com Juan Cariño, que a essa hora saía da casa das *cuscas* para dar seu passeio diário. O forasteiro não se assombrou com a casaca nem com a faixa presidencial cruzada no peito. Juan Cariño se deteve.

— O senhor vem de longe?
— Da Cidade do México, senhor – respondeu o forasteiro com cortesia.
— Senhor presidente – corrigiu Juan com seriedade.
— Perdão, senhor presidente – aceitou o forasteiro com rapidez.
— Venha me ver amanhã na Presidência. As senhoritas encarregadas da audiência o atenderão.

Dos loucos que tive, Juan Cariño foi o melhor. Não lembro de que haja cometido um ato descortês ou maldoso. Era doce e atencioso. Se os moleques lhe atiravam pedras em sua cartola e ela rodava pelo chão, Juan Cariño a recolhia em silêncio e seguia seu passeio vespertino com dignidade. Dava esmolas para os pobres e visitava os doentes. Proferia discursos cívicos e pregava manifestos nas paredes. Que diferença de Hupa!... Esse foi um desavergonhado! Jogado o dia inteiro na calçada coçando os piolhos e assustando os transeuntes. Se aparecia alguém ao virar uma esquina, tomava-o do braço e cravando as unhas negras e compridas grunhia: "Hupa! Hupa!". Mereceu a má morte que teve: uns pirralhos o encontraram estirado em uma valeta, com a cabeça desfeita a pedradas e o peito cuidadosamente tatuado com uma navalha. Era um louco.

Juan Cariño sempre viveu na casa das "*cuscas*". Nas paredes de seu quarto estavam os retratos dos heróis: Hidalgo, Morelos, Juárez. Quando as meninas lhe diziam que pusesse o seu entre eles, Juan Cariño se aborrecia:

— Nenhum grande homem fez sua estátua em vida! Para fazer isso há que ser Calígula!

O nome impressionava as meninas e calavam. Se havia brigas entre elas e os soldados que as visitavam, Juan Cariño intervinha muito correto.

— Meninas, um pouco de ordem! O que vão pensar estes estrangeiros!

No dia que mataram Pípila com uma navalhada, Juan Cariño organizou as exéquias com grande pompa e presidiu o enterro que teve música e rojões. Atrás do féretro azul iam as garotas com os rostos pintados, as saias curtas de cor violeta, com saltos torcidos e as meias negras. "Todos os ofícios são igualmente generosos", declarou o senhor presidente à beira da fossa aberta. Voltou o cortejo e a casa fechou os nove dias que duraram as rezas. Juan Cariño guardou luto por um ano inteiro.

Nessa tarde tratou de ajudar o forasteiro. Este agradeceu a oferta e seguiu seu caminho. Juan Cariño pensou uns instantes e se virou para alcançá-lo.

— Jovem, não deixe de vir amanhã. Atravessamos tempos ruins, estamos invadidos pelo inimigo e não podemos fazer tudo que queremos. Mas, enfim, algo se fará por você.

— Obrigado! Muito obrigado, senhor presidente!

Ambos fizeram uma reverência e se afastaram. O forasteiro deu várias voltas pelas minhas ruas e voltou à Plaza de Armas. Indeciso, sentou-se em um banco. Estava escurecendo. Sentado ali parecia um órfão. Ao menos essa foi a explicação que deu dom Joaquín a dona Matilde, ao chegar à sua casa com o forasteiro.

Dom Joaquín tinha a maior casa de Ixtepec; seus pátios e jardins ocupavam quase duas quadras. O primeiro jardim cheio de árvores copadas se defendia do céu com uma folhagem sombria. Nenhum ruído chegava a esse lugar situado no centro da casa e cercado por varandas, muros e telhados. Cruzavam-no caminhos de pedra bordeados de samambaias gigantes crescidas no abrigo da sombra. À direita um pavilhão de quatro quartos abria sua sala a este jardim chamado "o jardim das samambaias". As janelas dos quartos davam para o jardim de trás chamado "o jardim dos animaizinhos". As paredes da sala pintadas a óleo eram uma prolongação do jardim: infinidade de bosquezinhos na penumbra atravessados por caçadores de casaco vermelho e chifres de caça no cinto perseguiam os cervos e os coelhos que fugiam entre os arbustos e as matas. Isabel, Juan e Nicolás haviam passado muitas horas de sua infância decifrando aquela caçada minúscula.

— Tia, que país é este?
— *Inglaterra...*
— Conhece a Inglaterra?
— Eu...? – e dona Matilde se punha a rir misteriosamente. Agora que as crianças haviam crescido, o pavilhão estava fechado e a família havia esquecido a *Inglaterra*.

A escuridão e o silêncio avançavam pela casa toda. Nos quartos de paredes de pedra reinava uma ordem impiedosa e campestre. As persianas estavam sempre fechadas e as cortinas engomadas, fechadas. A casa levava uma vida compassada e exata. Dom Joaquín adquiria unicamente as coisas necessárias para fazer mais perfeito seu funcionamento extravagante e solitário. Algo nele necessitava dessa repetição de solidão e silêncio. Seu quarto era pequeno; mal cabia a cama e não tinha sacada para a rua: uma janelinha aberta junto ao teto era a única saída para o exterior. Um tocador de madeira branca em que reluziam uma jarra e uma bacia de porcelana para lavar as mãos comprovavam aquela austeridade, estranhamente desmentida pelo cheiro do sabonete finíssimo e as loções e cremes de barbear perfumados, dentro de seus frascos com etiquetas francesas. O quarto se comunicava com o quarto de dona Matilde, sua mulher. Quando jovem, dona Matilde foi alegre e turbulenta; não se parecia com seu irmão Martín. Os anos de casada, o silêncio e a solidão de sua casa fizeram dela uma velha risonha e agradável. Perdeu a facilidade para tratar com as pessoas e uma timidez quase adolescente a fazia ruborizar e rir cada vez que se encontrava em frente de estranhos. "Eu só conheço os caminhos de minha casa", dizia a seus sobrinhos quando estes se empenhavam em fazê-la sair para a rua. Quando alguém morria, ela não ia ao velório. Não sabia por que o rosto morto de seus conhecidos a fazia rir.

— Por Deus, Ana, você acha que os Olveras me perdoaram o riso que me deu o rosto de seu pai morto?
— Sim, não se preocupe, já esqueceram – respondia sua cunhada.
— Estou tão arrependida...

Mas a senhora, apesar de seu arrependimento, não podia lembrar daquele rosto compungido, de morto vestido de preto, com gravata preta e com sapatos pretos, sem cair na risada.

— Faça-me o favor! Vestir de gala um pobre defunto!

A inesperada presença de seu marido acompanhado do estrangeiro agitou-a e produziu-lhe uma espécie de vertigem momentânea: como se toda sua solidão e a ordem acumulada durante anos tivesse se rompido.

— O jovem é nosso hóspede pelo tempo que desejar – anunciou dom Joaquín, ignorando o desgosto refletido nos olhos de sua mulher. Esta, depois de cruzar as primeiras palavras com o forasteiro, esqueceu seu aborrecimento. Estava acostumada a ver seu marido chegar com todo tipo de animais: pela primeira vez recolhia um homem. Foi até a cozinha para anunciar aos criados que tinham um hóspede, embora, na verdade, houvesse preferido dizer: "Temos um animalzinho mais". Depois acompanhou seu marido e o estrangeiro ao pavilhão. Queria afastá-lo de sua intimidade.

— Aqui em *Inglaterra* se sentirá mais independente...

E olhou o jovem com timidez. Tefa, a criada, abriu as portas do salão de caçada e as dos dormitórios e acendeu os lampiões. O forasteiro se mostrou entusiasmado com seu alojamento. Dona Matilde, ajudada por Tefa, escolheu o quarto maior, estendeu a cama, abriu a janela que dava ao "jardim dos animaizinhos" e fez várias recomendações a seu hóspede sobre como deveria fechar o mosqueteiro para evitar a passagem dos morcegos, que geralmente eram inofensivos.

O jovem se apresentou sob o nome de Felipe Hurtado e depositou sua maleta sobre uma mesinha. A criada renovou a água da jarra, trouxe barras de sabão francês e colocou toalhas limpas nas prateleiras do banheiro. Durante o jantar a senhora ficou cativada pelo sorriso de seu hóspede. O jovem se retirou a seu pavilhão. Uma vez a sós, dom Joaquín contou à sua mulher a cena ocorrida no Hotel Jardín. Ao passar pelo saguão, dom Pepe Ocampo havia lhe contado.

— Ganhamos o general como inimigo!

— Esse homem não pode fazer todas as barbaridades que lhe dê vontade.

— Mas as faz! – ela contestou risonhamente.

Muito cedo o forasteiro acordou sobressaltado. Uma multidão de gatos caiu sobre sua cama; os donos da casa haviam esquecido de avisá-lo que no "jardim dos animaizinhos" viviam centenas deles e que a essa hora, famintos, desciam pelos telhados para dirigir-se ao lugar onde os criados colocavam as caçarolas com leite e pedaços de carne. Hurtado não sabia o que estava acontecendo. Pela janela aberta os gatos entravam e saíam enquanto uma zoada de patos avançava entre as pedras do jardim; havia também cervos, cabritos, cachorros e coelhos.

O estrangeiro não saía de seu assombro. Invadiu-o uma mistura de ternura e ironia: se deu conta de que os animais eram recolhidos como ele.

Já tarde decidiu sair de seu quarto. O sol estava alto e mal se via por entre os espessos galhos. Passeou com timidez entre as plantas e as samambaias, removeu uma pedra e encontrou um bicho que o fez retroceder com um movimento de repugnância.

— É um escorpião! – disse Tefa que o estudava de longe.

— Ah! Bom dia – repôs o forasteiro com cortesia.

— Mate-o! São maus. Na sua terra não tem, já que o senhor não o conhece? – insistiu a criada com má vontade.

— Não, eu sou de terra fria...

Um vapor levantava do jardim. As plantas desprendiam cheiros úmidos e penetrantes. As grandes folhas carnosas com os talos cheios de água se mantinham erguidas apesar da violência do calor. O espesso bananal se enchia de rumores estranhos, a terra era negra e úmida, a fonte brilhava sua água esverdeada e em sua superfície boiavam folhas em decomposição e enormes mariposas afogadas. Dali também surgia um cheiro decomposto e pantanoso. O jardim que à noite era luminoso e negro, coberto de folhas misteriosas e de flores adivinhadas pela intensidade de seu perfume, durante o dia se infestava de cheiros e presenças ameaçadores para o nariz do estrangeiro. Sentiu náuseas.

— A que horas volta o patrão?

— Se não sai – respondeu zombeteiramente a criada.

— Ah! Eu pensei que ia trabalhar.

— Sim, vai, mas aí mesmo.

E a mulher fez um sinal com a cabeça, indicando uma porta aberta entre a parede que comunicava com o "jardim dos animaizinhos".

— Talvez seja melhor que não o incomode.

Tefa não contestou. O estrangeiro sentiu a hostilidade da mulher. De repente pareceu lembrar de algo.

— Diga-me, onde mora o senhor presidente?

— Juan Cariño? Em Alarcón, já quase chegando às margens, perto da saída de las Cruzes – informou a mulher assombrada. Gostaria de ter perguntado alguma coisa mas a indiferença do jovem a fez calar.

— Vou vê-lo. Voltarei na hora do almoço – disse o jovem com naturalidade.

E Felipe Hurtado se dirigiu ao portão de saída. Tefa viu-o se afastar e teve a impressão de que ia pisando na grama sem deixar pegadas.

— Quem sabe de onde vem esse homem? Se eu fosse o patrão não andaria recolhendo vagabundos – correu para dizer aos criados que almoçavam na cozinha.

— Já sabem o que fez no hotel? – perguntou Tacha, a camareira.

— Quis se meter com Julia e o general por pouco não o mata junto com ela e dom Pepe.

— Eu não acho que seja gente de bem. Hoje quando fui fazer a cama já a havia feito e estava lendo um livro vermelho.

— Estão vendo? Adivinhem o que aconteceria de noite!

— Sabem aonde foi agora? – perguntou Tefa e como os demais olharam para ela interrogativamente, anunciou com voz de triunfo:

— À casa das *cuscas*!

— Olha lá! É madrugador! – disse Cástulo risonho.

— Eu digo que algo de ruim o trouxe a Ixtepec – agregou Tefa convencida.

— Na frente dos passos de um homem sempre vão os passos de uma mulher – sentenciou Cástulo com dignidade.

Felipe Hurtado, alheio aos cochichos, atravessou o povoado e passou em frente do hotel. Dom Pepe, que o viu vir de longe, meteu-se apressado em seu saguão e depois, quando o estrangeiro já havia passado, empinou-se curiosamente para vê-lo de costas. "Descarado! Ainda não me refiz do desgosto e já anda de novo por aqui!", disse para si mesmo o velho com rancor. Com efeito, na véspera o general saiu ao corredor para interrogá-lo. Nunca o havia visto mais sombrio.

— Quem é esse homem?

Dom Pepe, confuso ante o gesto gelado de Rosas, não soube o que dizer, pois ignorava quem era o estrangeiro.

— Não sei, meu general, um forasteiro que buscava quarto. Não tive tempo para perguntar nada porque o senhor chegou em seguida...

— E com que direito você se atreve a alugar quartos sem a minha permissão? – perguntou Rosas, ignorando que dom Pepe Ocampo era dono do Hotel Jardín.

— Não, meu general, não pensava alugar para ele. Estava lhe dizendo que não tinha quartos desocupados quando o senhor chegou...

Luisa, jogada em sua rede, escutava atentamente o diálogo.

— General, esteve mais de uma hora conversando com Julia.

Vingava-se assim de Julia e de dom Pepe.

Francisco Rosas não olhou para ela.

— Ouvi que conversavam de Colima – agregou com maldade.

— De Colima! – repetiu Rosas, sombrio. Quisera não tê-la escutado. Sem responder voltou para seu quarto. Dom Pepe olhou para Luisa com ódio. Esta continuou balançando-se em sua rede e depois ela também se fechou em seu quarto.

Com dissimulação, o hoteleiro se aproximou à porta dos amantes e tratou de escutar o diálogo.

— Diga-me, Julia, por que teve medo?

— Não sei – respondeu ela com voz tranquila.

— Diga-me a verdade, Julia, quem é ele?

— Não sei...

Dom Pepe podia vê-la, encolhida como uma gata, com a cabeça reclinada em um ombro e, com seus olhos amendoados, olhando suplicante para o general. "É muito malvada! A golpes eu sacaria dela a verdade!" pensou o velho. A entrada do tenente-coronel Cruz no hotel fez com que se retirasse com precipitação de seu posto e de suas reflexões.

— Veja só! Na escuta! – disse rindo-se o oficial.

— Não ria... – e o velho contou assustado sua história.

O tenente-coronel pareceu preocupado.

— Ah, esta Julia! – disse sem vontade de rir.

Francisco Rosas voltou a sair de seu quarto. Estava pálido, e foi para a rua sem chamar seus amigos. Antes da meia-noite voltou bêbado.

— Julia, vamos a Las Cañas...

— Não quero.

Julia se negou pela primeira vez ao capricho do amante. O general lançou o vaso de jacintos contra o espelho da cômoda e este caiu feito cacos. A jovem tapou os olhos.

— O que você fez? É de mal agouro!

Os demais hóspedes do hotel escutaram assustados o estrondo.

— Meu Deus, não se pode viver tranquila! – gemeu Rafaelita.

— Quero ir embora para minha casa! – gritou Antonia, e o coronel Justo Corona tapou sua boca com as mãos.

Felipe Hurtado chegou à casa que procurava. Soube que era ela porque se separava das outras casas como se fosse uma imagem refletida em um espelho partido. Suas paredes eram ruínas e, ainda que tratassem de fazer-se pequenas, cresciam enormes ao final de uma rua que terminava em pedras.

— É ali! – gritaram uns pirralhos que olhavam para ele ávidos. O forasteiro observou a porta desbotada e o nicho que amparava um Santo Antônio. Apertou a campainha.

— Entre, está aberto! – respondeu uma voz aborrecida.

Hurtado empurrou a porta e se encontrou em um vestíbulo com piso de pedra que comunicava com um quarto que fazia as vezes de sala. Umas poltronas de veludo vermelho, umas flores sujas, umas mesas e um espelho fumê mobiliavam o quarto. Havia pontas de cigarro e garrafas espalhadas pelo chão pintado de vermelho. *La Taconcitos*, em roupa íntima, despenteada e calçando uns chinelos de salto retorcido, recebeu-o.

— Cedinho e já está pedindo tua esmola – disse a mulher com um sorriso em que resplandecia um canino de ouro.

— Perdoe, procurava o senhor presidente.

— Você é de fora, não é verdade? Já lhe aviso que tem antessala.

E a mulher saiu sem deixar de sorrir. O senhor presidente não se fez esperar. Cordial, ofereceu uma poltrona ao estrangeiro e ele ocupou a contígua. Apareceu *La Luchi* com uma bandeja de chumbo com duas tacinhas.

— Você é o amigo de Julia? Vá com cuidado – advertiu Luchi pondo-se a rir com desembaraço.

— O amigo? – murmurou Hurtado.

Juan Cariño, ao ver a perturbação do estrangeiro, aprumou-se, tossiu um pouco e tomou a palavra.

— Sofremos uma ocupação e não podemos esperar nada de bom dos invasores. A Câmara do Comércio, a Presidência Municipal e a Inspeção de Polícia estão sob suas ordens. Eu e meu governo carecemos de toda proteção. Por isso o senhor deve ter cuidado com seus passos.

— Anda enrabichado e nós é que pagamos – interrompeu Luchi.

— Menina! Que linguagem é essa? – protestou o senhor presidente envergonhado, e acrescentou depois de um silêncio penoso: – Há vezes em que o capricho leva o homem à loucura. Sem exagerar, podemos dizer que a jovem Julia deixou louco o general Rosas.

— Pensa ficar tempo por aqui? – perguntou Luchi.

— Não sei...

— Pois não se acomode muito.

— Siga os conselhos da Luchi. Verá que cada vez que tem um desgosto com a senhorita Julia nos prende e nos enforca... Menos mal que suas perseguições ainda não chegaram ao dicionário...

— O senhor presidente é um amigo dos dicionários – disse Luchi com precipitação.

— E como não hei de ser se eles contêm toda a sabedoria do homem? Que faríamos sem os dicionários? Impossível pensar. Esse idioma que falamos seria ininteligível sem eles. "Eles!" Que significa eles? Nada. Um ruído. Mas se consultarmos o dicionário encontramos: "Eles, terceira pessoa do plural."

E o estrangeiro se pôs a rir. O senhor presidente gostava de seu sorriso e, sentado na sua poltrona ensebada, serviu-se de várias colheres de açúcar e mexeu seu café com parcimônia.

Estava contente: havia despistado o estrangeiro, pois se era certo o que havia dito, o importante era o que não havia dito: que as palavras eram perigosas porque existiam por elas mesmas e a defesa dos dicionários evitava catástrofes inimagináveis. As palavras deviam permanecer secretas. Se os homens conheciam sua existência, levados por sua maldade as diriam e as fariam saltar para o mundo. Já eram muitas as que os ignorantes conheciam e se valiam delas para provocar sofrimentos. Sua missão secreta era passear por minhas ruas e levantar as palavras malignas pronunciadas no dia. Recolhia uma por uma com dissimulação e as guardava debaixo da sua cartola. Havia as muito perversas; fugiam e obrigavam-no a correr várias ruas antes de se deixarem prender. Teria sido muito útil uma rede para caçar borboletas, mas era tão visível que teria despertado suspeitas. Alguns dias sua colheita era tão grande que as palavras não cabiam debaixo de seu chapéu e ele se via obrigado a sair várias vezes para a rua antes de terminar sua limpeza. Ao voltar para casa se fechava em seu quarto para reduzir as palavras em letras e guardá-las outra vez em seu dicionário, de onde não deveriam nunca ter saído. O terrível era que não bem uma palavra maligna encontrava o caminho das línguas perversas, escapava sempre, e por isso seu trabalho não tinha fim. Todos os dias procurava as palavras enforcar e torturar e quando elas escapavam dele voltava derrotado, não jantava e passava a noite em claro. Sabia que de manhã haveria pendurados nas portas de saída para Cocula e sentia-se o responsável. Olhou atentamente o estrangeiro. Desde a véspera lhe havia inspirado confiança, e se o convidou a vir à Presidência foi para iniciá-lo no mistério de seu poder. "Quando eu morrer alguém tem que herdar minha missão limpadora. Se não, o que será deste povo?" Primeiro tinha que saber se o herdeiro tinha coração puro.

— Metamorfose! Que seria metamorfose sem o dicionário...? Um monte de letrinhas negras.

E estudou o efeito da palavra sobre o rosto do estrangeiro; este se transformou na cara de um menino de dez anos.

— E que seria confete...?

A palavra produziu uma festa nos olhos de Felipe Hurtado e Juan Cariño se encheu de gozo.

Luchi poderia passar horas escutando-o. "Que pena! Se não estivesse louco teria muito poder e o mundo seria tão luminoso como a Roda da Fortuna", e Luchi ficava triste ao ver Juan Cariño na casa das putas. A jovem queria descobrir o momento em que Juan Cariño tinha se convertido no senhor presidente e não conseguia encontrar a rachadura que dividia os dois personagens: por essa fenda fugia a felicidade do mundo; e desse erro nascia o homenzinho fechado no prostíbulo, sem esperanças de recuperar seu brilhante destino. "Talvez dormindo sonhou que era o senhor presidente e nunca mais despertou desse sonho, embora agora ande com os olhos abertos", dizia para si a jovem recordando seus próprios sonhos e sua conduta extravagante dentro deles. Por isso lhe servia muitas xícaras de café e o tratava com cuidado, como se trata os sonâmbulos. "Se algum dia despertar..." e esquadrinhava os olhos do senhor presidente acreditando descobrir neles o mundo assombroso dos sonhos: suas espirais subindo ao céu, suas palavras girando solitárias como ameaças, suas árvores semeadas ao vento, seus mares azuis sobre os telhados. Por acaso ela não voava em sonhos? Voava sobre umas ruas que por sua vez voavam perseguindo-a e embaixo a esperavam umas frases. Se chegasse a levantar na metade desse sonho, acreditaria para sempre na existência de suas asas e as pessoas diriam zombando: "Olhem para Luchi. Está louca. Pensa que é um pássaro". Por isso espiava Juan Cariño, para ver se conseguia fazê-lo despertar.

— Quando quiser passar um tempo perdido nas palavras venha aqui; a partir desse momento ponho a sua disposição meus dicionários – Luchi ouviu-o dizer.

— Advirto-o de que seu convite não cairá no vazio – disse risonho o estrangeiro.

— Possuo até três volumes do *Dicionário da Língua Inglesa*. Não pude conseguir todos... É uma verdadeira desgraça!

E Juan Cariño caiu em uma grande tristeza. Quem estaria fazendo uso desses livros? Não lhe assombrava a desgraça que reinava no mundo.

Luchi saiu do quarto e voltou ao cabo de uns minutos com um dicionário de capa laranja e letras de ouro. Juan Cariño pegou o livro com reverência e começou a iniciar seu amigo em suas palavras prediletas. Repetia-as em sílabas para que seu poder banhasse Ixtepec e o livrasse do poder das palavras ditas na rua ou no escritório de Francisco Rosas. De repente se deteve e olhou com seriedade ao seu interlocutor.

— Suponho que vá à missa.

— Sim... aos domingos.

— Não nos prive de unir sua voz às palavras das orações. São tão bonitas!

E Juan Cariño começou a recitar as ladainhas.

— Já é mais de uma e meia e o fogo nem sequer foi aceso – anunciou Taconcitos assomando sua cabeça desalinhada pela porta da sala.

— Uma e meia? – perguntou Juan Cariño interrompendo a oração. Queria esquecer a voz grosseira da mulher que o devolvia à miséria de sua vida na casa de paredes e camas sujas.

— Uma e meia! – repetiu a mulher e desapareceu do caixilho da porta.

— É uma livre-pensadora... São eles que deixam o mundo tão horrível – disse Juan Cariño com fastio. Pôs-se de pé e se aproximou devagar de Felipe Hurtado.

— Guarde meu segredo. A cobiça do general é insaciável. É um livre-pensador que persegue a beleza e o mistério. Seria capaz de tomar uma medida persecutória contra o dicionário e provocaria uma catástrofe. O homem se perderia em um idioma desordenado e o mundo ficaria convertido em cinzas.

— Seríamos como os cachorros – explicou Luchi.

— Ainda pior, porque eles organizaram seus latidos ainda que para nós resulte incompreensível. Sabe o que é um livre-pensador? Um homem que renunciou ao pensamento.

E o senhor presidente acompanhou seu hóspede até a porta da rua.

— Minhas lembranças mais afetuosas a dona Matilde e a dom Joaquín embora guarde sentimento grande por não vê-los nunca por esta sua casa.

Juan Cariño ficou pensativo no umbral da porta de entrada, fazendo sinais de adeus ao estrangeiro que se afastou no resplendor das duas da tarde. Depois fechou tristemente a porta, voltou para a salinha suja e sentou na poltrona que havia ocupado antes. Procurou não ver as pontas de cigarro e o sebo que reinavam no quarto.

— Senhor presidente, alegre-se! Já lhe trago seus taquinhos – disse Luchi tratando de animá-lo. A essa hora as demais mulheres mal estavam levantando.

Nesses dias eu era tão desgraçado que minhas horas se acumulavam informes e minha memória se converteu em sensações. A desgraça como a dor física iguala os minutos. Os dias se convertem no mesmo dia, os atos nos mesmos atos e as pessoas em um só personagem inútil. O mundo perde sua variedade, a luz se aniquila e os milagres ficam abolidos. A inércia desses dias repetidos me deixava quieto, contemplando a fuga inútil de minhas horas e esperando o milagre que se obstinava em não se produzir. O porvir era a repetição do passado. Imóvel, deixava-me devorar pela sede que corroía minhas esquinas. Para romper os dias petrificados somente me restava a miragem ineficaz da violência, e a crueldade se exerce com furor sobre as mulheres, os cachorros de rua e os índios. Como nas tragédias, vivíamos dentro de um tempo quieto e os personagens sucumbiam presos nesse instante parado. Era em vão fazerem gestos cada vez mais sangrentos. Tínhamos abolido o tempo.

A notícia da chegada do estrangeiro correu pela manhã com a velocidade da alegria. O tempo, pela primeira vez em muitos anos, girou pelas minhas ruas levantando luzes e reflexos nas pedras e nas folhas das árvores; as amendoeiras se encheram de pássaros, o sol subiu com delícia pelos montes e nas cozinhas as criadas comentaram ruidosas sua chegada. O cheiro da infusão de folhas de laranjeira chegou até os quartos despertando as senhoras de seus sonos inábeis. A inesperada presença do forasteiro rompeu o silêncio. Era o mensageiro, o não contaminado pela desgraça.

— Conchita! Conchita...! Matilde tem um mexicano. Vista-se! – gritou dona Elvira quando sua criada lhe deu a notícia.

A senhora se levantou de um salto. Queria chegar cedo à missa das sete para ter, de primeira, notícias sobre o forasteiro. Quem era? Como era? Que queria? A que tinha vindo? Vestiu-se depressa e contemplou-se com calma no espelho. Sua cara não lhe desgostava.

— Olhe como estou com uma cor boa...! Pena que o seu pobre pai não possa me ver! Eu lhe daria inveja, ele sempre foi tão amarelo...!

Conchita, de pé junto ao tocador, esperou pacientemente que sua mãe terminasse de se admirar.

— Aí está! Aí está, me espiando do fundo do espelho, aborrecido por me ver viúva e ainda jovem! Estou indo, Justino Montúfar!

E a senhora mostrou a língua para a imagem de seu marido guardada no mercúrio do espelho. "Aí ficou de tanto se olhar", disse a si mesma no caminho da igreja. "Nunca conheci um homem mais soberbo!" E lembrou aborrecida a precisão do engomado dos punhos de suas camisas, a perfeição de suas gravatas, os vincos de suas calças. Quando morreu não quis vesti-lo: "Uma simples mortalha!", pediu chorando a suas amigas, contente de privá--lo dos caprichos que a haviam tiranizado tantos anos. "Que aprenda!", dizia enquanto suas amigas amortalhavam o corpo em um lençol qualquer: nesse momento já era dona outra vez de sua vontade e a impôs vingativa sobre o defunto que pálido e contraído parecia se remexer enfurecido contra ela.

— Como Matilde demora! As velhas fazem tudo devagar – exclamou contrariada quando viu que sua amiga não tinha chegado ao átrio da igreja. Demonstrou seu desgosto batendo os pés no chão. Conchita baixou os olhos. Parecia-lhe que as frases e os gestos de sua mãe atraíam os olhares dos demais que, embora esperassem também impacientes, faziam-no com mais discrição.

— É capaz de não vir. Ela gosta tanto de se fazer interessante! Pobre rapaz, não sabe em que casa de loucos caiu.

Conchita fez-lhe um sinal para que se calasse.

— Por que está me fazendo sinal? Todos sabemos que Joaquín está louco. Acredita ser o rei dos animais... – e se pôs a rir de sua ideia.

Não pôde continuar seu discurso pois viu vir a seu encontro dona Lola Goríbar acompanhada de seu filho Rodolfo.

— Aí vem essa gorda! – disse com ojeriza.

Dona Lola não saía quase nunca de sua casa. Talvez por isso padecia de uma gordura monstruosa. Tinha medo. Um medo distinto do nosso. "Se ficasse sem dinheiro ninguém lhe estenderia a mão", dizia com terror e permanecia junto de seus armários de remate alto onde os centenários de ouro formavam pilhas pares e compactas. Aos sábados e domingos os empregados a ouviam, fechada em seu quarto, contar as moedas. No resto da semana patrulhava sua casa com ferocidade. "Nunca se sabe o que Deus nos guarda", e este pensamento a aterrava. Existia a possibilidade de que Deus quisesse torná-la pobre; e para se prevenir contra a vontade divina, acumulava riquezas sobre riquezas. Era muito católica, tinha capela em sua casa e aí assistia à missa. Falava sempre do "santo temor de Deus" e todos sabíamos que "o santo temor" se referia somente ao dinheiro. "Não confie, não confie", soprava no ouvido de Rodolfo. Assombrados, vimos chegar apoiada no braço de seu filho. "Estão nos olhando", disse a mãe em voz baixa. Nós admirávamos o terno de gabardina do jovem e o broche de diamantes que fulgurava no peito da senhora. Ele se vestia na Cidade do México e os criados diziam que tinha mais de mil gravatas. Por outro lado, sua mãe vestia sempre o mesmo conjunto negro que começava a esverdear nas costuras. A senhora Montúfar saiu para recebê-la e dona Lola olhou para Conchita com desconfiança: a jovem lhe parecia perigosa. Rodolfo procurou não vê-la. "Não queria dar esperanças; com as mulheres nunca se sabe; se valem do menor gesto para comprometer o homem."

Dona Lola Goríbar temia que o estrangeiro tivesse intenções perversas que pusessem em perigo a tranquilidade de seu filho.

— Eu digo que não é justo, não é justo! Fito passa já tantos cuidados...!

— Não se preocupe comigo, mãezinha.

Dona Elvira seguiu resignada o diálogo sustentado entre a mãe e o filho. A senhora Goríbar sentia uma admiração ilimitada por Rodolfo: graças a ele suas terras foram devolvidas a ela e o Governo havia pagado pelos danos cometidos por zapatistas. Era, pois, justo que em público fizesse testemunho de seu agradecimento. Era o mínimo que podia fazer por ele.

— É tão bom, Elvira...! – e dona Lola levou a mão ao broche de diamantes. A senhora Montúfar se inclinou para admirar a joia. "Justino também era um filho muito bom...", pensou com ironia. Rodolfo fazia frequentes viagens à Cidade do México e ao voltar a Ixtepec entrava no Comando Militar para conversar com o general Francisco Rosas.

— Já moveu suas divisas! – dizíamos ao vê-lo sair sorridente do escritório do general.

De fato, depois de cada viagem, Rodolfo, ajudado por seus pistoleiros trazidos de Tabasco, movia as divisas que limitavam suas fazendas e ganhava peões, choupanas e terras gratuitas. Sob uma das amendoeiras do átrio, esperando a missa das sete, estava Ignacio, o irmão de Agustina, a padeira. Observou por longo tempo o filho de dona Lola: depois se aproximou cortesmente dele e lhe pediu um aparte. Dizia-se que Ignacio era um adepto das reformas agrárias. A verdade era que havia militado nas fileiras de Zapata e que agora levava a vida descalça de qualquer camponês. Sua calça de algodão rústico e seu chapéu de palha estavam comidos pelo sol e o uso.

— Olhe, dom Rodolfo, é melhor que deixe quietas as divisas. Os camponeses dizem que vão matá-lo.

Rodolfo sorriu e deu-lhe as costas. Ignacio, mortificado, retirou-se e de longe contemplou a silhueta miúda de Rodolfo Goríbar. Este não lhe concedeu nenhum olhar mais. Quantas vezes o haviam ameaçado? Sentia-se seguro. O menor arranhão a sua pessoa custaria a vida a dezenas de camponeses. O governo havia prometido a ele e o havia autorizado a apropriar-se das terras que lhe dessem vontade. O general Francisco Rosas o apoiava. Cada vez que alargava suas fazendas, o general Francisco Rosas recebia das mãos de Rodolfo Goríbar uma grande soma de dinheiro que se convertia em joias para Julia.

— Vê como uma mulher é capaz de dominar um homem? Desavergonhada, está nos arruinando!

Rodolfo beijava sua mãe para consolá-la das ofensas que Julia infligia com seu impudor. E para reparar a ofensa também ele presenteava sua mãe com joias.

— Ele paga e os índios não trabalham – ouviu-a dizer.

Aproximou-se dela. Sua voz o consolava da dureza das palavras de Ignacio. Sentia-se unido a sua mãe por um amor terno e único e seus melhores momentos passava de noite quando de cama a cama, através da porta aberta, mantinha com ela diálogos apaixonados e secretos. Desde pequeno foi o consolo de sua mãe, vítima de um matrimônio desgraçado. A morte de seu pai não fez mais do que afirmar o amor exclusivo que os unia. Dona Lola o via pequeno e medroso, sedento de mimos, e cobria-o com suas adulações.

— O segredo para conseguir um homem é bajulação e boa cozinha... – dizia maliciosamente e vigiava com astúcia os caprichos e a comida de seu filho. Quando era criança e tropeçava em uma cadeira ou com a mesa, mandava açoitá-las para demonstrar à criança que elas eram as culpadas. "Fito sempre tem razão", afirmava muito séria, e justificava a menor de suas birras.

— Não sabe, Elvira a sorte que é ter um filho como Fito... Não creio que se case. Nenhuma mulher o compreenderia como sua mãe...

Dona Elvira não teve tempo de responder. A chegada de dona Matilde a distraiu.

— Viu? Você viu, que descarada? – perguntou dona Lola referindo-se a Conchita, assim que a jovem e sua mãe se distanciaram.

— Sim, mamãe, mas não se preocupe.

— Comia-o com os olhos!

Dona Matilde atravessou o átrio com seu trotezinho alegre. Tinha ficado tarde pois ficara conversando com Joaquín sobre seu hóspede e vinha sufocada pela correria: queria alcançar o final da missa. Ao ver suas amigas esperando-a fez um esforço para não cair na risada. "As curiosas, terei que convidá-las!"

À noite, na casa de dom Joaquín, tiraram-se as cadeiras para o terraço, acenderam-se os lampiões e se prepararam bandejas com refrescos e doces. Fazia já tanto tempo que ninguém se reunia em Ixtepec que a casa inteira se encheu de regozijo, mas mal chegaram os convidados, a alegria desapareceu e o grupo de amigos se sentiu intimidado frente ao forasteiro. Envergonhados, pronunciaram breves saudações e depois em silêncio ocuparam suas cadeiras e contemplaram a noite. Um calor ardente flutuava no jardim, as samambaias cresciam desmedidas entre as sombras e as formas obtusas das montanhas que me rodeavam se instalaram no céu por cima dos telhados e oprimiram a noite. As senhoras emudeceram: suas vidas, seus amores, suas camas inúteis desfilaram deformadas pela escuridão e pelo calor imóvel. O forasteiro se refugiou em um ritmo lúgubre do ir e vir dos leques para esquecer a estranheza de encontrar-se frente a essas desconhecidas. Isabel e Conchita, condenadas a irem se desgastando pouco a pouco entre as paredes de suas casas, comeram sem vontade as guloseimas pelas quais escorria o mel ardente. Tomás Segovia se esforçou por enfileirar frases brilhantes como contas, mas diante do silêncio de seus amigos perdeu o fio e as viu melancólico rodarem pelo chão e perderem-se entre as pernas de suas cadeiras. Martín Moncada contemplava a noite de um lugar separado. Até ele chegavam algumas palavras de Segovia.

— É um homem muito estranho! – sussurrou dona Elvira ao ouvido do estrangeiro. Diante do fracasso da reunião, a senhora procurava o caminho das confidências. Hurtado olhou para ela surpreendido e a viúva indicou com sinais a distância de Martín Moncada. Quisera dizer a opinião que tinha sobre seu amigo, mas ficou com medo de que Ana a escutasse.

— Foi maderista! – comentou em voz muito baixa para fazer um resumo das extravagâncias de Moncada.

O estrangeiro sorriu diante da confidência de dona Elvira e não soube o que dizer.

— Com Madero começaram nossas desgraças... – suspirou a viúva com falsidade. Sabia que uma discussão reanimaria a conversa moribunda.

— No princípio de Francisco Rosas está Francisco Madero – sentenciou Tomás Segovia.

A figura do general Rosas surgiu no centro escuro do jardim e avançou até o grupo esquecido no terraço de dona Matilde: "Ele é o único que tem direito à vida", disseram-se rancorosos e sentiram-se presos em uma rede invisível que os deixava sem dinheiro, sem amores, sem futuro.

— É um tirano!

— O que dizer ao senhor se ele o viu com seus olhos?

— Desde que chegou a Ixtepec não tem feito mais que cometer crimes e crimes e crimes.

Na voz de Segovia havia uma ambiguidade: quase parecia invejar a sorte de Rosas, ocupado em enforcar camponeses no lugar de sentar-se na varanda de uma casa medíocre dizendo palavras inúteis. "Deve passar momentos terríveis" disse a si mesmo, sentindo uma emoção aguda. "Os romanos tampouco tinham a concepção ridícula da piedade e menos frequente aos vencidos, e os índios são os vencidos." Mentalmente fez com o polegar o sinal da morte, tal como a via nas gravuras de sua história romana. "Somos um povo de escravos com uns quantos patrícios", e sentou-se no palco dos patrícios à direita de Francisco Rosas.

— Desde que assassinamos Madero não temos nada além de uma longa noite que expiar – exclamou Martín Moncada, sempre de costas para o grupo.

Seus amigos olharam para ele com rancor. Por acaso Madero não havia sido um traidor de sua classe? Pertencia a uma família *criolla* e rica e no entanto encabeçou a rebelião dos índios. Sua morte não só era justa como necessária. Ele era o culpado da anarquia que havia caído sobre o país. Os anos de guerra civil que se seguiram à sua morte foram atrozes para os mestiços que sofreram às hordas de índios brigando por uns direitos e umas terras que não lhes pertenciam. Houve um momento, quando Venustiano Carranza traiu a Revolução triunfante e tomou o poder, em que as classes endinheiradas tiveram um alívio. Depois, com o assassinato de Emiliano Zapata, de Francisco Villa e de Felipe Ángeles, sentiram-se seguras. Mas os generais traidores da Revolução instalaram um governo tirânico e voraz que só dividia as riquezas e os privilégios com seus antigos inimigos e cúmplices na traição: os grandes terra-tenentes do porfirismo.

— Martín, como pode falar assim? Você acredita sinceramente que merecemos Rosas?

Dona Elvira Montúfar estava envergonhada das palavras de seu amigo.

— Não só Rosas como também Rodolfito Goríbar e seus matadores tabasquenhos. Vocês acusam Rosas porém esquecem seu cúmplice que é ainda mais sanguinário... Mas, enfim, já outro porfirista facilitou o dinheiro a Victoriano Huerta para assassinar Madero.

Os demais se calaram. Na verdade estavam assombrados da amizade sangrenta entre os porfiristas católicos e os revolucionários ateus. A voracidade e a origem vergonhosa do mestiço os unia. Entre os dois haviam inaugurado uma era bárbara e sem precedente em minha memória.

— Eu não acredito que eles tenham pagado para matar Madero – disse a viúva sem convicção.

— Luján pagou seis milhões de pesos a Huerta, querida Elvira – disse Moncada com ira.

— Tem razão, Martín, e ainda veremos coisas piores. Para que vocês acham que Rodolfito trouxe esses pistoleiros de Tabasco? Para caçar cachorros de rua?

Dom Joaquín ao dizer isto estremeceu pensando nos inumeráveis cachorros famélicos e sarnentos que perambulavam pelas minhas ruas de pedras, perseguidos pela sede, iguais em sua miséria e em sua condição de párias aos milhões de índios despojados e brutalizados pelo Governo.

"Os pistoleiros!" A palavra ainda nova nos deixou aturdidos. Os pistoleiros eram a nova classe surgida do matrimônio da Revolução traidora com o porfirismo. Trajados com seus ternos caros de gabardine, com os olhos cobertos por óculos escuros e as cabeças protegidas por feltros flexíveis, exerciam o macabro trabalho de escamotear homens e devolver cadáveres mutilados. A esse ato de prestidigitação os generais chamavam de "*Hacer Patria*" e os porfiristas "*Justicia Divina*". As duas expressões significavam negócios sujos e despojos brutais.

— Teríamos ficado melhor com Zapata. Pelo menos era do sul – suspirou dona Matilde.

— Com Zapata? – exclamou dona Elvira. Seus amigos haviam ficado loucos essa noite ou talvez queriam torná-la ridícula diante do estrangeiro. Lembrou do alívio de todos quando souberam do assassinato de Zapata. Durante muitas noites pareceu-lhes ouvir o barulho do seu corpo ao cair no pátio da *Hacienda de Chinameca* e puderam dormir tranquilos.

— Matilde fala como um general do governo – disse Segovia com ar divertido, e pensou no novo idioma oficial em que as palavras "justiça", "Zapata", "índio" e "camponeses" serviam para facilitar o despojo de terras e os assassinatos.

— É verdade! Sabe que o governo vai lhe fazer uma estátua? – perguntou dona Elvira com alegria.

— Para que não digam que não são revolucionários...! Não tem remédio, o melhor índio é o índio morto! – exclamou o boticário recordando a frase que havia guiado a ditadura porfirista e aplicando-a agora com malícia ao uso que se pretendia fazer com o nome do índio assassinado Emiliano Zapata. Os demais festejaram com gargalhadas a sutileza do boticário.

— Parece uma piada estúpida – comentou Martín Moncada.

— Não se aborreça, dom Martín – suplicou Segovia.

— Tudo isto é muito triste...

— É verdade, aqui a única que ganha sempre é Julia – replicou o boticário com amargura.

— Sim, a culpa é dessa mulher – exclamou a senhora Montúfar.

— E na Cidade do México não sabem o que passa por aqui? – perguntou com cautela dona Matilde para afugentar o fantasma de Julia.

— E em Ixtepec não tem teatro? – disse o forasteiro mudando a resposta por outra pergunta.

— Teatro? O senhor quer mais teatro do que nos dá essa mulher? – repôs a mãe de Conchita sobressaltada e olhando com assombro para o estrangeiro.

— É uma pena! – assegurou este com tranquilidade.

Os demais se olharam sem saber o que dizer.

— O povo vive mais feliz. O teatro é a ilusão e o que falta a Ixtepec é isso: a ilusão!

— A ilusão! – repetiu melancólico o dono da casa.

E a noite escura e solitária caiu sobre eles enchendo-os de tristeza. Nostálgicos buscaram algo impreciso, algo a que não conseguiam dar forma e que necessitavam para cruzar os inumeráveis dias que se estendiam ante eles como uma enorme paisagem de jornais velhos, em cujas folhas se mesclavam com grosseria os crimes, os casamentos, os anúncios, tudo misturado, sem destaque, como fatos esvaziados de sentido, fora do tempo, sem memória.

O cansaço caiu sobre as mulheres e os homens se olharam inúteis. No jardim os insetos se destruíam uns aos outros nessa luta invisível e ativa que enche a terra de rumores. "Os ratos estão esburacando minha cozinha", disse a si mesma dona Elvira Montúfar e se pôs em pé. Os demais a imitaram e juntos saíram para a noite. Felipe Hurtado se ofereceu a acompanhá-los. O grupo avançou cabisbaixo pelas minhas ruas silenciosas. Ocupados em desviar os buracos e os desníveis do terreno, mal falavam. Ao chegar à praça abandonada viram a luz que escapava pelas persianas da sacada de Julia.

— Aí estão esses! – disse dona Elvira com rancor.

Que estariam fazendo? A imagem de uma felicidade alheia os deixou taciturnos. Talvez Francisco Rosas tivesse razão. Talvez só o rosto sorridente de Julia afugentasse os dias de papel de jornal e em seu lugar crescessem os dias de sóis e lágrimas. Inseguros se afastaram do balcão eleito para perderem-se pelas ruas a escuras, procurando seus vestíbulos que os viam entrar e sair todos os dias idênticos a si mesmos.

Em sua viagem de volta, Felipe Hurtado se deteve em frente à sacada da *querida* de Ixtepec. Depois atravessou a rua e sentou-se em um dos bancos da praça de onde dominava a janela do quarto de Julia. Com a cabeça entre as mãos e entregue a pensamentos infinitamente tristes, esperou que amanhecesse.

De manhã, seus anfitriões olharam-no com estranheza. Queriam dizer-lhe que a noite toda haviam esperado sua volta temerosos de que algo de mal tivesse acontecido, mas não se atreveram. Ele se apresentou manso e submisso como um gato e seus amigos aceitaram sua presença com beneplácito.

VIII

Qual foi a língua que pela primeira vez pronunciou as palavras que haviam piorado meu destino? Passaram-se já muitos anos e ainda não o sei. Ainda vejo Felipe Hurtado seguido por aquela frase como se um animal pequeno e perigoso o perseguisse de dia e de noite. "Veio por ela." Em Ixtepec não havia outra ela além de Julia. "Veio por ela", diziam as filhas de dom Ramón quando de suas sacadas viam a figura alta do forasteiro. Seu pai saiu a seu encontro, mostrou-se afetuoso e solícito e tratou de levá-lo ao terreno das confidências.

— O senhor pensa ficar muito tempo conosco? – disse o senhor Martínez enquanto sondava com avidez os olhos do forasteiro.

— Ainda não sei... Depende.

— Mas, enfim, um jovem deve saber o que quer... Talvez lhe incomode minha indiscrição – apressou-se em dizer quando viu a frieza com que seu interlocutor recebia suas palavras.

— Não, por que supõe que me incomoda? Ao contrário, agradeço seu interesse – respondeu o forasteiro.

— A primeira vez que o vi, pensei que pertencia a essa classe de jovens dinâmicos que procuram um negócio brilhante... Algo produtivo...

— Um negócio? – perguntou Felipe Hurtado como se fosse a primeira vez que semelhante ideia lhe passasse pela cabeça.

— Não, nunca pensei semelhante coisa! – acrescentou pondo-se a rir.

— Pois imagine, meu amigo, que Catalán achou que o senhor era inspetor. Eu lhe assegurei que não havia nada mais longe do senhor que essa carreira.

Felipe Hurtado riu com vontade.

— Inspetor! – comentou, como se a ideia de dom Pedro Catalán fosse realmente engraçada.

— Ele é um tagarela! – disse dom Ramón à guisa de desculpa pela sua curiosidade e procurando a maneira de continuar o diálogo, mas Felipe Hurtado fez menção de se retirar e a dom Ramón não lhe restou mais remédio que lhe dar passagem.

— Não me restam dúvidas! Agora sim que não me resta a menor dúvida! – gritou triunfante dom Ramón ao entrar em sua casa. Suas filhas se precipitaram até ele. — Este jovem que se diz chamar Felipe Hurtado "veio por ela" – assegurou o velho.

As mulheres se compadeciam à sua passagem e repetiam as palavras que seguiam o jovem pelas minhas ruas. Ele parecia ignorar a frase que ia de boca em boca e saía tranquilamente a campo aberto, onde o sol pega forte, a terra está eriçada de espinhos e as cobras dormem entre as pedras. Os arreeiros o encontravam perto do Naranjo, caminhando ou sentado em uma pedra, com um livro e a cara aflita por um pesar que desconhecíamos.

No seu regresso passava pela calçada do Hotel Jardín. Julia estava na janela. Ninguém nunca os viu dizerem bom dia. Só se olhavam. Ela, impávida, via-o se perder nos portais. Os transeuntes se olhavam maliciosos repetindo com gestos: "Veio por ela."

E era indubitável que algo acontecia. Desde a chegada do estrangeiro, a atitude de Rosas piorou. Podia-se dizer que alguém lhe havia soprado no ouvido a frase destinada a todos os ouvidos menos aos seus e que vivia fustigado pela dúvida.

Nós seguíamos com perversidade e regozijo aquelas relações apaixonadas e perigosas e chegávamos à conclusão: "Vai matá-la." A ideia nos produzia um júbilo secreto e quando víamos Julia na igreja com o xale negro enrolado no pescoço deixando ver seu decote delicado, olhávamo-nos levantando um coro mudo de reprovações. Inquieto, o general esperava no átrio. Ele nunca ia à missa, não se misturava com beatas e santarrões. Nervoso, fumava encostado em uma amendoeira. Seus assistentes esperavam com ele que os serviços terminassem. As *querida*s eram devotas e assistiam com regularidade à missa. A atitude arisca de Rosas fazia com que procurássemos não esbarrar com ele na saída. Nós o víamos de longe e afastávamo-nos prudentes.

— Essa mulher não tem temor a Deus!

As mulheres iam embora em grupos entristecidas olhando com avidez Julia que se afastava de braço com seu amante.

— Seria bom prestar uma queixa ao padre Beltrán para que não a admita na igreja – propôs Charito, a filha de Maria e diretora da escolinha de Ixtepec.

— Todo mundo tem direito a Deus! – protestou Ana Moncada.

— Mas você não se dá conta, Ana, do mau exemplo que dá às jovens? Além disso, é uma ofensa para as mulheres honestas.

Levada por Francisco Rosas, Julia saiu do átrio sem ouvir os comentários hostis. Solitária, ignorava minhas vozes, minhas ruas, minhas árvores, minha gente. Nos olhos escuros viam-se as marcas de cidades e de torres longínquas e estranhas para nós. Rosas a levava a passos largos. Queria guardá-la dos olhares invejosos que corriam por trás de sua figura alta e pensativa.

— Quero caminhar – pediu a jovem esboçando um sorriso para desculpar seu capricho.

— Caminhar? – perguntou Francisco Rosas e olhou a jovem por cima do ombro. Julia lhe mostrou seu perfil imperturbável. O general olhou com atenção a linha de sua testa. Em que estava pensando? Por que queria caminhar, ela tão preguiçosa? Um nome lhe veio à memória e dirigiu-se ao hotel.

— Diga-me, Julia, por que quer caminhar?

Rodolfo Goríbar, acompanhado de dois de seus pistoleiros tabasquenhos, esperava o general no saguão do hotel. Desde longe viu-o vir com Julia e saiu a seu encontro, sabendo que era inoportuna sua presença.

— General... – chamou-o com timidez. Rosas viu-o como se não o conhecesse.

— Uma palavrinha, general...

— Veja-me depois – disse Rosas sem olhar para ele e se distanciou com Julia.

Rodolfo Goríbar virou-se para seus amigos.

— Vamos esperá-lo – e ficou passeando diante da porta do Hotel Jardín. A experiência lhe dizia que o general não demoraria muito para sair. Quando se aborrecia com Julia era o momento em que concedia todas as mortes. Rodolfito sorriu com beatitude.

— Índios safados!

Seus homens olharam para ele, cuspiram e puseram os chapéus de lado. Eles podiam esperar durante horas. O tempo corria veloz quando a presa estava segura e a expressão plácida de seu chefe lhes dava essa certeza.

— Questão de horas – disseram engolindo os esses.

Julia deixou-se cair de bruços na cama. Francisco Rosas, sem saber o que fazer nem o que dizer, aproximou-se da janela. Seus olhos apagados pelo medo que lhe infundiu o tédio da jovem acharam-se frente às torrentes de sol que entravam através das persianas. Sentiu vontade de chorar. Não a entendia. Por que se empenhava em viver em um mundo diferente do seu? Nenhuma palavra, nenhum gesto podiam resgatá-la das ruas e dos dias anteriores a ele. Sentiu-se vítima de uma maldição superior a sua vontade e à de Julia. Como abolir o passado? Esse passado fulgurante no qual Julia flutuava luminosa em quartos irregulares, camas confusas e cidades sem nome. Essa memória não era a sua e era ele quem a sofria como um inferno permanente e desbotado. Nessas lembranças alheias e incompletas encontrava olhos e mãos que olhavam e tocavam Julia e levavam-na depois a lugares onde ele se perdia procurando-a. "Sua memória é o prazer", disse a si mesmo com amargura e ouviu como Julia levantou-se da cama, chamou a criada e pediu um banho de água bem quente. Ouvia-a mover-se às suas costas, procurar os frascos de perfume, escolher o sabonete, as toalhas.

— Vou tomar banho – disse a jovem em um sussurro e saiu do quarto. Rosas se sentiu muito só. Sem Julia o quarto ficou desmantelado, sem ar, sem futuro. Voltou-se e viu a marca de seu corpo sobre a cama e sentiu que girava no vazio. Ele não tinha memória. Antes de Julia sua vida era uma noite alta pela qual ele ia a cavalo cruzando a Serra de Chihuahua. Era o tempo da Revolução, mas ele não procurava seus companheiros *villistas*, mas a saudade de algo ardente e perfeito em que se perder. Queria escapar da noite da serra, onde só restava o consolo de olhar as estrelas. Traiu Villa, passou-se para Carranza e suas noites seguiram iguais. Tampouco era o poder que buscava. No dia de seu encontro com Julia teve a impressão de tocar uma estrela do céu da serra, de atravessar seus círculos luminosos e de alcançar o corpo intacto da jovem, e esqueceu de tudo o que não fosse o resplendor de Julia. Mas ela não esqueceu e em sua memória seguiam repetindo-se os gestos, as vozes, as ruas e os homens anteriores a ele. Encontrou-se frente a ela como um guerreiro solitário frente a uma cidade sitiada com seus habitantes invisíveis comendo, fornicando, pensando, recordando, e fora dos muros que guardavam o mundo em que Julia vivia dentro, estava ele. Suas iras, seus assaltos e suas lágrimas eram vãs, a cidade seguia intacta. "A memória é a maldição do homem", disse, e golpeou a parede de seu quarto até se machucar. Por acaso o gesto que ele fazia agora não ficaria para sempre no tempo? Quantas vezes, enquanto falava com seus amigos, Julia passeava nua em sua imaginação? Ele seguia seus passos, via seus olhos e seu pescoço movendo-se dentro do mundo úmido das gazelas e ouvia seus subordinados falarem em baralho e dinheiro. "A memória é invisível", repetiu com amargura. A memória de Julia chegava a ele até quando era ele quem levava Julia adormecida em seus braços cruzando as ruas de Ixtepec. Era essa sua dor irremediável: não poder ver o que vivia dentro dela. Agora mesmo, enquanto ele sofria, vendo os raios secos do sol, ela brincava com a água, esquecida de Francisco Rosas que sofria porque ela não esquecia. Estaria sob a água recordando outros banhos e outros homens que a esperavam transidos. Viu-se em muitos homens perguntando-lhe sem esperança de resposta: "Em que está pensando, meu amor...?"

Chegou até ele seu perfume e a ouviu voltar caminhando descalça sobre as lajotas vermelhas. E a ouviu caminhar em muitos quartos parecidos, deixando atrás de si uns rastros úmidos que fugiam em um vapor leve e brevíssimo. Julia entrava em muitos quartos e muitos homens ouviam-na chegar e aspiravam seu perfume de baunilha que subia em espirais a um mundo invisível e perdido.

— Julia! – chamou-a sem se virar.

A jovem se aproximou. Francisco Rosas ouviu vir esse mundo vasto que se escondia por trás de sua testa. Sua testa era um muro altíssimo que a separava dele. "Por trás está me enganando", disse a si mesmo, e viu-a galopando em paisagens desconhecidas, dançando em escuros salões de povoado, entrando em camas enormes acompanhada de homens sem cara.

— Julia, há algum pedacinho de seu corpo que alguém não tenha beijado? – perguntou sem se virar e assustado com suas palavras. A jovem se aproximou mais dele e permaneceu silenciosa. — Julia, eu só beijei você – suplicou humilde.

— Eu também – e sua mentira roçou-lhe a nuca. Com as lembranças de Julia, Francisco Rosas desenhou no sol que entrava pelas persianas a cara afável de Felipe Hurtado.

Sem dizer uma palavra saiu do quarto e chamou gritando dom Pepe Ocampo.

— Não abram as janelas da senhorita Julia!

Saiu para a rua procurando com olhares zelosos o forasteiro. Rodolfito Goríbar foi ao seu encontro. O general passou ao largo. O jovem fez sinal a seus homens e os três seguiram o militar a boa distância. As pessoas que viam o general passar sorriam maliciosamente. "O que Rosas estará procurando?"

Voltou ao hotel com a noite muito alta. Trazia os olhos vermelhos, a cara ardida pelo sol e os lábios ressecados pelo pó. Julia o esperava sorridente. O homem se jogou na cama e olhou fixamente as vigas escuras do teto. Sentia-se perseguido por umas lembranças que o martirizavam por imperfeitas. "Se eu pudesse acordar bem", repetia a si mesmo com uma vontade ressecada que lhe enchia a cabeça de pó, "mas não me lembro das caras". Julia se aproximou e se inclinou sobre seu rosto ardido.

— Pegou muito sol – disse, enquanto passava a mão pela testa dele. Francisco Rosas não contestou. Alguma vez no passado Julia havia feito o mesmo gesto, talvez nem sequer era ele em quem passava a mão na testa, e ele, Rosas, via-a dentro de sua memória acariciando um desconhecido.

— É a minha testa que você está tocando?

Julia retirou a mão como se a tivesse queimado e assustada guardou-a em seu peito. Por trás de suas pálpebras fugiram velozes umas lembranças que Rosas conseguiu vislumbrar. Quieta no quarto perfumado, idêntico ao quarto de todas as noites, Julia parecia a mesma Julia e no entanto ele, Rosas, era outro homem com um corpo e uma cara diferente. Levantou-se e avançou até ela. Seria o outro, beijá-la-ia como haviam-na beijado no passado.

— Vem, Julia, vem com qualquer um. Não importa que Francisco Rosas seja tão desgraçado.

De manhã as criadas trouxeram a notícia: nas mangueiras dos portais de Cocula havia cinco homens pendurados e entre eles estava Ignacio, o irmão de Agustina, a padeira. A mulher estava tratando para que lhe permitissem descer o corpo de seu irmão e todos ficamos sem bolos.

— Pobres homens, talvez não tenham querido entregar suas terras...! – explicou dona Matilde ao estrangeiro sem querer dizer o que pensava. Desta vez se tratava de culpar um de seus conhecidos e a senhora preferia guardar silêncio. Estava envergonhada. Felipe Hurtado não soube o que dizer. Desde sua chegada era a primeira vez que havia mortos em Ixtepec. Olhou a mesa preparada para o café da manhã, serviu-se de café quente e tratou de sorrir. A senhora não fez mais comentários.

— É Julia...! Ela tem culpa de tudo o que nos passa... Até quando se saciará essa mulher...? Pois não vou fazer o desjejum! – gritou dona Elvira e empurrou com violência a cafeteira que Inés acabara de pôr sobre a mesa. Conchita se serviu de café e olhou de frente sua mãe. Como podia se aborrecer porque não havia bolos quando o pobre Ignacio estava pendurado ao sol, morto e tristíssimo depois de haver passado uma vida ainda mais triste? Desde pequena vira-o atravessar o povoado descalço e vestido com suas roupas de algodão grosseiro velhas e remendadas. Quantas vezes falara com ele? Pareceu ouvir sua voz: "Bom dia, menina Conchita", e sentiu que ia chorar.

— Se chorar eu também choro – ameaçou dona Elvira adivinhando as lágrimas ocultas de sua filha e disfarçando serviu-se de uma xícara de café e bebeu devagar, perdida em uns pensamentos que pela primeira vez lhe assaltavam. "Pobre Ignacio! Pobres índios! Talvez não sejam tão maus como pensamos!" e mãe e filha ficaram frente a frente sem saber o que dizer. Esperava-as um longo e duro dia, um desses dias, tão frequentes em Ixtepec, cheios de morte e de augúrios sinistros.

Dona Lola Goríbar levantou-se cedo e revisou com esmero a ordem da casa. Estava inquieta. Seu filho dormia plácido, esquecido de ter amanhecido em um dia perigoso. Contemplou-o um longo tempo e sentiu-se sem forças para escapar ao sobressalto de saber-se em um mundo inimigo. "Meu Deus, meu Deus! Por que as pessoas são tão más conosco?", e olhou para seu filho com compaixão. Desde pequena sentiu-se ameaçada: as pessoas lhe desejavam o mal. Desde menina havia em sua memória uma distância que a separou das brincadeiras e mais tarde a deixou sozinha nas festas. A cobiça nos olhos dos demais havia aberto esse fosso entre ela e o mundo. Pouco a pouco, obrigada pela avidez que despertava e que a fazia sofrer, retirou-se de suas amizades e entregou-se a uma vida solitária e ordenada. Quando nasceu seu filho foi tomada pelo medo e quis protegê-lo do mal que a acometia e que parecia hereditário, pois Rodolfito despertava a mesma inveja que ela havia despertado em Ixtepec. A experiência ensinou-lhe que não podia fazer nada contra essa desdita, nada, a não ser andar com pés de gato. "Não esqueça, filhinho, o que dá primeiro dá duas vezes." Mas Rodolfo era um inocente, dormia como uma criança, alheio às maquinações do povoado. A essa hora já as línguas e os olhos apontavam ameaçadores para sua casa. Pensativa, saiu para o corredor e chamou os criados. Olhou-os com astúcia.

— Não façam barulho, o menino Fito chegou muito tarde... tem que dormir; está muito cansado.

Os criados escutaram-na com rancor e afastaram-se sem contestar, e dona Lola viu-os irem por entre as plantas do jardim. Era verdade que a odiavam. Quando o ódio flutuava em sua casa, exercia seu poder com beneplácito. Dirigiu-se à sala de jantar para esperar seu chocolate perfumado.

— Não tem bolo, senhora.

— Já sei, temos que pagar justos por pecadores – e bebeu seu chocolate em golinhos olhando comprazida as idas e vindas de sua criada.

Na cozinha, as demais serventes tomavam o café preto e comiam as tortilhas com sal.

— Foi este maricas... Aproveitou os ciúmes de Rosas.

— Oxalá tenha um mau fim...

Estavam descalços e seus pés, rachados pelo contínuo andar sobre as pedras, tristes e esquecidos pela sorte. De bom grado teriam ido embora da casa de dona Lola Goríbar, mas a fome que sofriam no campo obrigava-os a continuar na sua cozinha.

— Não falem na frente da menina! – gritou Ana Moncada ao ouvir a notícia da morte de Ignacio. Seu marido ouviu com tristeza e olhou a manhã azul e luminosa que repousava sobre as plantas. Havia muitos anos sua mãe havia gritado o mesmo: "Não digam nada na frente do menino!" Por que as criadas não podiam dizer que Sarita tinha morrido nessa manhã? Naquele dia lembrou sem dificuldade da igreja e dos tecidos brancos que cobriam a cabeça de Sarita. Lembrou dela ajoelhada em frente ao altar e lembrou de seus sapatos brancos de cetim e solas amarelas. As criadas guardaram silêncio como agora diante do grito de Ana e sua mãe aproximou-se da panela de chocolate e aspirou seu perfume com deleite. Ele, sem dizer uma palavra, saiu da cozinha, aproximou-se do vestíbulo a essa hora aberto e foi para a rua. Era a primeira vez que saía sozinho. Chamavam-no com urgência as janelas da morta. Viu-se caminhando sobre as pedras com sua estatura de cinco anos. Deteve-o o ar petrificado que envolve as casas dos mortos. Subiu por um muro até alcançar a viga da janela e olhou o interior da casa. Reconheceu a saia e os sapatos brancos apontando imóveis para a janela pela qual ele espiava. Sarita estava só e morta. Surpreendido, não pela morte, mas que fosse precisamente Sarita a que havia morrido, deixou-se cair na calçada e voltou cabisbaixo para casa.

— Por onde andava? – gritaram seus pais, sua irmã e os criados. Ele não respondeu. Solitário, entrou nesse dia carregado de lembranças não vividas. À noite, em sua cama, lembrou de sua própria morte. Viu-a muitas vezes já cumprida no passado e muitas vezes no futuro antes de cumprir-se. Mas era curioso que no passado fosse ele, Martín, que havia morrido e no futuro um personagem estranho quem morria; enquanto ele, acomodado no teto do seu quarto olhava suas duas mortes, a realidade de sua cama minúscula, de seu corpo de cinco anos e de seu quarto, passaram para uma dimensão sem importância. As vigas escuras do teto com o sol da manhã o devolveram a um presente banal, sobrevindo entre as mãos de suas babás. A partir dessa noite seu porvir se mesclou com um passado não acontecido e a irrealidade de cada dia.

Olhou o relógio que rodopiava aborrecido seus segundos e o pêndulo lembrou-lhe Ignacio balançando-se no tempo permanente da manhã.

— Já baixaram os corpos?

— Não, senhor – respondeu Félix com pudor. Não queria que ninguém adivinhasse a pena que sentia por seus iguais: "Os pobres somos um estorvo..."

— Vamos cuidar para que os devolvam – disse Martín, persuadido de que vivia uma manhã desconhecida e sem saber que corpos reclamava, nem de onde queria que os baixassem.

— Pode ser que ao senhor os devolvam, sempre respeitam mais os de terno – disse Félix, sabendo-se dos descalços.

— Meninas! Meninas! Levantem-se, pelo amor de Deus! – gritou Juan Cariño quando se inteirou da morte de Ignacio e seus quatro amigos. As meninas ouviram seu chamado e seguiram dormindo. O senhor presidente bateu com os nós dos dedos às portas das mulheres: nunca se havia sentido tão inquieto. Na véspera havia visto Rodolfo Goríbar acompanhado de seus pistoleiros seguir o general em seu passeio desordenado pelo povoado. "Este rapazinho quer sangue", disse, e por isso seguiu-o o dia todo. Não o viu falando com o general e já de noite, quando Francisco Rosas entrou na cantina, perdeu a pista de Goríbar e seus matadores e voltou tranquilo para sua casa. Durante o sono, algo lhe disse que Rodolfito esperava nas sombras a saída do general bêbado. Agora não se perdoava por esse descuido. Voltou a chamar à porta dos quartos das garotas, mas elas continuavam dormindo.

— Meninas, assassinaram cinco *agraristas*. Vamos ao Comando Militar!

— Senhor presidente, vão rir de nós. De nada serve protestar – rogou Luchi.

— De nada? Ignorante! Se todos os homens do mundo tivessem pensado como você, ainda estaríamos na Idade da Pedra – respondeu Juan Cariño solene. O termo Idade da Pedra lhe produzia calafrios e esperava que nos demais tivesse o mesmo efeito. Olhou para as meninas com atenção e repetiu, lúgubre:

— Assim como me ouvem: Idade da Pedra!

As mulheres assustadas guardaram silêncio e dispuseram-se a obedecer suas ordens. Ele remexeu suas roupas até encontrar uma fita preta que costurou com esmero à lapela de seu paletó. Estava triste. Estava ficando velho e perdia o poder. Fechou-se na salinha rodeado de dicionários. Iria ao Comando armado de palavras capazes de destruir o poder de Francisco Rosas e de Rodolfito. As jovens o ajudariam.

— A única coisa que vocês devem fazer é repetir em coro as palavras que eu disser para o general.

— Tudo bem, mas não esqueça senhor presidente que não temos permissão para caminhar pelo centro de Ixtepec.

— Bah! Bobagem.

Lá pelas cinco da tarde Juan Cariño desfilou pelas minhas ruas seguido pelas *cuscas* que caminhavam cabisbaixas. Envergonhadas, tentavam cobrir o rosto com a gola preta da blusa. As pessoas perguntavam assombradas.

— Aonde vão?

— Ao Comando. Gostariam de se unir a esta manifestação?

Nós ríamos e respondíamos com palavras chulas ao convite de Juan Cariño. Ele tratava de pegá-las no ar. Depois de meditar o dia todo, estava seguro de que sua maldição aniquilaria Francisco Rosas. Contestaria a violência com a violência. Não queria seguir contemplando o martírio dos inocentes. Chegou ao Comando Militar e os soldados olharam para ele com deleite.

— Ora! O que temos aqui? Estão se mudando para cá...? Para nós vai ficar muito cômodo!

As mulheres não responderam. Mortificadas, seguiram o senhor presidente que chegou muito dono de si até a antessala do general Francisco Rosas. O capitão Flores, que atendia a sala, olhou-o assombrado.

— Que deseja, senhor presidente? – perguntou com os olhos muito abertos.

— Faça o favor de anunciar minha visita. Venho em nome das cinco vítimas.

O capitão Flores não soube o que dizer. Juan Cariño o havia pego de surpresa. Fascinado pelos olhos do louco, levantou-se e desapareceu pela porta que comunicava com o escritório do general Rosas.

— Sentem-se e não esqueçam de repetir em coro o que eu disser a esse homem.

As meninas ocuparam as cadeiras vazias da sala de espera e aguardaram imóveis. Juan Cariño repetia as maldições em voz baixa. Queria carregá-las de poder para que no momento que as dissesse saíssem com a violência de um disparo. As vozes das meninas ajudariam. Passou uma hora, depois outra, e o relógio da igreja anunciou as oito da noite. Juan Cariño, constrangido, aproximou-se da porta por onde havia desaparecido o capitão Flores, escutou uns segundos e chamou. Do outro lado da porta não deram sinal de vida. O louco aguardou um momento e voltou a chamar. Respondeu-lhe o mesmo silêncio. Assustou-se. Talvez a própria violência de suas maldições, ainda antes de serem pronunciadas, havia surtido efeito e Francisco Rosas, o capitão Flores e Rodolfo Goríbar jaziam mortos. Abriu a porta com um empurrão. Queria certificar-se: no escritório de Francisco Rosas não havia ninguém.

— Isto é uma desfeita! – gritou subitamente enfurecido e começou a vociferar e a dizer palavras incoerentes como se tivesse ficado louco. As meninas assustadas trataram de acalmá-lo. Apareceram uns soldados.

— Que escândalo é este? Fora daqui!

— Onde se escondeu Francisco Rosas?

— Meu Deus, que medo! – disse um soldado, imitando a voz de uma mulher.

— Vão embora! O senhor general saiu já faz muito tempo. Vão embora ou eu prendo todos...!

E os soldados tiraram Juan Cariño e as meninas aos empurrões. Quando estavam já na rua, as mulheres com as golas das blusas rasgadas e ele sem sua cartola, ameaçou:

— Digam a esse assassino que não volte a apresentar-se nunca mais na Presidência!

— Agora esta! Greve de putas!

Os soldados começaram a rir enquanto Juan Cariño procurava seu chapéu amassado. Voltou para casa e fechou a porta com a chave.

— Os assassinos não voltam a entrar aqui enquanto não pagarem por seus crimes.

As meninas aceitaram suas palavras. Tarde da noite, alguns soldados e oficiais bateram à porta com fortes socos. Luchi não se dignou a abrir para eles.

A voz que anunciava o segredo correu de boca em boca e acusou Rodolfo Goríbar do assassinato de Ignacio e seus amigos. Talvez os fatos fiquem escritos no ar e aí os lemos com olhos que desconhecemos em nós mesmos. Passamos muitas vezes em frente à casa de dona Lola. "Aqui está dormindo o assassino", dizia a luz que a envolvia, e através de suas paredes o vimos acordar já muito tarde e vimos sua mãe levar para ele uma bandeja com comida.

— Você está bem, filhinho?

Dona Lola inclinou-se sobre Rodolfo e observou-o com ansiedade. "Agora está comendo", dissemos, vendo o que ocorria dentro da casa. Não tiramos os olhos de seu quarto e seus conhecidos fechados em suas casas olhavam o ir e vir de dona Lola levando croquetes, saladas e sopinhas para ele.

De manhã Martín Moncada esperou várias horas antes de que Rosas desse a ordem para descer os corpos dos enforcados. Pela tarde, enquanto Juan Cariño esperava no Comando Militar, dom Martín, acompanhado do doutor Arrieta, de Félix e de alguns soldados dirigiu-se para os portais de Cocula e às sete da noite chegou à casa de Agustina com os cinco cadáveres mutilados.

— Ai, senhor, não sei para que lhes fizeram isso! – chorou Agustina com os olhos secos.

A partir dessa noite Rodolfo Goríbar, o filho mais fiel de Ixtepec, ficou atemorizado. Tratava de não pensar nele e de esquecer a gordura e as palavras grotescas de sua mãe e refugiava-se na leitura.

Quando caiu a noite, um medo súbito apoderou-se de minha gente. Dona Elvira, presa de pânico, gritou:

— Vamos ver Matilde!

Não queria ficar sozinha. Ao chegar à casa de dom Joaquín encontrou-se com os amigos de costume sentados no terraço, olhando-se assustados. O que fazer ou o que dizer? Ninguém se atrevia a dizer o nome de Rodolfito. Um ou outro "pobre Ignacio" escapou de suas línguas. Tampouco falaram da aparição de Juan Cariño seguido das *cuscas*. Calados, bebiam refrescos e encostavam suas cadeiras para fechar o círculo e sentirem-se menos sós na noite inóspita, era preciso jogar terra em Ignacio para que seu corpo mutilado nunca mais os assustasse. E se o verdadeiro culpado fosse outro? Custava-lhes aceitar que fosse Rodolfito. Dona Elvira se mexeu inquieta em sua cadeira. Queria falar, romper o silêncio que os acusava diante de Felipe Hurtado.

— Dizem que está ficando louco... – disse a viúva, e enrubesceu ligeiramente ao levar a conversa para Julia. Ela era a verdadeira culpada. As criadas do Hotel Jardín deixavam as fofocas nas cozinhas e de lá passavam às mesas e às reuniões. Seus amigos olharam para ela com aprovação, incitando-a para que dissesse o que sabia sobre a responsabilidade de Julia na morte de Ignacio.

— Viram a cara do general esta manhã?

— Sim, muito atravessada.

— Imaginem que de noite chegou ao hotel lá pela meia-noite, sem dúvida depois de ter pendurado a esse pobre Ignacio a quem Deus perdoe seus pecados, e lá pelas três da manhã acordou dom Pepe para que lhe servisse uma comida especial pois Julia tinha fome.

— Pergunto-me o que fazem esses dois a essas santas horas da madrugada. Velando como almas penadas! – exclamou dona Carmen Arrieta.

— Os remorsos não os deixam dormir – aventurou dona Matilde com inocência.

— Por Deus, Matilde, essas mulheres sempre têm maus vícios!

Os homens escutaram pensativos. Isabel se sentiu estranha entre essas pessoas a quem havia visto desde menina. Aproximou-se de Hurtado. Inspirava-lhe confiança e na ausência de seus irmãos sentia-se mais unida a ele que a seus conhecidos de Ixtepec.

— Só a tira para levá-la à missa. Não perceberam que hoje não brilhou na sacada?

— É verdade. E as outras? Que fazem?

— Pois o que vão fazer? Já sabem que quando o amo está triste os criados fingem também estar.

Dona Carmen aproveitou a palavra de sua amiga para dizer que o trem da Cidade do México chegava todos os dias repleto de presentes para Julia. E descreveu minuciosamente os vestidos, as joias e as comidas deliciosas com as quais o general presenteava sua *querida*. Os demais a escutaram boquiabertos.

— Nisso vai o dinheiro do povo! – comentou o doutor.

— Ele a cobre de ouro! Para essas mulheres fizemos a Revolução! – concluiu o médico.

— Vocês não fizeram a Revolução. É natural que agora não lhes caiba o saque – aventurou Isabel, ruborizando-se.

— O saque! – repetiu atordoado o doutor Arrieta.

— Doutor, Isabel fala pensando em uma lição da *História de Roma* – interveio Tomás Segovia.

Isabel olhou-o com irritação. Felipe Hurtado se pôs de pé, tomou-a pelo braço e perderam-se entre as samambaias. Conchita viu os dois se afastarem com nostalgia. Também lhe aborreciam as mesmas frases repetidas através dos meses. Sua mãe se inclinou ao ouvido de dona Carmen.

— Dorme nua!

— O que você disse?

— Que Julia dorme nua.

A esposa do doutor se encarregou de passar ao ouvido de seu vizinho a preciosa revelação. Quando Isabel e Hurtado voltaram ao grupo, Tomás passou o segredo ao estrangeiro. Este se virou para a jovem.

— Há vezes que a gente está de sobra neste mundo – disse em voz muito baixa.

— Eu sempre tenho estado de sobra – disse Isabel.

A noite avançava dificilmente, levando a custas os crimes do dia. O jardim começava a ficar queimado pela força do sol e ausência de chuvas, e os convidados, passada a excitação que lhes produziu o nome de Julia, voltaram a seus pensamentos sombrios. Esforçaram-se para olhar as samambaias, ainda úmidas em meio à seca. O grande calor desse ano e o crime de Rodolfito os deixavam inquietos. Voltaram a pensar: "se Julia voltar a brigar com o general, pobres de nós" e disseram isso para desculpar Goríbar. Julia tinha que ser a criatura preciosa que absorvesse nossas culpas. Agora me pergunto se ela saberia o que significava para nós. Saberia que também era nosso destino? Talvez sim, por isso de vez em quando nos olhava com benevolência.

IX

Passaram-se alguns dias e a figura de Ignacio tal como a vejo agora, pendurada de um galho alto de uma árvore, rompendo a luz de uma manhã como um raio de sol reflete a luz dentro de um espelho, afastou-se de nós pouco a pouco. Não voltamos a mencioná-lo. Depois de tudo, era só um índio a menos. De seus quatro amigos nem sequer lembrávamos os nomes. Sabíamos que daqui a pouco outros índios anônimos ocupariam seus lugares nos galhos. Só Juan Cariño se obstinava em não cruzar as ruas e, fechado em seu quarto, negava-se a olhar-me. Sem seus passeios, as tardes não eram as mesmas tardes e minhas calçadas estavam cheias de cascas de *jícamas*, amendoins e de palavras feias.

Ainda estava fechada a casa de La Luchi quando os Moncadas voltaram ao povoado. Sua chegada nos encheu de agitação. Vinham alegres, e ao atravessar minhas ruas semeavam-nas de risos e de gritos. Felipe Hurtado os acompanhava em suas idas e vindas.

— Parecem irmãos – dizia dona Matilde ao vê-los rir e conversar interrompendo a fala do outro.

— Isabel, não interrompa! – gritou Nicolás interrompendo por sua vez sua irmã.

A jovem contestou a reprimenda com uma gargalhada. Sua risada contagiou os demais. Era domingo e havia tertúlia na casa de dona Matilde. As bandejas de refresco e guloseimas circulavam com liberdade e os convidados vestidos de gala falavam das notícias dos jornais e de política.

— Calles vai querer se reeleger – disse-se quase com frivolidade.

— É anticonstitucional – interveio o doutor.

— Sufrágio efetivo, não reeleição! – comentou com pedantismo Tomás Segovia enquanto lançava um olhar para Isabel. Sem lhe prestar atenção, ela ria com Felipe Hurtado e com seus irmãos. Conchita e o boticário trataram de pegar as palavras soltas daquela conversa risonha que ameaçava durar a noite toda.

— Ah! Parece-me que estão falando dos amantes – interveio Segovia com um gesto que lhe pareceu mundano. Os jovens e Hurtado olharam para ele sem entender a que se propunha.

— De quem?

— Já sabem o que fez essa mulher ontem à noite? – disse dona Elvira deleitada por poder falar de Julia.

— Que fez? – perguntou dona Carmen.

— Embebedou-se – respondeu a mãe de Conchita com satisfação.

— Deixem-na tranquila! – disse Nicolás com impaciência.

As senhoras protestaram. Como se atrevia Nicolás a dizer semelhante coisa quando era ela que não nos deixava tranquilos? Vivíamos em perpétuo sobressalto graças aos caprichos dessa mulherzinha.

— É tão bonita que qualquer um de nós daria algo para ser o general.

Uma chuva de protestos femininos acolheu as palavras de Nicolás.

— Vejamos o senhor Hurtado, o senhor que a viu de perto, é verdade que é tão bonita como dizem? – perguntou com irritação dona Elvira.

Felipe Hurtado ficou pensativo. Depois, olhando nos olhos da viúva e pesando bem suas palavras, declarou:

— Eu, senhora, nunca vi uma mulher mais bonita que Julia Andrade...

Interrompeu-se. Um silêncio engoliu suas palavras. Ninguém se atreveu a perguntar-lhe como e quando conheceu seu nome completo, pois em Ixtepec só a conhecíamos por Julia. A conversa se tornou difícil depois da confidência involuntária do estrangeiro. Seus amigos sentiram que, sem o intento, haviam-no levado a dizer algo que deveria ficar oculto.

— Ficaram todos muito tristes! – disse Nicolás procurando reanimar o grupo.

— Tristes? – perguntaram os outros surpreendidos.

À casa de dona Matilde chegaram os acordes da Banda Militar que tocava na praça.

— Por que não vamos à serenata? – propôs Juan Moncada.

— Assim poderemos ver Julia. – E Nicolás se levantou para animar os demais a segui-lo.

Ao chegar à praça a serenata estava em seu apogeu. A Banda Militar instalada no coreto enchia o ar de marchas alegres. Os homens davam voltas pela esquerda e as mulheres pela direita. Giravam assim três horas, olhando-se ao passar. Isabel e Conchita se separaram dos jovens. As senhoras, acompanhadas do doutor, instalaram-se em um dos bancos.

Os militares com suas *querida*s pelo braço eram os únicos que quebravam a ordem. Iam com elas como sempre, com seus vestidos claros, seus cabelos brilhantes e suas joias de ouro. Dir-se-ia que pertenciam a um outro mundo. A presença de Julia enchia de presságios o ar quente da noite. De longe seu vestido rosa pálido nos anunciava sua beleza noturna. Ela, indiferente, apenas sorrindo, passeava ao lado de Francisco Rosas, vigilante.

— Anda cuidadoso! – dissemos com maldade.

O general parecia inquieto: os olhos amarelados cheios de imagens sombrias, muito ereto, procurava dissimular seu pesar e o saber de onde vinha o perigo. A chegada de Hurtado à praça acompanhado dos Moncadas lhe produziu um sobressalto. Julia não se alterou. Sonâmbula, caminhou entre as pessoas deslumbrando-nos com sua pele translúcida, seus cabelos enegrecidos e em uma mão seu leque de palha finíssima em forma de coração transparente e exangue. Deu várias voltas pela praça para ir sentar-se depois no banco de costume. Ali se formou uma ilha de luz. Julia, no centro do círculo mágico formado por ela, rodeada das *querida*s e escoltada pelos homens de farda, parecia presa em um último resplendor melancólico. Os galhos das árvores projetaram sombras móveis e azuis em seu rosto. Da cantina de Pando trouxeram refrescos. O general inclinou-se na frente dela para servi-la.

Os homens inquietos giravam depressa para chegar ao lugar onde estava Julia. Não podiam perdê-la: bastava seguir o rastro de baunilha deixado pela sua passagem. Em vão a condenavam quando estavam afastados dela, pois uma vez em sua presença não podiam escapar ao mistério de vê-la. Felipe

Hurtado, ao passar próximo dela, olhava-a com os olhos baixos como se olhá-la lhe produzisse dores estranhas. Mal contestava as palavras de seus amigos.

Nas noites em que Julia não saía de seu hotel, a praça languidescia. Os homens esperavam até muito tarde, e ao final, convencidos de que nessa noite não a veriam, voltavam para casa decepcionados. Essa foi uma das últimas noites que a vimos. Estava triste. Havia emagrecido um pouco: via-se agora o nariz mais pálido e afilado.

Toda ela tinha um ar de tristeza e distância. Deixava-se levar mansamente por seu amante e mal sorria quando este lhe trocava os canudinhos para que bebesse seu refresco. Melancólica, mexia seu leque de palha e olhava para Francisco Rosas.

— Por que não o quer? – perguntou Isabel, olhando o casal de longe.

— Quem sabe? – respondeu Conchita, procurando com os olhos Nicolás que por sua vez espiava Julia de um canto do parque. Parecia que o jovem queria aprisionar para sempre a imagem transparente da *querida*. Conchita ruborizou. Ela, como todas as jovens de Ixtepec, invejavam Julia em segredo. Passava junto dela quase com medo, sentindo-se feia e tonta. Sabia que o resplendor de Julia diminuía sua beleza. Apesar de sua humilhação, fascinada pelo amor, aproximava-se supersticiosamente dela, esperando que algo a contagiasse.

— Eu queria ser Julia! – exclamou Isabel com veemência.

— Não seja grosseira! – contestou Conchita, escandalizada com as palavras de sua amiga, embora ela também o havia desejado muitas vezes.

Dona Ana Moncada observou a *querida* com enlevo. Compartilhava com seus filhos uma admiração sem reservas.

— Não se pode negar que tem alguma coisa... – disse a sua amiga. A senhora Montúfar olhou-a com reprovação.

— Ana, não diga isso! A única coisa que tem é o vício.

— Não, não. Não só é bonita mas além disso tem algo...

Dona Elvira se aborreceu. Procurou com os olhos sua filha e fez-lhe sinal para que se aproximasse. As jovens vieram até suas mães.

— Sentem-se e não olhem mais para essa mulher! – ordenou a mãe de Conchita.

— Mas Elvira, se a vemos todos... É tão bonita!

— De noite, tão pintada, não está mal, mas teremos que vê-la quando desperta com todos os pecados na cara...

— A beleza de Julia não tem hora... – interrompeu Hurtado que havia se aproximado do grupo de senhoras. Há dias andava exasperado. Observava a *querida* de longe, via-a tomando seu refresco, recortada sobre o tronco da árvore, vigiada de perto por Francisco Rosas, e o rosto dele se ensombrecia.

— Está apaixonado por Julia? – disse-lhe Nicolás em voz baixa.

Felipe Hurtado, como se de repente lhe tivessem dito algo insuportável, separou-se do grupo e sem dizer uma palavra saiu da praça a grandes passos. Nicolás viu-o afastando-se. Olhou para dona Elvira com rancor e lembrou de Julia sentada na sacada do hotel com a cara lavada e a pele fresca como uma fruta. Era natural a cólera da senhora. Para ele, como para Hurtado e para todo o Ixtepec, Julia era a imagem do amor. Muitas vezes, antes de dormir, pensou com raiva no general que possuía aquela mulher tão distante das outras, tão irreal. A fuga de Hurtado provocada por suas palavras e as de dona Elvira pareciam dar razão a ele. Viu com o rabo do olho a amiga de sua mãe: "É velha e é feia", disse Nicolás com maldade, para consolar-se da partida súbita do estrangeiro.

A tristeza de Julia pareceu contagiar seu grupo todo e dali estender-se para a praça inteira. Nos rostos dos militares, repentinamente tristes, as rendas pretas das sombras dos galhos escreviam sinais maléficos.

Grupos de homens vestidos de branco, encostados nos troncos dos tamarindos, lançaram ais prolongados que rasgaram a noite. Nada mais fácil para meu povo que essa rápida aparição da dor. Apesar dos trompetes e dos pratos que estalavam dourados no coreto, a música girou em espirais patéticos.

O general ficou de pé, inclinou-se na frente de Julia e os dois se separaram do círculo amigo. Vimos quando se afastaram, cruzaram a rua, entraram nos portais e atravessaram o saguão do hotel. Uma luz diferente os envolvia. Era como se tivéssemos visto que Julia tinha-lhe ido embora para sempre.

Antes que a serenata terminasse, o general voltou a sair. Vinha muito pálido. Não chegou à praça, mas se dirigiu diretamente à cantina de Pando.

"Chegou bêbado e passaram a noite toda em claro", sussurrou no dia seguinte dom Pepe ao ouvido dos curiosos. "Quanto mais a quer, mais longe ela fica. Nada a distrai: nem as joias, nem as guloseimas. Anda tresloucada. Eu tenho visto seus olhos aborrecidos quando ele se aproxima. Também o tenho visto sentado à beira da cama, espiando seu sono!".

— Julia, me ama?

O general, de pé em frente de sua *querida*, com o uniforme aberto e os olhos baixos, lançava mil vezes a pergunta. A jovem virava para ele seus olhos melancólicos e sorria.

— Sim, te quero muito...

— Mas não me diga isso assim...

— Como quer que o diga? – perguntava ela com a mesma indiferença.

— Não sei, mas não assim...

Caía o silêncio entre os dois. Julia, imóvel, continuava sorridente. O general, por sua vez, procurava algo com que distraí-la, e ia de um lado ao outro do quarto.

— Você quer sair a cavalo? – propôs, pensando que fazia muito tempo que não passeavam de noite e sentindo saudade dos galopes pelo campo.

— Se você quiser.

— O que você quer, Julia? O que deseja? Peça-me algo!

— Nada, não quero nada. Estou bem assim...

E se encolheu silenciosamente em um canto da cama. Ele gostaria de ter pedido que lhe dissesse o que recordava, mas não se atreveu. Dava-lhe medo a resposta.

— Sabe que eu vivo só por você? – confessou humildemente.

— Sei... – e Julia fez uma careta para consolá-lo.

— Morreria comigo, Julia?

— Por que não?

O general saiu do quarto sem dizer uma palavra. Ia beber. Depois teria mais coragem de falar com ela. Ao sair disse a dom Pepe:

— Cuide para que a senhorita não saia do quarto e que não fale com ninguém.

À medida que os dias passaram, as recomendações a dom Pepe iam ficando mais e mais restritas.

— Não abram as sacadas da senhorita!

As sacadas de Julia permaneceram fechadas por um tempo e ela não foi às serenatas das quintas e dos domingos. Em vão a esperamos na praça.

X

"Vai acontecer alguma coisa", corria de boca em boca. "Sim, faz muito calor!", era a resposta.

Eram as secas desse ano que desabavam angústia sobre meu povo ou era a espera que se prolongava tanto? Nos últimos dias as mangueiras da saída de Cocula balançavam na luz da manhã os cadáveres de novos enforcados. Era inútil perguntar o porquê daquelas mortes. Julia possuía a resposta e ela se negava a dá-la.

Ninguém olhava para o general quando cruzava as ruas. Seus assistentes pareciam preocupados e mal se atreviam a dirigir-lhe a palavra. Dom Pepe acompanhava-o até a porta do hotel e assustado via-o distanciar-se. Depois, sentado em sua cadeira de junco, vigiava a entrada e negava-se a dar informações.

— Sim... Vai acontecer alguma coisa! Andem, andem, não perguntem – respondia aos que se aproximavam curiosos para pedir notícias.

"Vai acontecer alguma coisa", disse em voz alta Luchi quando Damián Álvarez saiu de seu quarto. Quisera que sua frase provocasse uma catástrofe, mas suas palavras deixaram intactas as paredes sujas de seu aposento. Torceu as mãos e virou-se inquieta em sua cama revolta. O sol entrava radiante pela sua janela e a miséria de sua casa pareceu-lhe insuportável. "Estou cansada, tem que acontecer alguma coisa", repetiu, e não continuou com seus pensamentos por medo de encontrar-se com o dia que ela esperava. E se for hoje? Tapou a cara com as mãos. Não queria lembrar o final de Pípila. "A faca errou de corpo", havia dito diante da mulher assassinada, e desde esse momento um medo inconfessado instalou-se nela e obrigou-a a ceder à vontade dos demais por temor de provocar o crime que a todos espreita. Sentou-se na cama e examinou a fragilidade de sua pele e inconsistência de seus ossos. Comparou a brancura de seus joelhos com a solidez das barras da cabeceira e sentiu uma piedade dolorosa por ela mesma. "E esse Damián anda pedindo para que o matem..." Lembrou o jovem desnudo e suas lágrimas derramadas por causa de Antonia, a *querida* de Justo Corona, e teve certeza de que não voltaria a vê-lo. Ela mal conhecia a jovem. Uma ou duas vezes havia visto de longe o cabelo loiro e a mancha desbotada de seu rosto. Antonia não sabia que Damián Álvarez chorava por não a haver levado com ele na noite em que a entregou ao coronel Justo Corona. A única que sabia em Ixtepec era ela, Luchi. Álvarez havia lhe contado na cama, bem como o desejo de tirar a jovem do Hotel Jardín, "Nem tente, você vai morrer", disse-lhe Luchi assustada pela fragilidade do corpo de Damián. "Está morta!", disse o soldado anos atrás, quando ela entrou no quarto de Pípila, e o homem levantou uma mão da morta e incrédulo a deixou cair sobre o peito ensanguentado. "Não sabia que ia ficar tão quietinha, acrescentou olhando para Luchi com olhos infantis. Ela o viu desnudo e assustado pelo seu crime, olhou para a pele da morta e viu que era igual à do homem, e absorta saiu do quarto, não lhe ocorreu chamar as autoridades; a certeza de que uma faca podia deixá-la naquela quietude aterradora tornou-a sombria. Damián Álvarez, como todos os homens que se deitavam com ela, procurava o corpo de outra e a olhava com rancor por havê-lo enganado. "Nós putas nascemos sem par", Luchi dizia a si mesma enquanto lhe falavam da "outra", e os homens desnudos se convertiam no mesmo homem, seu próprio corpo, o quarto e as palavras desapareciam, e só ficava medo frente ao desconhecido. Suas ações aconteciam no vazio e os homens que dormiam com ela eram ninguém. "Que estou fazendo aqui com você?", havia dito o oficial e havia lhe dado as costas. "Está aqui porque anda procurando sua desgraça". De noite, Álvarez tratou de provocar discussões com os bêbados que havia no bordel e Flores assustado levou-o para Luchi, para evitar uma briga. As palavras da mulher desataram o choro em Damián. "Três vezes me pediu para que a levasse comigo..." Ela deixou que ele chorasse, endireitou-se na cama e fumou um cigarro atrás do outro, enquanto Damián Álvarez continuava chorando pela *querida* de Justo Corona. "Tirá-la do hotel vai lhe custar a vida. Melhor fugir de Ixtepec." Damián olhou para ela com raiva. "Puta, o que você sabe do amor!" e saiu batendo a porta. O quarto ficou silencioso iluminado por um sol que separou os móveis das paredes e fê-los dançarem no ar. "E se for hoje?", Luchi repetiu e cobriu a cara com o lençol para fugir da vertigem que a luz do meio-dia lhe produziu.

Juan Cariño chamou à sua porta e Luchi pôs depressa o vestido. Era muito difícil o louco entrar nos quartos das mulheres:
— Entre, senhor presidente.
— O jovem Álvarez procura desgraça. Vai acontecer alguma coisa...
— O senhor acha, senhor presidente? – perguntou ela com desalento.
E enquanto isso, por meu céu alto e azul, sem assomo de nuvens, seguiam

fazendo círculos cada vez mais fechados as grandes revoadas de gaviões que vigiavam os enforcados das portas de Cocula.

— Vai acontecer alguma coisa! – repetiu o grupo de amigos reunidos na casa de dona Matilde. Estavam cansados e quase não tinham nada a dizer. A noite se estendia diante deles longa e tediosa, igual a todas as noites. O calor distanciava as estrelas e baixava os galhos das árvores, o ar não corria e o diálogo estacionado em um tempo invariável repetia só as imagens de Julia e de Francisco Rosas.

— E eles, fechados no hotel!

Elvira Montúfar estava cheia de rancor ante a tenacidade dos amantes por não dividir conosco seu segredo. Ignoravam-nos, eram inalcançáveis, e as palavras nos devolviam pulverizadas suas sombras longínquas. Estavam sós e não buscavam companhia. Guiava-os uma altivez suicida e nós, desesperados, esmiuçávamos alguns de seus gestos que escapavam incompletos através das paredes do Hotel Jardín.

— Vamos ter mortos! – sentenciou dona Carmen.

Isabel, ao ouvi-la, lembrou dos passos noturnos e o assobio alerta que os acompanhava. Ela era criança e acordava sobressaltada com o ruído que vinha da rua e que ressoava como se alguém caminhasse forte dentro de uma igreja.

— Nico...! Estou com medo...! – e ela e seus irmãos escutaram como se distanciavam aqueles passos malignos e a rua voltava a ficar em silêncio.

— Quem está caminhando a estas horas? – perguntou Juanito com medo.

— É a morte, Nico, que vem buscar alguém...

— Sh! Não digam seu nome... Que não nos ouça falar – repreendeu-a Nicolás, assustado debaixo dos lençóis.

— Aí vai Federico – ouviram sua mãe dizer do quarto vizinho.

— Deve haver parto e Arístides está fora – comentou a voz de seu pai.

— Mas como se arrisca esse rapaz? – perguntou sua mãe em voz muito baixa.

— Assobia porque tem medo – respondeu dom Martín.

As crianças escutaram a estranha conversa. Depois olhavam para Federico sem saber o que procurava à meia-noite, assobiando para espantar o medo.

— Isabel, o que procura Federico quando o doutor sai?

— Não sei.

— Você sabe tudo.

— Sim, mas não sei o que Federico procura.

Agora dona Carmen, fazendo ar com seu leque japonês, esperava a morte de Julia e Francisco Rosas.

— As criadas me disseram que nesta manhã havia três pobres índios pendurados nas mangueiras – replicou a senhora Montúfar tomando em golinhos o seu refresco com água de jamaica.

— Quanto pecado! – O nome do índio Sebastián flutuou na memória de Isabel. "Nunca digam mentiras se não quiserem que lhes aconteça o que aconteceu ao índio Sebastián", Dorotea lhes havia dito numa tarde de sua infância.

"— Que aconteceu a Sebastián? – perguntaram eles assustados.

"— Sebastián era o capataz dos Montúfar. Era muito bom, até que um dia roubou dinheiro da caixa de dívidas. Dom Justino mandou chamá-lo.

"— Veja, Sebastián, devolva-me o dinheiro – disse o senhor.

"— Eu não peguei nada, patrão.

"Sebastián era como qualquer índio: teimoso e mentiroso.

"Dom Justino, que era reto e implacável, aborreceu-se.

"— Veja, Sebastián, você está trabalhando comigo há muitos anos e sempre gozou da minha confiança. Diga-me onde escondeu o dinheiro.

"— Eu não peguei nada, patrão – voltou a contestar o índio.

"— Dou cinco minutos para você refletir. Não sabe que se é pecado roubar, é mais pecado mentir?

"— Mas se eu não peguei nada, patrão.

"E dom Justino, diante da teimosia de Sebastián, mandou açoitá-lo até que confessasse. No dia seguinte era o dia do santo de Elvira e fomos felicitá-la. E o que vimos ao chegar à sua casa? Elvira, sem saber o que fazer, pois os criados fugiram pela morte de Sebastián. Vejam como esse índio teimoso ficou! E nos levou ao quintal para que víssemos o corpo de Sebastián jogado entre as pedras, esperando a chegada de seus familiares para dar-lhe sepultura".

— Pobre Sebastián! – gritaram as crianças assustadas com a história de Dorotea.

— Viram aonde leva a mentira? A encher a paciência dos justos. – Dona Elvira havia esquecido de Sebastián e agora se compadecia dos índios pendurados por Francisco Rosas.

— É natural que agora os pendurem se antes vocês os penduraram – contestou Nicolás.

— Meu Deus, Nico, não vamos começar outra vez! – exclamou o doutor com impaciência. E acrescentou conciliador:

— Somos um povo jovem, em plena ebulição, e tudo isto é passageiro... Este calor exalta os ânimos. Sempre ocorre o mesmo nesta época do ano. O sol nos enlouquece...

As visitas se abanaram: as palavras do médico aumentavam o calor estacionado no jardim. Em silêncio aspiraram os perfumes pesados da noite e quietos em suas cadeiras austríacas olharam pensativos seus refrescos de cores vivas e frios.

— E Hurtado? – perguntou Isabel rompendo o silêncio. Era verdade que o hóspede não havia aparecido e, embora todos tivessem a pergunta na ponta da língua, ninguém se atrevera a formulá-la.

— E Hurtado? – voltou a repetir a jovem.

Como se suas palavras tivessem desatado uma força misteriosa, um raio atravessou os céus e sobressaltou todo o povoado: era o primeiro do ano. Os amigos ficaram de pé para observar o céu escuro. Um segundo raio o iluminou.

— Vai chover!

Gritaram com júbilo. Mais dois relâmpagos se sucederam. Caíram as primeiras gotas grossas e pesadas. Isabel estendeu a mão fora do telhado.

— Chove! – exclamou alegre e olhou avidamente para o jardim destroçado por esse vento súbito que em minha terra acarreta tormenta. Em uns minutos se formaram redemoinhos de água que desfolharam os jacarandás e as acácias. Os mamoeiros altos dobraram-se sob a chuva. Os ninhos dos pássaros instalados no alto das palmeiras caíram ao chão. O vento passava zumbindo pelos telhados, abrindo passagem entre a chuva e levando galhos verdes e pássaros enlouquecidos.

Os convidados de dona Matilde se calaram. Viam por cima dos telhados, pelo céu aberto do jardim, o pedaço da torre da igreja que tragava um depois do outro os relâmpagos.

— Quem terá inventado o para-raios? – perguntou Isabel sobressaltada. Desde menina, cada vez que chovia fazia a mesma pergunta.

Haviam respondido muitas vezes e ela sempre esquecia e agora, assustada pela tormenta, repetia a mesma coisa olhando deslumbrada o espetáculo selvagem. Voltou-se. O vento levou os cachos negros aos olhos e à boca. Afastou-os rindo.

— Digo – gritou para ser ouvida – que esta noite vamos dormir com coberta! Vai fazer frio!

O intempestivo da tormenta fez com que ela esquecesse Hurtado.

— Pobrezinho, aí vem! – gritou dona Matilde apontando para o jardim.

Hurtado avançava pelo caminhozinho de pedras que unia o pavilhão com o terraço da casa. Vê-lo assim, avançando contra o vento, inclinado para evitar os golpes dos galhos, com o cabelo e a roupa escura fustigados pelo ar, a mão sustentando a lamparina acesa, era curioso. Fascinados, viram-no aproximar-se, abrir passagem entre a chuva e os redemoinhos de vento.

— Deve ter se sentido muito sozinho – disse dona Matilde com ternura.

Hurtado chegou até eles. Vinha risonho. Pôs sua lamparina sobre uma mesinha e apagou-a com um sopro.

— Que vento! Achei que ia levar até as copas das árvores de um país vizinho.

Muito depois, quando Hurtado já não estava entre nós, os convidados de dona Matilde se perguntaram como havia atravessado aquela tempestade com a lamparina acesa e as roupas e o cabelo secos. Nessa noite acharam natural que sua luz permanecesse acesa até o momento que chegou a um lugar seguro.

Isabel o recebeu batendo palmas de alegria; Juan e Nicolás, rindo e batendo os pés no chão. Hurtado, sem saber por quê, começou a dar grandes gargalhadas.

— Temos que fazer alguma coisa! Mudou a nossa sorte! – gritou Isabel.

— Sim! Temos que fazer alguma coisa! – seus irmãos fizeram coro.

Nicolás tirou sua harmônica de um dos bolsos da calça e entoou uma marcha alegre, enquanto rodava dançando sozinho. Isabel foi até Juan e os três dançaram ao compasso da música e da chuva, com aquela facilidade sua para improvisar alegria.

De repente, Isabel se deteve.

— Vamos fazer teatro! – disse, lembrando-se das palavras de Hurtado. Ele olhou para ela com entusiasmo.

— Sim, façamos teatro!

E sem atender as chamadas dos mais velhos, o jovem se lançou para o jardim seguido de Nicolás. Voltaram os dois com o cabelo pingando água e os rostos lavados pela chuva. Debaixo do braço, envolto em uma coberta, o estrangeiro trazia um livro que mostrou a seus amigos. Folheou-o vagarosamente. Os demais o observaram com curiosidade. Isabel lia por cima de seu ombro.

— Aqui está o teatro.

— Leia em voz alta! – pediu Nicolás.

— Sim! Sim! – aprovaram os outros.

Felipe Hurtado se pôs a rir e começou a leitura de uma peça.

Pelas calhas dos telhados caíam grandes jorros de água que acompanhavam a voz de Hurtado. As palavras fluíam mágicas e milagrosas como a chuva. Os três irmãos o escutaram absortos. Já muito tarde, quando a chuva ainda não tinha passado, resolveram ir embora para casa. Hurtado os acompanhou. Tinham muito que conversar essa noite em que pela primeira vez haviam compartilhado a poesia.

Não foi no povoado inteiro que a chuva produziu esse arrebato. Na cantina de Pando surpreendeu os fregueses e deixou-os quietos e ilhados. Era o lugar dos militares. Eles não a haviam esperado com ansiedade. Para eles não significava a colheita ou o bem-estar, nem podiam compartilhar conosco aquele bem que nos encheu de alegria.

O general, acompanhado de seu séquito, ocupava seu lugar de costume. Tinha os olhos tristes e de quando em quando olhava distraidamente para a rua, inclinando-se para procurar através da porta aberta o céu negro escrito por relâmpagos e esquecendo os dados dentro do copo.

Em uma mesa vizinha, Damián Álvarez e o tenente Flores bebiam solitários e ouviam a chuva cair com tristeza.

— Sabe Deus o que a gente pensa quando chove – comentou Flores.

— Eu, sim, sei o que penso – disse Damián Álvarez.

— Pois guarde-o para você – aconselhou seu amigo.

— Trago muita morte – a voz de Damián era sombria.

— Já sei... Já sei...

— Não, não sabe... Sou um covarde...

Flores serviu-lhe uma taça para que se calasse, mas Álvarez continuou falando.

— Está vendo aqueles? Ali estão eles e eu estou aqui!

E Álvarez apontou para o lugar que ocupavam o general, o coronel e o tenente-coronel.

— Vamos embora já! – urgiu Flores assustado.

— Daqui só me tira a minha vontade. Beba uma taça com o desgraçado!

Ninguém prestava atenção ao diálogo nem à infelicidade de Damián Álvarez. Continuavam todos observando a chuva, absorvidos em seus pensamentos. Na cantina reinava essa nostalgia melancólica que só a chuva produz e o ambiente era tranquilo e quase silencioso. Dom Ramón Martínez, surpreendido pela água, jogava uma partida de dominó com outros fregueses que não queriam enfrentar a tormenta. Não era seu costume ficar na cantina quando o general chegava com seus homens, mas o medo de se molhar o detinha. De vez em quando o senhor Martínez observava os militares. Fazia-o com precaução, espiando semioculto por trás de seus interlocutores.

— Os céus mudam da noite para o dia. Assim muda a sorte do homem.

Tal era a voz taciturna e ondulante do general. Só sua sorte não mudava. Seguia atada à de Julia que se perdia nesse momento em outras chuvas. "Gosto que me beijem quando chove", havia lhe dito numa noite de tormenta. "Não disse gosto que você me beije... Julia não se entrega nunca..."

— É verdade, meu general.

A resposta do tenente-coronel Cruz confirmou seus pensamentos. "É verdade que Julia não se entregava nunca." Escapava dele brilhante e líquida como uma gota de mercúrio e se perdia em uns lugares desconhecidos, acompanhada de umas sombras hostis.

— Quem diria que eu acabaria neste povoado!

O coronel Justo Corona olhou para seu chefe, quase fechando as pálpebras comidas de varíola.

"Julia não andava neste povoado. Não pisava a terra. Vagava perdida nas ruas de uns povoados que não tinham horas, nem cheiros, nem noites: só um pozinho brilhante no qual desaparecia cada vez que ele encontrava a mancha diáfana de seu vestido rosa."

— Perdi! – agregou Corona em voz baixa.

— Ganhar não serve para nada. Sempre o soube, desde que andava cruzando a serra e pegava-me a noite, lá no Norte.

Francisco Rosas disse estas últimas palavras com receio, como se lhe doesse nomear sua terra neste Sul ao qual nunca quis.

— Que longe está o Norte!

O tenente-coronel também tinha saudade das macieiras e do vento frio.

Julia, como uma rosa de gelo, apareceu girando diante dos olhos de Francisco Rosas, desvaneceu-se depois no vento gelado da serra e reapareceu flutuando por cima das copas dos pinheiros. Sorria para ele em meio ao granizo que escondia seu rosto e seu vestido cristalizado. Rosas não podia alcançá-la nem tocar o rumor frio que deixava sua passagem através da serra gelada...

— Por lá somos diferentes. Desde criança já sabemos o que é a vida e o que queremos dela. Por isso damos a cara sem esconder os olhos. Por outro lado, as pessoas daqui são pessoas gananciosas, dissimuladas. Nunca se sabe o que esperar delas.

Assim nos julgava com rancor o coronel Justo Corona.

— Parece que se alegram quando alguém sofre – disse Rosas.

— Mas a estão pagando – acrescentou Corona, sombrio.

— Por lá não gostamos de ver o sofrimento do homem, somos afetuosos. Não é verdade, meu general?

A voz de Cruz parecia conciliadora.

Seu chefe não o ouviu. Perdido em seu silêncio aflito, o eco das palavras o levavam a Julia e ao mundo distante em que vivia. Olhou a chuva com atenção e tratou de vê-la com os olhos com que ela a estaria vendo agora: "Sempre choverá esta noite para ela", disse a si mesmo com amargura, e depois acrescentou em voz alta:

— Quando vai parar de chover!

Deu um murro na mesa. Seus acompanhantes olharam para fora contrariados, como se a insolência da tempestade fosse dirigida contra eles.

— É preciso fazer alguma coisa, a gente morre nessa quietude!

Rosas arrastou suas palavras. Alargando-as sobre as vogais e depois cortando bruscamente o final, como todos os nortistas. Seus amigos se olharam inquietos, sem saber o que dizer nem propor.

— Se passasse esse maldito aguaceiro! – e o general olhou a seu redor e descobriu dom Ramón que se abaixou para evitar ser reconhecido.

— Olhem esse aí! Por que se abaixa? – perguntou com irritação.

Os demais se viraram para olhar dom Ramón Martínez.

— Pelo mesmo que dizíamos, porque eles só são bons para murmurar e não para mostrar a cara – respondeu Corona.

Entrou uma rajada de vento úmido, trazendo o cheiro das folhas e dos campos que se confundiu com a frescura do álcool.

O general se serviu de um trago de conhaque que apurou de um só gole.

— Tragam-no aqui, vamos convidá-lo a beber! – disse com olhos opacos.

O tenente-coronel dirigiu-se à mesa de dom Ramón. Este, mal o viu se aproximar, fez um gesto de despedida a seus interlocutores.

— O general lhe pede que o acompanhe.

— Muito obrigado, mas estou indo embora neste momento... Esperam-me em casa.

— Não vá nos fazer uma grosseria – disse gravemente Cruz.

O velho, sem saber o que fazer, levantou-se. Cruz tomou-o pelo braço e conduziu-o até a mesa do general. Os clientes de Pando olharam para o velho que se deixou levar assustado, sem dizer uma palavra.

— Senhor Martínez, faça o favor de sentar-se – ofereceu galantemente o general Rosas.

Dom Ramón se sentiu seguro. Apesar de tudo não era ruim ficar um pouco mais íntimo daquela gente esquiva. Talvez os convencesse de que ele era uma pessoa de algum valor. Suas ideias sobre as melhorias para o povoado lhe chegaram atropeladas. Era sua oportunidade e dispôs-se a falar seriamente com os militares. Bebeu os primeiros copos e atacou de frente seu tema favorito: o progresso.

O general o ouviu com atenção e respondeu com sinais afirmativos enquanto continuava enchendo os copos com regularidade.

— Aqui faz falta um benemérito! Alguém que entenda nosso tempo de motores, de sirenes de fábrica, de grandes massas trabalhadoras, grandes ideias e grandes revoluções. Alguém como o senhor, meu general! – disse dom Ramón já meio bêbado. Estava cansado de esperar a aparição de um grande chefe que levasse avante o povoado atrasado que era Ixtepec. Ixtepec daria assim o exemplo ao resto do país feudal e estúpido, fora da história moderna que ele lia nos jornais. A indústria, as greves e as guerras europeias o enchiam de desprezo por nossos problemas caseiros e mesquinhos.

— Nunca sofremos uma crise! Alemanha atravessa atualmente uma crise importantíssima. Nós só temos motins de famintos e fracos. Não gostamos de trabalhar e a fonte de todo o progresso é o trabalho. Por isso necessitamos de um chefe como o senhor, meu general.

— Ah! Alguém como eu... que nos faça trabalhar? – revidou com ironia o general.

— Exatamente! – confirmou o velho.

— Pois é bom saber.

— Para ser uma grande potência, faz-nos falta homens como o senhor...

O general pareceu dar ares de começar a se aborrecer com as tolices de seu convidado.

— Deixe de discursinhos e ponha-se a trabalhar! – cortou brusco Francisco Rosas.

— Mas, meu general, eu lhe explicava minhas ideias...

— Não são ideias; Pando, traga-me uma vassoura, que o companheiro aqui quer trabalhar – gritou o general.

— Meu general, eu falava de outra coisa...

— Pando, uma vassoura! – voltou a ordenar Rosas.

Pando se aproximou com uma vassoura que entregou a Francisco Rosas. O general a colocou nas mãos de dom Ramón e este, sem saber o que fazer ante o olhar do militar, pôs-se de pé e sorriu.

— Varra a cantina – ordenou Rosas.

Dom Ramón deu uns passos e os oficiais, sentados às mesas, olharam-no com júbilo. O senhor Martínez tratou de dar algumas vassouradas e sua submissão aumentou o alvoroço dos oficiais. Lá fora a chuva coroava os risos dos jovens. Só o general continuou sério, indiferente, bebendo seu conhaque sem fazer caso de dom Ramón. Os oficiais jogaram rolhas e cigarros acesos na cabeça do velho que, assustado, tentava se esquivar dos golpes girando sobre sua vassoura. Alguns se levantaram de suas cadeiras e espalharam cerveja pelo chão, quebraram garrafas, jogaram os pratos com petiscos e esvaziaram os cinzeiros no piso.

— Um esfregão! – pediram a gritos.

Pando não se mexeu de seu lugar. Desaprovava sua atitude. Com os cotovelos sobre o balcão olhava para o senhor Martínez varrendo sua cantina e chegava-lhe ardendo a humilhação do velho. De sobrancelhas juntas, esperava que a brincadeira terminasse. Mas os jovens sujavam cada vez mais o que o velho varria.

— Agora mesmo eu a tiro do hotel!

A voz de Álvarez se fez ouvir através da algazarra. O capitão Flores, muito pálido, pôs-se de pé e tratou de arrastar seu amigo para fora da cantina.

— Deixe-me, desgraçado!

Francisco Rosas levantou a vista e olhou sem piscar o esforço dos dois oficiais.

— Você está bêbado, não sabe o que está dizendo!

— Digo que agora mesmo eu a tiro do hotel...! Filhos da puta!

E Damián Álvarez avançou irado e cambaleante até a mesa de seus superiores. Os demais oficiais esqueceram dom Ramón e na cantina voltou-se a escutar o barulho compassado da chuva caindo sobre os telhados. O capitão Flores segurou Damián e a empurrões o arrastou para a rua. Até a mesa de Francisco Rosas chegaram as injúrias e os gritos do oficial bêbado que se debatia com seu amigo na porta. Quem Damián Álvarez queria levar? Os assistentes, muito pálidos, olharam de soslaio para o general; este, com as pálpebras semifechadas, seguiu bebendo seu conhaque. Chegou um perfume de baunilha e a invisível presença de Julia, alheia a Damián Álvarez, instalou-se como a discórdia no centro da cantina.

Dom Ramón aproveitou o silêncio, abandonou a vassoura e com os olhos cheios de lágrimas desapareceu pela porta do banheiro.

Da rua só chegava o barulho insistente da chuva. Aonde tinha ido Damián Álvarez? Os militares acreditaram adivinhar seus passos titubeantes aproximando-se de Julia e olharam em silêncio para seu chefe. Francisco Rosas bebeu uns copos mais. Parecia muito tranquilo quando deu boa noite a seus assistentes e saiu da cantina. Não procurou companhia e seus amigos ficaram imóveis vendo como ia embora direto em busca da noite. Em pouco tempo o lugar ficou deserto e Pando foi chamar o velho que continuava chorando no banheiro.

— É um desalmado!

— Não se preocupe, dom Ramón, foi uma brincadeira – disse o cantineiro envergonhado diante de suas lágrimas. Mas era difícil que o senhor Martínez esquecesse.

Os Moncadas e Hurtado cruzavam a praça com os rostos molhados de chuva quando tropeçaram com o corpo de Damián Álvarez jogado no meio do arroio. A farda estava empapada e seus cabelos se mexiam caprichosos no balanço da água que caía sobre ele há uma boa meia hora.

XI

O dia amanheceu radiante e novo. As folhas fortalecidas pela chuva brilhavam em todos os tons de verde. Do campo chegava um cheiro de terra nova e dos montes úmidos desprendia-se um vapor carregado de essências. O rio, crescido depois de tantos meses de seca, avançava por seu leito amarelo levando galhos quebrados e animais afogados. Pelo ar fresco da manhã correu a voz: "De madrugada o general matou o capitão Álvarez." Havia quem tivesse escutado um grito no meio da chuva: "Vire-se Damián Álvarez que não quero matá-lo pelas costas!", mas não podia jurar que fosse a voz de Rosas.

— Eu não sei de nada. Ele chegou bêbado e abriu a porta de seu quarto com um pontapé. Depois me pareceu que estava chorando... mas nada do que digo me consta. Já era muito tarde e não sei se o ouvi ... Também posso ter sonhado – dizia dom Pepe Ocampo.

Não soubemos quem recolheu o corpo de Damián, pois quando amanheceu já estava estendido no Comando Militar. Passamos em frente ao edifício e em frente às sacadas do hotel, mas não conseguimos ouvir nada. Nos dois lugares guardava-se o segredo e a única coisa que soubemos era o que já sabíamos: Damián Álvarez tinha morrido nessa noite perto da entrada do Hotel Jardín. Por ordem de Francisco Rosas os militares com uma tarja preta na manga da farda fizeram guarda diante do corpo do oficial.

Lá pelas quatro da tarde Rodolfito Goríbar cruzou o povoado acompanhado de seus pistoleiros e entrou no Comando. Ia de preto apresentar suas condolências.

"Melhor seria se tivesse sido você!" – dissemos à sua passagem. "Erva ruim nunca morre!", comentamos vendo a segurança com que entrava no recinto proibido para nós. Desde a morte de Ignacio, sua figura delicada aparecia pouco nas minhas ruas. Não tinha mais mexido nas fronteiras. Talvez tivesse medo e preferia esconder-se próximo de sua mãe. Ao escurecer, na capela de dona Lola começou a novena pelo descanso da alma do capitão Álvarez. A senhora conduzia o rosário e respondiam-no seu filho, os pistoleiros e os criados. Não nos convidaram.

No hotel não se ouviram as vozes dos amantes nem se abriram as portas de seu quarto. Poder-se-ia dizer que também eles haviam morrido. Já de noite Francisco Rosas, muito pálido se apresentou ao velório para fazer uma guarda frente ao corpo do oficial. As gêmeas aproveitaram sua ausência para ir ao quarto de Antonia.

— Pobrezinho, morrer aos vinte e três anos!

Antonia olhou-as assustada. Parecia incrível que a lembrança tépida do corpo de Damián fosse só uma lembrança e que ninguém, nunca mais, voltasse a sentir aquele calor que a acompanhou por toda uma noite.

— E por que foi? – perguntou a jovem com medo.

— Você também não sabe? – disseram perplexas as irmãs.

— Não... não sei – murmurou Antonia. E na verdade não sabia.

As três jovens ficaram absortas procurando o porquê da morte de Damián Álvarez.

— Foi por Julia – afirmou Luisa da porta, mas nem ela nem as outras acreditaram em suas palavras. A morte enigmática do capitão entristeceu o quarto em que viviam sequestradas as mulheres.

Ao amanhecer voltaram os militares para trocar de roupa e barbear-se. Vinham embrutecidos. Tomaram um café quente e depois apresentaram-se de novo no Comando Militar onde os esperava Damián Álvarez em sua farda atravessada pelas balas e ainda úmida pela chuva que o acompanhou em sua morte. O enterro foi muito cedo e essa segunda-feira ficou em minha memória como "a segunda-feira que enterraram Damián Álvarez". Prestaram-lhe honras e seu nome esteve na boca de todos.

Depois de alguns dias começamos a esquecer daquele que morreu por Antonia, a filha do espanhol Paredes. Justo Corona não o esqueceu. Atirou sua pistola no rio, e nunca disse a ninguém o que fez na noite da morte de Damián, pois voltou ao hotel quando raiava o dia.

Já não voltamos a ver água. Um calor esbranquiçado e ardente devorava as matas dos montes e voltava invisível para o céu. Ardiam os jardins e as cabeças dos homens.

— A gente sabe que quando o calor sobe assim ocorrem desgraças – dizia dom Ramón para não sair de casa. Pensava que o tempo apagaria sua humilhação e para salvar seu prestígio, ao menos dentro de sua casa, acrescentava:

— Esses tiros eram para mim! Eu vi claramente que Rosas ia me matar, mas minha coragem e certa astúcia me salvaram dessa situação desagradável. O general é um homem primário que se desconcerta com a inteligência.

— E veja, esse pobre Damián Álvarez recebeu a morte que era para você – dizia sua mulher compadecida.

— Temos que ir à Cidade do México para dar graças à Virgem de Guadalupe que iluminou nosso paizinho nessa hora de perigo – acrescentavam suas filhas, cheias de admiração pela coragem de seu pai.

Dom Ramón as escutava sem ouvi-las. Sentia-se só e aterrorizado. Lembrava-se do coro de jovens rindo enquanto ele varria a cantina e um calor estranho lhe devorava as orelhas. "Todos devem saber", dizia a si mesmo com amargura e maldizia o povoado e seus conhecidos, testemunhas de sua humilhação.

— Deveriam incendiar, arrasar este povoado até que não ficasse pedra sobre pedra! – dizia indignado enquanto o rancor lhe roía as horas de sono e as refeições e suas semanas e sua casa caíam esmigalhadas pelas línguas que comentavam risonhamente sua aventura. "Vejam, até que Francisco Rosas fez algo de bom! Fez dom Ramón Martínez trabalhar!"

Também para mim aqueles dias eram amargos. É curiosa a memória que reproduz como agora tristezas já passadas, dias animadores que não veremos mais, rostos desaparecidos e guardados em um gesto que talvez eles nunca viram, palavras das quais já não ficou nem o eco. Em sua primeira noite em

Ixtepec, Felipe Hurtado disse a seus anfitriões: "O que falta aqui é a ilusão." Seus amigos não o entenderam, mas suas palavras ficaram escritas na minha memória com uma fumaça incandescente que aparecia e desaparecia segundo meu estado de ânimo. A vida naqueles dias se embaçava e ninguém vivia senão através do general e sua *querida*.

Tínhamos renunciado à ilusão.

Onde ficava meu céu sempre mudando suas cores e suas nuvens? Onde o esplendor do vale amarelo como um topázio? Ninguém se preocupava em olhar o sol que caía envolto em labaredas alaranjadas atrás dos montes azuis. Falava-se do calor como uma maldição e esquecia-se de que a beleza do ar incendiado projetava os rostos e as árvores fumegantes em um espelho puríssimo e profundo. As jovens ignoravam que o reflexo de seus olhos era o mesmo que o da luz imóvel de agosto. Por outro lado, eu me via como joia. As pedras adquiriam volumes e formas diferentes e uma só me empobreceria caso se movesse de lugar. As esquinas se tornavam de ouro e prata. Os contrafortes das casas avantajavam-se no ar da tarde e afiavam-se até tornarem-se irreais à luz do amanhecer. As árvores mudavam de formas. Os passos dos homens faziam barulhos nas pedras e as ruas enchiam-se de tambores. E que dizer da igreja? O átrio crescia e seus muros não pisavam na terra. A sereia do cata-vento apontava com seu rabo de prata para o mar, saudosa da água. Um canto de cigarras inundava o vale, levantava-se das cercas, aparecia próximo das fontes imóveis; as cigarras eram as únicas que agradeciam ao sol quando ele chegava ao meio do céu. Ninguém olhava para as lagartixas furta-cores. Meu esplendor todo caía na ignorância, em um não querer olhar-me, em um esquecimento voluntário. E enquanto isso minha beleza ilusória e mutante consumia-se e renascia como uma salamandra na metade das chamas. Em vão cruzavam o jardim nuvens de borboletas amarelas: ninguém agradecia suas aparições repentinas. A sombra de Francisco Rosas cobria meus céus, ofuscava o brilho de minhas tardes, ocupava meus cantos e introduzia-se nas conversas. Talvez o único que me dava valor era Felipe Hurtado e o único também que sofria pela inércia em que havia caído meu povo. Talvez por isso, ajudado por Isabel, idealizou a peça de teatro. Sua fé na ilusão convenceu dom Joaquín e ele lhe emprestou o pavilhão onde vivia para representar uma obra.

Na peça, Isabel deixava de ser ela mesma e convertia-se em uma jovem estrangeira. Ele era o inesperado viajante e as palavras, formas luminosas que apareciam e desapareciam com a magnificência dos fogos de artifício.

Juan e Nicolás trabalharam para arrumar o cenário. O pavilhão com as janelas abertas para o "jardim das samambaias" dava a impressão de ser muito mais amplo do que era. Ana Moncada levou suas cadeiras para acomodar os espectadores e ela e sua cunhada prepararam as fantasias. Conchita iria de branco; Isabel, de vermelho.

— É a lua, a mesma lua que sai neste minuto em cena – repetia-lhes Hurtado, meio sério, meio brincando.

Elas concordavam convencidas e repetiam os versos uma e outra vez. Em Ixtepec correu a voz do teatro mágico na casa de dona Matilde. Isabel e Conchita, arrebatadas diante de sua própria beleza, atravessavam minhas ruas como dois reflexos mais no luxuoso espetáculo de agosto. "Está acontecendo alguma coisa." Diziam os jovens sem saberem o que se passava. Juan e Nicolás fabricavam cetros e espadas e experimentavam as capas azuis que usariam na peça.

O cenário estava quase terminado. Os jovens, mal subiam a escada, alcançavam um reino diferente em que dançavam e falavam também de maneira diferente. As palavras se enchiam de paisagens misteriosas e eles, como nos contos de fada, sentiam que de seus lábios brotavam flores, estrelas e animais perigosos. O palco consistia-se em umas tábuas mal pregadas e no entanto para eles era o mundo inteiro com variedades infinitas. Bastava Nicolás dizer: "Frente a este mar furioso..." para que de um canto misterioso do cenário surgisse o mar com suas ondas altas e sua espuma branca e para que uma brisa desconhecida soprasse no cômodo inundando-o de sal e iodo.

— Tinha tanta vontade de conhecer o mar! – gritou Isabel quando seu irmão terminou o monólogo.

Todos riram. Dona Ana Moncada estava contente; quando seus filhos subiam ao palco uma luz inesperada iluminava seus olhos. Pela primeira vez os via tal como eram e no mundo imaginário que desejavam desde pequenos.

— Você dizia a verdade. Em Ixtepec faltava a ilusão – e também ela se pôs a rir. Depois ficou pensativa e escutou Hurtado que se lamentava em cena. De repente suas palavras emprestadas deixaram de aludir àqueles amores teatrais e soaram como se fossem palavras do general a Julia.

— Como é triste tudo! – interrompeu Isabel.

Felipe Hurtado calou e todos voltaram do mundo imaginário. Sua frase os devolveu à figura patética do general e a Julia impávida escondida atrás de seus cílios. "Olhe para mim, Julia!", diziam que lhe pedia. E Julia aproximava-se com seus olhos amendoados e presenteava-lhe um olhar cego. Isabel rompeu o silêncio. Começou devagar sua resposta e na metade da frase parou e olhou assustada para seus irmãos.

Agora, depois de muitos anos, vejo todos nessa noite. Isabel no meio do tablado, Hurtado junto dela, como aturdido por uma lembrança súbita e dolorosa; Nicolás e Juan com os olhos interrogadores e prontos para entrar em cena; Conchita sentada entre a mãe e a tia dos jovens, brincando com um cordãozinho e esperando ser chamada. Percorro a casa e encontro na sala de dona Matilde os laços de cores, as capas alinhavadas, o manto de Isabel. Volto ao pavilhão e escuto ainda flutuantes as palavras ditas por Isabel e que provocaram sua interrupção: "Olhe-me antes de ficar convertida em pedra...!"

As palavras de Isabel abriram uma baía escura e irremediável. Ainda ressoam no pavilhão e nesse momento de assombro ali segue como a premonição de um destino inesperado. Os três irmãos se olharam nos olhos sentindo-se crianças correndo em éguas descontroladas perto das cercas do cemitério quando um fogo secreto e invisível os unia. Havia algo infinitamente patético em seus olhos. Sempre pareceram melhores dotados para a morte. Por isso desde pequenos atuaram como se fossem imortais.

— Que está acontecendo? – perguntou a mãe assustada pelo silêncio repentino e o ar sonâmbulo dos filhos.

— Nada... Pensei algo horrível – respondeu Isabel... e olhou para seus irmãos que continuavam imóveis sem tirar os olhos dela.

— Passou uma bruxa e seu cortejo – disse dona Matilde fazendo o sinal da cruz.

— Jogou-nos uma maldição – afirmou a jovem com voz infantil.

Depois continuaram ensaiando até muito tarde.

XII

O encantamento se rompeu e pela primeira vez tivemos alguma coisa para fazer, algo em que pensar que não fosse a infelicidade. A magia que invadia o pavilhão de dona Matilde invalidou por alguns dias Ixtepec. O povo falava do "Teatro" com assombro, contavam os dias que faltavam para a estreia e perguntavam-se por que antes privávamo-nos dessa diversão.

— Em todas as cidades há teatros que funcionam todos os dias – dizia dona Carmen com naturalidade.

— Tem razão, Carmen, não sei como não nos ocorreu organizar algumas funções. Temos vivido como canibais. Sabe que existem canibais? Que horror! Hoje li no jornal o caso dos exploradores que se comeram no Polo Norte. Dizem que porque tinham frio! Um pretexto. Também nós que temos calor somos capazes de comer-nos qualquer dia. Você leu, Conchita?

De volta dos ensaios, Dona Elvira falava alegre, sentada em frente ao espelho de seu tocador.

— Não, mamãe, não li.

— Leia-o, vamos ver se parece a você o que me pareceu.

E dona Elvira, sonhadora, ficou com o pente na mão olhando com doçura seu braço redondo e gorducho.

— Deve ser muito açucarada a carne dos *güeros*... Ocorreu-me que tem um saborzinho de flã...

— Mamãe!

— De que será o sabor de Tomás Segovia? Ele, diga o que diga, é moreninho. Reparou que ele não vai aos ensaios? Está com ciúme de Hurtado porque nunca lhe ocorreu organizar uma trupe de teatro...

E dona Elvira dormiu sem lembrar de Julia, disposta a encontrar-se com sonhos novos e leves...

Era muito bom saber que podíamos ser algo mais que espectadores da vida violenta dos militares e quase sem nos darmos conta distanciamo-nos das sacadas do Hotel Jardín para nos aproximarmos das de dona Matilde. Aqueles foram dias encantadores. Os ânimos dos invasores também se acalmaram. A misteriosa morte de Damián Álvarez serviu de trégua aos ciúmes de Francisco Rosas. Unicamente Julia seguia imperturbável, fechada em sua tristeza.

A aparição de Julia na serenata, depois de vários domingos sem vê-la, devolveu-nos num instante aos dias anteriores ao teatro. Esquecemos de tudo ao vê-la entrar na praça. Vinha com um daqueles seus vestidos de tons rosa pálido, incrustado de pequenos cristais translúcidos, cintilante como uma gota de água, com suas joias penduradas no pescoço e os cabelos enegrecidos balançando como penas leves sobre a nuca. Deu várias voltas, apenas apoiada no braço de seu amante que avançava com ela com respeito, como se levasse junto dele toda a beleza indizível da noite. Não se podia ler nada em seu rosto impassível. As pessoas se puseram de lado para dar-lhes passagem e ela avançou como um veleiro incandescente rompendo as sombras das árvores. Francisco Rosas levou-a a seu banco de costume. As outras *queridas* a rodearam e falaram alegremente com ela. Ela mal respondeu. Imóvel, escrutava a praça. O general, de pé atrás do banco que ela ocupava, inclinou-se até Rafaela que lhe falava a gritos para se fazer ouvir através da música.

— Como estou contente! Os dias ruins já foram embora!

E supersticiosa inclinou-se para tocar com os dedos cruzados a madeira do salto de seu sapato. Rosas sorriu.

— O mundo é tão bonito! – continuou a gêmea vendo o sucesso de sua primeira frase. – Que bom é se querer, não é verdade?

Francisco Rosas assentiu com a cabeça e ofereceu-lhe um cigarro.

A jovem tomou-o com desembaraço e acariciou-lhe a mão com um gesto de cumplicidade. Sua irmã também se virou para o general sorrindo generosamente. Francisco Rosas, agradecido, deu-lhes tapinhas nas bochechas e pediu refresco para todos. Só Luiza parecia incomodada com a aparente felicidade de Rosas e quando este passou-lhe um refresco recusou-o e virou a cabeça para o lado dos transeuntes.

— Obrigada, não tenho sede!

Com a presença de Julia a praça se encheu de luzes e de vozes. As mulheres davam voltas conversando em voz alta, os homens sem se atreverem a olhá-la passavam perto dela e aspiravam as lufadas intensas de jasmim que atravessavam a noite. E ela, Julia, quem esperava? Para quem guardava aquele sorriso que mal se via?

Sondou a praça disfarçadamente. Procurava alguém e distanciava-se da conversa de seus amigos. Talvez estivesse meia hora entre nós quando pediu decepcionada para ir embora para o hotel. Francisco Rosas inclinou-se diante dela e com a ponta dos dedos tocou-lhe os cabelos. Pareceu aceder de bom grado a seu desejo.

— Mas acaba de chegar! – disseram as gêmeas.

— Vou embora – respondeu Julia. Pôs-se de pé e virou-se para Rosas para dizer algo ao ouvido.

— Fique um pouquinho mais!

— Não seja chata!

— Deixem-na em paz, deve ter seus motivos! – comentou Luisa.

— Tenho sono – replicou Julia. Decidida, fez um gesto de deixar seus amigos.

Um grupo ruidoso atravessou nesse momento a rua e entrou na praça: eram os Moncadas; rindo com aquele seu riso sonoro e contagioso, vinham acompanhados de Hurtado e Conchita. Lembro a frase de Nicolás: "Isabel, um peso por uma gargalhada!", e mostrou à sua irmã, de riso fácil, uma moeda de prata que ela ganhou imediatamente, jogando a cabeça para trás e mostrando a fileira guerreira de seus dentes.

Julia, indecisa, não acabou de se despedir. Ao ver sua perturbação, Rafaela convidou-a a sentar.

— Fique, olhe, agora chegaram esses...

— Que será que estão falando que vêm rindo? – perguntou sua irmã.

— Adivinhar! Há vezes que eu gostaria de conhecer as pessoas daqui – respondeu Rafaela.

Julia aproveitou o diálogo das irmãs e voltou a sentar-se, aparentando indiferença.

O grupo de jovens passou em frente ao dos militares e Hurtado diminuiu o passo e deixou de rir. Poderia se dizer que Julia não o havia visto. O rosto do general Francisco Rosas, uns minutos antes agradável, descompôs-se. Então o tenente-coronel Cruz interveio na conversa.

— E para que você quer conhecer uns moleques e um caixeiro-viajante?

Disse essa última palavra com desprezo e olhando com o canto do olho para o general, para que este se desse conta da insignificância do forasteiro...

— Pois não sei... – respondeu Rafaelita, que não tinha nenhum interesse em conhecer aquelas pessoas.

— Julia, sim, conhece um deles... – disse Luisa maldosamente.

Suas palavras produziram silêncio no grupo dos militares. As mulheres ficaram mudas e os homens olharam as copas das árvores. A música se deixou ouvir ruidosa e a praça inteira pareceu girar em torno de Julia que permaneceu quieta e pálida. O general inclinou-se para ela.

— Vamos embora, Julia.

Julia continuou imóvel com seu leque na mão olhando para o vazio. Rafaela interveio assustada.

— Fique mais um pouquinho...! A noite está tão quente que apetece estar ao ar livre.

— Não ouviu, Julia? Sempre tem que ir contra a vontade do general – e Luisa se inclinou sobre a *querida* de Rosas. Julia ignorou suas palavras. Seguia imóvel, parecia de cristal, qualquer movimento poderia quebrá-la em mil pedaços. O general tomou-a pelo braço e com brutalidade fez com que se levantasse do assento. Julia cedeu sem resistência.

— Boa noite – disse Rosas, trêmulo de ira. Sem mais despedida cruzou a praça e atravessou a rua levando a jovem.

— Vai bater nela!

— Sim... vai bater...! – repetiu Antonia olhando com terror para o coronel Justo Corona. Este, com os braços cruzados, permaneceu impassível. Na manga de sua farda estava a tarja preta que Rosas havia ordenado que exibissem todos, inclusive ele mesmo, em sinal de luto pela morte de Damián Álvarez.

— É muito desobediente. Merece umas chicotadas e depois o açúcar, como as éguas finas.

— Oxalá, e que lhe dê uma boa para ver se acaba a birra!

E os olhos azuis de Luisa ficaram brancos. Seu amante, o capitão Flores, pôs-se de pé.

— Vou embora, estou de guarda.

Saiu da praça e encaminhou-se à casa de Luchi.

— Luchi, você tem inveja de Julia?

Luchi ficou pensativa uns minutos.

— Por que está perguntando isso?

— Quero saber por que as mulheres não gostam dela.

— Talvez porque a nenhuma de nós querem como a ela – respondeu Luchi com integridade e depois se abraçou a seu pescoço.

As criadas do hotel contaram que o general, ao chegar a seu quarto, bateu em sua *querida* com sua chibata "sem nenhuma compaixão". Elas do corredor escutaram os golpes e a voz entrecortada do homem que parecia queixar-se. De Julia não se ouviu nada. Depois o general saiu para procurar Gregoria, a velha ajudante da cozinha, que conhecia muitos remédios.

— Não quero que venha o doutor Arrieta. Estou dizendo para ir você curar a senhorita Julia.

A voz de Francisco estava exausta.

Às onze da noite a velha saiu do hotel para ir até a sua casa em busca de ervas. Ao voltar, quando chamou ao quarto dos amantes, o general saiu para perder-se nas profundezas do jardim. Gregoria preparou cataplasmas e águas limpadoras e com eles medicou a pele ensanguentada da mais *querida* de Ixtepec. Depois também fez um chá para que Rosas quisesse menos a jovem. Esta parecia não ouvir os conselhos da velha.

— Olhe, senhorita Julia, ponha isto no copo que se bebe antes de se pôr na cama com a senhorita. Mas não lhe diga que eu lhe dei a erva, porque me mata...

Julia, jogada na cama com os olhos fechados não contestou. Gregoria se esforçava para consolá-la.

— Você vai ver, minha menina. Com o favor de Deus vai deixar de querê-la. Quando um homem se põe assim, faz a mulher pagar com a vida. Mas primeiro Deus vai aliviá-lo até mais rápido que a senhorita, você vai ver.

Julia se deixava medicar muito quieta. Tremia e bebia pequenos golinhos de conhaque para reanimar-se. Um traço violeta na face fazia-a parecer mais pálida.

— Jure-me, senhorita Julia, que vai lhe dar este remédio! Está enfeitiçado.

A jovem seguia tremendo.

— E diga-me, perdoando a curiosidade, que erva a senhorita lhe deu lá na sua terra para deixá-lo assim?

— Nenhuma, Gregoria.

— Ele sozinho se apaixonou tanto?

— Sim, Gregoria, ele sozinho.

Já tarde o general voltou a seu quarto, olhou para Julia estendida na cama, aproximou-se dela e com a ponta dos dedos acariciou-lhe os cabelos. A jovem não se moveu e seu amante sentou-se em uma cadeira chorando. Ela o deixou chorar.

— Já vou indo, menina Julia – disse Gregoria intimidada.

Os amantes não lhe responderam.

— Aqui lhe deixo seu xarope, menina Julia. Também dê um trago ao general, vai lhe fazer bem, parece muito cansado – acrescentou a velha dando uma piscada de cumplicidade.

Julia ficou em silêncio. O general com a cara entre as mãos não se deu ao trabalho nem de dar boa noite.

XIII

Daqui vejo a casa de Gregoria e parece que ela está chegando essa noite, abrindo a porta e benzendo-se antes de entrar. Dentro estão seus potes, que foram de petróleo, cobertos de gerânios e tulipas. No jardim crescem as ervas para esquecer, para amar e salvar-se da ira ou do inimigo. Não vá pensar que Gregoria fosse bruxa. Não, ela não era como Nieves que chegou a me dar má fama. De muito longe vinham vê-la, traziam-lhe pedaços de roupas, mechas de cabelo e fotografias dos futuros enfeitiçados. Quantos anos fará do dia em que a costeira Marta chegou a Ixtepec com Juan Urquizo? Trouxe-o até aqui para que Nieves lhe desse sua poção. Anos foram e vieram. Marta morreu em sua terra, nós o soubemos por Juan Urquizo que a pé, e com a cara de tonto que Nieves lhe pôs, passou por Ixtepec de ida para a Cidade do México. Desde então se apresentou em minhas ruas duas vezes por ano: uma quando ia para Cidade do México e outra quando regressava. Suas viagens tinham por objetivo estar na costa no dia da data da morte de Marta. Fazia seis meses de ida e seis meses de volta, sempre a pé. Quando o víamos de regresso sabíamos que havia passado justo um ano.

Assim vivia tranquilo sem se dar conta de sua desgraça. Havia sido comerciante, suas mulas iam carregadas de mercadoria, e as pessoas, ao vê-lo com as sandálias gastas, as roupas rasgadas, a pele queimada pelo sol e os olhos mais azuis que nunca, tinham compaixão dele. Ninguém conhecia a sua família, porque Juan Urquizo era espanhol. Ao passar por Ixtepec, dom Joaquín recebia-o em sua casa, ordenava que pusessem sabonetes e toalhas no banheiro de lajotas vermelhas e dava-lhe roupa limpa. Juan Urquizo aceitava a caridade com aprovação. Ficava uma noite e um dia no povoado e de madrugada empreendia a rota até a Cidade do México ou até a costa, segundo fosse de ida ou de volta. Dona Matilde lhe suplicava:

— Olhe, dom Juan, repouse aqui uns dias.

Juan Urquizo não podia aceitar repouso.

— Dona Matilde, a senhora é muito boa, mas não posso, tenho uma obrigação com Marta. Um dia que perca e não chego à costa no 14 de novembro. Não sabe, dona Matilde, a desgraça que me aconteceu...? Marta morreu nessa data e não posso deixá-la sozinha... é o único dia que tenho para falar com ela, lembra-se dela, dona Matilde?

E Juan Urquizo continuava chorando até que a senhora, que sabia o que sabíamos todos, dizia-lhe:

— Não chore, dom Juan, já não está longe o 14 de novembro.

Faz quinze anos que deixou de fazer sua viagem circular. Há quem diga que morreu em umas planícies perto de Tiztla. Já era tão velho que tinha apenas uns cabelos brancos, e que certamente nesse dia o sol estava muito forte.

Nunca soubemos se Julia deu a bebida ao general. Era reservada e sempre se apresentou como estrangeira, sem se importar conosco, fechada em seu sorriso, que foi mudando conforme foi mudando sua sorte. E os dias foram seguindo iguais uns aos outros. Almoçava-se ao meio-dia e meia, às três da tarde eram poucos os que se atreviam a cruzar minhas ruas. Os moradores dormiam a sesta em suas espreguiçadeiras e esperavam que o calor baixasse. Os jardins e a praça explodiam num pozinho imóvel que deixava o ar irrespirável. Os cachorros, deitados nas sombras das amendoeiras do átrio, mal abriam os olhos, as cozinhas eram apagadas e não voltavam a ser acesas até às seis da tarde. Os Selims, os turcos da loja de roupa A Nova Elegância, cochilavam detrás de um balcão com as tesouras sobre o peito. Seus filhos traziam-lhes xicarazinhas de café muito forte. "Muito bom para o calor. Lá na sua terra aliviava-se com isso o sono e o sufoco."

Na praça, Andrés refugiava-se debaixo de sua barraquinha de doces e com um espanador cor de rosa espantava as vespas e as moscas que pousavam ávidas em seu alfajor de coco.

— Não me importa o que acontece à *cusca* Julia. As boas são as outras, as companheiras. Que sorte tem o tenente-coronel, encontrar duas mulheres bonitas e as duas ao mesmo tempo! – dizia. E quando Rosa e Rafaela compravam doces dele, Andrés dava-lhes as guloseimas quase de graça.

Perto dele, acorrentada ao tronco de um tamarindo, Lucero, sua águia, vigiava com seu olho feroz os pedaços arrepiantes de carne crua com que lhe presenteava seu dono.

— E onde a pegou? – preguntavam as gêmeas sempre espantadas com a força do animal.

— Muito alto, meninas, muito alto, onde se encontra tudo de bom.

A vendedora de refrescos Juana, sentada detrás de seu posto, com os dedos rosa macerados à força de ralar os limões sobre sua telha, deixava de insultar os "milicos" que vinham beber os refrescos de cores e dormia com as pálpebras meio fechadas.

Javier não brincava mais com os montes de cestas. Abaixava bem o sombreiro de palha e, estendido em uma trouxa, espiava as pernas das poucas mulheres que coincidiam passar perto do seu posto.

Os cocheiros sentados no coxim ficavam quietos e somente ouviam-se as patadas dos cavalos para espantar as moscas. As tardes se repetiam iguais. O doutor Arrieta era o único que continuava perambulando àquela hora, trazido e levado pelas febres que em tempo de calor e seca abundam em Ixtepec.

Foi em uma tarde assim quando Julia saiu do Hotel Jardín. A essa hora as *queridas* faziam a sesta. As persianas fechadas faziam pressentir braços nus e cabelos úmidos. Dom Pepe Ocampo tratou de detê-la.

— Por favor, senhorita Julia, não saia!

— Estou muito a meu gosto! – disse ela ofensiva.

— O general não deve demorar. Não confie em suas palavras. Tenho certeza de que vai voltar antes da hora que disse.

— Pois assim o senhor está me atrasando por um momento.

— Senhorita Julia! – suplicou o velho indo de um lado a outro do saguão para impedir sua passagem. Julia olhou para ele com frieza e parou para esperar que o velho terminasse suas andanças.

— Tenha compaixão de mim. Não posso deixá-la sair, pense nas consequências... se ele chega a saber.

— Não lhe diga nada. Eu volto em seguida – e Julia empurrou dom Pepe e saiu para a rua. Ia sem se pintar, com os cabelos muito escovados e os lábios apenas rosa. Sua presença nas calçadas fez os vendedores da praça ficarem de pé.

— Olha quem vem aí – exclamou Andrés sobressaltado.

— E vem sozinha! – retrucou Javier saindo debaixo do sombreiro.

— O que está acontecendo com essa desafiadora, a quem pressinto um fim maligno?

E Juana, boquiaberta, observou Julia que vinha com um vestido de musselina clara. No seu rosto pálido ainda estava a marca da chibata recebida umas noites antes. À luz do sol parecia mais débil. Cruzou a praça e desceu pela rua do Correio.

— Vai à casa dele.

— Eu já dizia que havia vindo por ela.

— Que pena, uma mulher tão bonita, e já não a veremos muito por aqui! – e Javier pôs o sombreiro de lado.

— Está caminhando sua última tarde – concluiu Juana.

Os cocheiros, de seus coxins, continuaram dando notícias do caminho que fazia a jovem. Julia ia com o passo apertado, sem meias, balançando-se sobre os saltos altos.

— Passou em frente ao portão dos Pastranas.

A figura de Julia foi ficando cada vez menor e acabou por perder-se nas sinuosidades da rua. Passou em frente ao portão dos Montúfar, atravessou para a outra calçada e parou na porta da casa de dom Joaquín. Deu várias batidas na porta e esperou sossegada. Dentro não esperavam visitas. As batidas se perderam na densidade do jardim. Depois de um longo tempo, Tefa abriu o portão.

— A patroa está? – perguntou Julia com aquela voz tão peculiar.

— Um momentinho... – disse Tefa assustada pela aparição da jovem.

Julia esperou na rua, sob o fulgor do sol, sem se atrever a entrar. Tefa voltou, sufocada pela correria.

— Entre, senhorita.

Julia entrou na casa, olhando para todos os lados com seus olhos de amêndoa; procurava alguém escondido na sombra. Dona Matilde apareceu no terraço. Vinha assustada, com as pálpebras inchadas pelo sono e uma bochecha vermelha com marcas do bordado do travesseiro. Julia ficou aturdida, como se de repente sua visita não tivesse significado.

— Perdoe-me, senhora, perdoe-me, por favor! Sou Julia Andrade...

— Já tinha tido o prazer... quer dizer, já a conhecia de vista... – interrompeu perturbada a senhora.

Com um gesto lhe indicou que a seguisse pelo terraço sombrio. As duas mulheres avançaram com ar de mistério. Os passos soavam ocos sobre as lajotas vermelhas. "Para que terá vindo essa moça?... Oxalá tudo isso não acabe mal!..." ia dizendo a si mesma a senhora, enquanto Julia esquecia as palavras que havia preparado para explicar a situação. "Não direi nada... Não poderei...", pensou Julia quando chegaram à porta da sala. Entraram solenes no cômodo fresco e profundo. Poucas vezes se utilizava aquela sala habitada por pastores de porcelana que se vigiavam sobre consoles pretos e por mulheres pompeianas estendidas em terraços, com os cabelos coroados por rosas e a seus pés tigres mansos dourados. Havia leques, espelhos, ramalhetes de flores e no alto da parede principal uma estátua do Sagrado Coração com velas acesas. Sobre uma poltrona estavam os trajes prontos de Isabel e Conchita, dona Matilde recolheu-os.

— Desculpe-me, são as roupas do teatro – e sorriu mortificada pela palavra. Que pensaria sua visita? Roupas de teatro em uma casa decente!

— São meus sobrinhos que vão fazer uma representação para nós, a família...

As duas mulheres sentaram no estrado da sala e olharam-se desconcertadas. Julia, ruborizada, tratou de sorrir, olhou para a senhora e depois olhou para a ponta de seus dedos. Não podia falar. Dona Matilde, por sua vez, não sabia o que dizer e esperava inquieta que a visita falasse primeiro. Assim estiveram uns minutos atrevendo-se apenas a se olhar, sorrindo furtivas, as duas tímidas e assustadas.

— Senhora, diga a Felipe que vá embora... o general foi a Tuxpan e só volta muito tarde. Por isso vim avisá-lo...

No primeiro momento dona Matilde não soube de que lhe falava. Depois lembrou que Felipe era o nome de batismo de seu hóspede e ficou boquiaberta, assaltada por um tropel de pensamentos confusos. "Por que Felipe tem que ir embora?... Por que Julia veio avisá-lo?..."

— Ele vai matá-lo... – sussurrou Julia aproximando as palavras ao seu ouvido.

Dona Matilde olhou-a com medo. Preferia que Julia não tivesse nunca se apresentado à porta de sua casa e já que estava dentro gostaria que fosse embora em seguida. Mas como dizê-lo? Olhou-a e pensou que a primeira que o general mataria seria ela por havê-lo traído.

— E você? – perguntou.

— Eu? Nunca vai ficar sabendo – disse Julia sem convicção.

— Não faltará quem diga para ele.

E a senhora pensou que talvez estivesse vendo Julia pela última vez. Olhou para ela fascinada. "Será capaz de fazer-lhe algo?" Pareceu-lhe estar na frente de uma criatura que leva a violência em sua própria fragilidade. Havia entrado em sua casa como o arauto da desgraça. Sua presença irreal era mais perigosa que a de um exército. Examinou seu decote delicado, suas clavículas frágeis, seu vestido de musselina rosa e suas mãos esquecidas sobre a saia. O piscar das velas fazia reflexos alaranjados na sua pele dourada. Os olhos da jovem cresceram ao encherem-se de lágrimas, um sorriso úmido avançou por seus lábios. Uma lufada de granizos cruzou a sala.

— Posso vê-lo?

A voz de Julia chegou a dona Matilde do centro de uma tempestade que partia o corpo luminoso da jovem. Sua imagem brilhante se rompeu e caiu em pedaços de cristal. A senhora sentiu uma vertigem.

— ...Só uns minutos – insistiu a voz de Julia, agora muito próxima dos ouvidos de dona Matilde. Sopraram ventos frios e os granizos desapareceram. A senhora podia vê-la, muito quieta, com as mãos entrelaçadas sobre a saia, olhando para ela com seus olhos escuros e alertas como os de uma gazela. Felipe Hurtado apareceu na porta. Julia se pôs de pé e foi a seu encontro, caminhando muito devagar e os dois desapareceram pelo terraço. Dona Matilde se pôs a chorar. As surpresas dessa tarde e as visões provocadas pela presença de Julia não encontraram outro caminho que não fosse o das lágrimas. Ou talvez tenha se sentido muito velha.

Julia e Hurtado cruzaram o jardim e entraram no quarto do forasteiro. Iam abraçados, pausadamente, olhando as samambaias, como se pertencessem a uma ordem diferente. Os criados espiavam de longe.

— Julia veio!

— Bem disse dom Cástulo, na frente dos passos de um homem vão os de uma mulher – e procuraram no ar as pegadads brilhantes que haviam trazido Felipe Hurtado até Ixtepec.

O grupo dos criados ficou sob o arco que comunicava com a cozinha olhando fixo até o pavilhão fechado. Dentro estavam os amantes. Que estariam dizendo? O pavilhão havia ficado em um grande silêncio, o jardim também estava plácido e até a cozinha chegava o benefício dos sonos. A torre da igreja deu cinco horas, o céu começou a mudar de cor e os galhos das árvores ficaram mais escuros. Os pássaros guardaram silêncio e os primeiros perfumes do crepúsculo espalharam-se pela casa. Passava o tempo e o pavilhão continuava quieto.

— Vão pagar com a vida...

Os criados ficaram tristes ao ver a mancha do vestido de Julia aparecer no jardim. Felipe Hurtado se pôs ao lado dela. Os amantes vinham imperturbáveis, com os movimentos em paz.

— Que pena!... Que pena!...

Os jovens voltaram para a sala onde dona Matilde os esperava imóvel. Ao vê-los teve uma reação de pânico. Podia-se dizer que os havia esquecido.

— Criatura! Por que veio?...

— Para dizer-lhe que vá embora...

— Sim, sim, que vá embora... Agora mesmo preparo sua viagem...

A senhora saiu para dar ordens às criadas. "Tenho muito que fazer, muito que fazer...", repetia olhando suas mãos, de pé na varanda.

A primeira impressão que lhe produziu a chegada de Hurtado havia sido que o forasteiro vinha alterar a ordem implacável de sua casa, como se uma areinha tivesse se introduzido na máquina de um relógio e alterasse os segundos de uma maneira imperceptível e segura. Hoje, nessa tarde que fugia entre as árvores do jardim, suas horas e seus gestos contados de antemão saltaram em pedaços e caíram a seus pés na desordem imprevista que produzem as catástrofes. "O que tenho que fazer?" Suas palavras careciam de sentido, sua vida inteira feita de ninharias apresentou-se a ela como uma máquina quebrada. "Meu irmão Martín tem razão em viver fora do tempo", disse sem entender o que dizia. Todos os seus cálculos haviam resultado inúteis. Os criados esperavam suas ordens.

— É preciso preparar a viagem do jovem – disse sem saber de que viagem falava nem o que era que tinha que preparar.

— Joaquín já chegou?

— Não, senhora.

"Por que estaria na rua a essas horas?" Parecia que a rachadura invisível que se produziu em sua vida com a chegada do forasteiro se abria nesse momento com estrondo e que a casa inteira ia embora por essa fenda negra que avançava com a velocidade do raio.

— Já escureceu – disse Julia com voz estranha, e à senhora pareceu que a voz da jovem acumulava em sua casa todas as sombras de Ixtepec. Olhou para Felipe Hurtado, reconheceu seu rosto amável a essa hora sombrio e como na primeira vez que o viu reconciliou-se com o desconhecido. "O destino sempre escolhe um rosto inesperado", disse resignada.

— Eu o ajudarei a segui-lo – prometeu sabendo que já nada podia separar sua sorte da dos jovens.

Julia apertou as mãos e afastou-se alguns passos. Depois, sem barulho, correu veloz para o vestíbulo, abriu-o e foi para a rua.

Felipe Hurtado correu ao seu encalço, mas o barulho da porta que se fechava de golpe deteve-o. Ficou por uns instantes indeciso em frente à porta fechada, pegou um cigarro, acendeu-o e sem dizer uma palavra cruzou o jardim e fechou-se no pavilhão.

— Vão dizer a meus sobrinhos que hoje não há teatro... e da senhorita Julia, nem uma palavra! – dona Matilde gritou com ferocidade e pela segunda vez se pôs a chorar naquela tarde.

XIV

Julia não voltou ao hotel pelo mesmo caminho. Para sua viagem de regresso procurou ruas perdidas. Ia devagar, caminhando muito próxima das paredes das casas. Parecia muito assombrada. Entre as duas luzes da noite as pessoas que cruzavam com ela não a reconheciam. Atrás dela iam ficando seus fantasmas: desfazia-se de sua memória e sobre as pedras das calçadas iam caindo para sempre seus domingos de festa, os cantos iluminados de seus bailes, suas roupas vazias, seus amantes inúteis, seus gestos, suas joias... Sentiu que lhe incomodavam os saltos, tirou os sapatos, e cuidadosa os colocou no umbral de uma casa. Chegou descalça à entrada da cidade, caminhando diante de um futuro que se erguia diante de seus olhos como uma parede branca.

Atrás dessa parede estava o conto que a havia guiado de menina: "Era uma vez o pássaro que fala, a fonte que canta e a árvore que dá frutos de ouro." Julia avançava segura de encontrá-lo. Na porta do hotel, alto, sombrio, obstruindo a entrada, estava Francisco Rosas esperando-a. Julia o viu sem reconhecê-lo.

— De onde você vem? – perguntou o homem em voz baixa.

— Não venho... Vou ver uma coisa – disse Julia com o corpo e a cara que teve aos doze anos. Rosas viu seus cabelos infantis revoltos, com mechas que lhe caíam sobre os olhos e seus pés descalços. Pegou-a pelos ombros.

— Que coisa? – perguntou sacudindo-a com força. Sentiu sob suas mãos uma criatura desconhecida e voltou a sacudi-la com fúria.

— Uma árvore – respondeu Julia.

— Uma árvore?

E Francisco Rosas a sacudiu com ódio como se fosse ela a árvore que lhe cobria o mundo.

Dom Pepe Ocampo, oculto atrás de um pilar, espiava o casal. "Já sei o que você fez, *cusca* desgraçada..."

Rafaela e Rosa estavam fechadas em seu quarto. Antonia, sentada na borda da cama, respondia com "sim" e "não" ao interrogatório a que lhe submetia Justo Corona. Luisa jogada em sua cama com os lampiões apagados, não se mexia. Desde a saída de Julia, no hotel reinava um silêncio assombroso. Ninguém ouviu quando Francisco Rosas e Julia Andrade entraram em seu quarto.

Dona Matilde fechou os ferrolhos e as trancas do portão e soltou os cachorros. Os criados se agruparam cabisbaixos na cozinha e em silêncio fizeram os preparativos para a viagem noturna de Felipe Hurtado. O jovem continuava fechado no pavilhão e não respondia aos chamados de Tefa. A noite caía sobre o jardim e a casa assustada se recolhia sobre ela mesma.

Chamaram ao portão de entrada e os criados e a senhora se precipitaram para o vestíbulo.

— Quem é? – perguntou dona Matilde aproximando-se muito da porta, como quem espera um inimigo.

— Eu! Joaquín... – respondeu o senhor do outro lado da porta, assustado pelo tom de voz de sua mulher. "Já aconteceu alguma coisa", disse a si mesmo. Os criados tiraram as trancas e correram os ferrolhos.

— Joaquín, aconteceu uma coisa terrível!

O senhor empalideceu. Em seu passeio por Ixtepec havia se inteirado da visita de Julia e sabia que o povoado esperava uma desgraça.

"Não podia acabar bem", repetia Ixtepec em coro. Os moradores haviam fechado as persianas, haviam se recolhido muito cedo e as ruas estavam quietas.

O casal entrou no quarto da senhora. Em poucos minutos dom Joaquín saiu do quarto e dirigiu-se ao pavilhão para bater à porta. Esteve um longo tempo batendo, mas ninguém respondeu. Queria convencer Felipe Hurtado de que fugisse; Cástulo o levaria a Tiztla e ali o manteria escondido até que passasse o perigo; depois iria para onde quisesse. Mas o hóspede não queria ouvir a razão. Sumido na escuridão de seu quarto, permaneceu surdo às batidas dadas em sua porta e à voz amiga que o chamava. Quem sabe o que estaria pensando o forasteiro, a sós, consigo mesmo, deitado em sua cama, sem se mexer.

Os cachorros pressentiam o medo de seus donos e vigiavam o jardim inquietos. Os criados sentados em círculo na cozinha falavam em voz baixa, fumavam com calma e tentavam descobrir algo nos barulhos da noite. De quando em quando chegavam até eles as batidas cautelosas que dom Joaquím continuava dando na porta do quarto do jovem. Cástulo, com o embornal da comida pronto e o cinturão bem cheio de pesos, esperava que o hóspede saísse para empreender a viagem.

— O jovem Hurtado não gosta da vida.

— Como querem que vá embora, se veio por ela? – respondeu Cástulo certo de suas palavras.

Lá pelas dez da noite, Francisco Rosas, com a farda aberta, a cara e o cabelo cheios de pó, atravessou o povoado silencioso. Sentiu que o espiavam por trás de cada persiana.

"Lá vai ele!" "Lá vai ele!", correu de sacada em sacada. Francisco Rosas seguiu seu caminho sem fazer caso das sombras que o viam passar arrastando as botas. Atravessou a praça a essa hora engrandecida pelo silêncio, empurrou a porta da cantina de Pando e sentou-se sozinho em uma mesa. Tinha os olhos muito cansados e as feições ausentes. Os militares não se atreveram a dirigir-lhe a palavra; cabisbaixos beberam seu conhaque e evitaram olhar para ele. Ele cruzou os braços sobre a mesa e inclinou a cabeça. Parecia dormir.

Da sua sacada dona Elvira fez sinal: "Aí vai ele!" Dona Matilde se distanciou das persianas e dirigiu-se ao jardim. Encontrou seu marido sentado no degrau da porta do pavilhão: continuava chamando Felipe Hurtado.

— Agora é tarde... Anda por aí... – murmurou a senhora.

— Só nos resta nos entregarmos à vontade de Deus.

E os dois voltaram para seu quarto, apagaram o lampião e ficaram no acolhimento das velas.

— Pobrezinho é um rapaz tão bom... – disse a senhora sentada na beira de uma cadeira.

— Tire a roupa! Não convém que nos encontre assim... Suspeitaria de algo estranho – ordenou o senhor.

Com roupas de dormir esperaram nas trevas de seu quarto apenas quebradas pela luz das velas.

A camisola branca da senhora se encheu de cores. As luzes mudavam do laranja ao verde para entrar no azul, depois ao vermelho e voltar com violência ao amarelo. Os reflexos alargavam o tempo. Nos cantos instalaram-se formas extravagantes e o cheiro das baratas gigantes chegou através das frestas das portas. Uma umidade viscosa se prendeu às paredes e aos lençóis. Lá fora ouvia-se caírem as folhas podres das árvores. O ir e vir dos insetos produziu um ruído sufocante. A noite dos trópicos devorada por milhares de bichos se esburacava por todos os lados e os esposos ouviam mudos a invasão de buracos.

— Estou com medo... Pobrezinho, é um rapaz tão bom.

— Por que você não diz era tão bom? – respondeu seu marido com violência.

— Sim... Era tão bom.

Lá pelas onze da noite uma absurda tranquilidade sucedeu o desassossego de uma hora antes. Talvez tudo fosse resultado do medo que o general lhes inspirava, talvez não fosse tão temível como o imaginávamos e tudo terminaria como desejávamos. Os relógios marcaram os minutos com ordem e a madrugada começou a correr com a sua velocidade costumeira. Os ruídos que esburacavam as sombras pararam e a intensidade dos cheiros se dissolveu em perfumes suaves. Os esposos se deitaram na cama e escutaram as doze badaladas.

— Deus nos ouviu! – disseram.

Felipe Hurtado, no escuro e a sós com seus pensamentos, esperava. Dona Matilde pôs-se a imaginá-lo sozinho diante da noite.

— É muito corajoso. Não aceitou deixá-la sozinha. Preferiu passar pela mesma sorte – disse dom Joaquín.

O casal tentou imaginar o jovem: em que estaria pensando a esta hora? Estaria entregue à lembrança de Julia, revendo as marcas deixadas pela sua passagem... Talvez chorasse por ela.

— Você acha que a quer mais que o general? – perguntou a senhora.

— Não sei... Você que os viu juntos o que acha?

Dona Matilde não soube o que responder e os dois calaram-se envergonhados de sua repentina curiosidade: violavam a confiança de seu amigo; o mistério do amor devia ficar em segredo. Um sono leve nublou-lhes a vista e os dois dormiram tranquilos.

Passava da uma da madrugada quando se ouviu a Banda Militar. Sem dar nenhuma volta pelo povoado desceu diretamente pela rua do Correio, rumo à casa de dom Joaquín Meléndez.

— Aí vem ele! – gritou dona Matilde despertando sobressaltada.

Seu marido não contestou. Um suor frio lhe correu pela nuca. Fechou os olhos e esperou.

Os vizinhos espiavam pelas frestas das persianas. O general vinha a cavalo. Ouviam-se os cascos do animal caracoleando sobre as pedras, abrindo passagem entre a música. Seguiam-no mais cavaleiros. Ouviam-se vozes isoladas. A procissão parou diante das grades do quarto de dona Matilde. No meio da música alguém chamou seu marido pelo nome completo e bateu na porta com força.

— Dom Joaquín Meléndez, abra para um cristão!

Era a voz do general Francisco Rosas. A senhora, paralisada pelo terror, não se mexeu. Seu marido saltou da cama e avançou sem rumo pelo quarto. Havia ouvido a cavalgada e a música e estava sem fala, com a absurda esperança de que tudo fosse um erro, de que não fosse sua casa a que esses homens terríveis buscavam. Dentro, os cachorros latiam e cruzavam vertiginosos o terraço. Seguiam batendo na porta, a janela sacudia com o estrépito. A voz se escutava em todo Ixtepec.

— Abra, dom Joaquín!

O senhor dirigiu-se à sacada. Sua mulher tratou de detê-lo, mas ele apartou-a com violência.

— Quem vai levar o primeiro tiro é você...

— Já vou, meu general! O que o traz por aqui fora de hora...? – E dom Joaquín abriu decidido as portas.

— Como lhe agradeço sua música, meu general! – acrescentou fazendo um esforço para parecer cordial e procurando com olhos ansiosos o rosto do general no meio da noite.

Francisco Rosas, sem apear da montaria, agarrou-se às barras do balcão.

— Veja, senhor Meléndez, venho aqui em busca de um coelho.

Dom Joaquín se pôs a rir.

— Ah, qual o que, meu general! Mas é possível que com tanta música lhe tenha escapado entre a mata.

O general, sem soltar as barras, bamboleou como se fosse cair. Estava bêbado.

— Que esperança!

— E de que coelho se trata, meu general?

Francisco Rosas olhou desdenhoso para ele e firmou-se com brio em seu cavalo.

— De um muito célebre que se meteu em sua casa.

— Ah, caramba! Matilde, traga a garrafa de conhaque, vamos beber um trago meu general e eu! – Dom Joaquín queria distraí-lo; pensava que uma atitude amistosa o desarmaria. O general voltou a se agarrar nas barras e inclinou a cabeça. Parecia muito cansado e com vontade de chorar.

— Corona! Passe-me o Hennessy!

Com a garrafa na mão, o coronel surgiu da noite a cavalo.

Rosas pegou a garrafa que lhe estendia seu segundo e deu um trago; depois passou-a a dom Joaquín.

— Rapazes, toquem *Las Mañanitas* pra despertar um safado!

A Banda Militar obedeceu a ordem do general.

Y éstas son las Mañanitas
Que cantaba el Rey David
Y a las muchachas bonitas
Se la cantamos así.
Despierta mi bien, despierta...

Francisco Rosas, a cavalo, escutava a música sem fazer caso de dom Joaquín.

— Saúde, meu general! – gritou com força o senhor.

— À sua! – respondeu o militar. Pegou a garrafa das mãos do senhor Meléndez e voltou a beber.

— Não é justo andar desgraçado por uma mulher – queixou-se Francisco Rosas, enquanto bebia mais conhaque.

— Vista-se...! Vamos passear juntos e explodir esse coelho – disse o general de repente.

— Mas, meu general, por que não conversamos um pouquinho?

— Vista-se! – repetiu o general com olhos turvos.

Dom Joaquín entrou em seu quarto e começou a vestir-se com tristeza. Dona Matilde deixou-se cair em uma cadeira e olhou atônita como ia se vestindo seu marido. No terraço as criadas rezavam em voz alta. "Ânimas benditas! Socorre-nos, Maria Santíssima!" Não se atreviam a acender os lampiões e no escuro ouviam-se os suspiros e os choros. Os cocheiros, que dormiam nos quartos do quintal, estavam no "jardim das samambaias".

— Há muito a casa está cercada por soldados – anunciaram com medo.

Só o quarto de Felipe permanecia silencioso, estranhamente alheio ao que acontecia na casa.

Na rua continuavam os gritos e a música. A voz do general se ouviu de novo.

— Diga-lhe que se vista! Não gosto de explodi-los nus!

— Deve ter nome esse coelho, meu general – respondeu dom Joaquín com frieza para obrigá-lo a pronunciar o nome do rival.

— Ouça, Jerónimo!, como disse que o chamam? – gritou o general a um de seus assistentes.

— Felipe Hurtado, meu general! – respondeu com rapidez o aludido da outra calçada e, soltando as rédeas de seu cavalo, aproximou-se das sacadas de dom Joaquín. Este pôs uma pistola na cintura e apareceu na janela.

— Outro trago, general?

— Por que não? – respondeu Rosas levando a garrafa à boca, para depois passá-la a dom Joaquín.

Dona Matilde chegou até a porta do pavilhão e chamou com suavidade. O estrangeiro apareceu; no escuro adivinhavam-se seus olhos tristes. Ficou na frente da senhora que se pôs a chorar.

— Aí está, filho... Vieram buscá-lo...

O hóspede desapareceu em seu quarto, para voltar a aparecer com sua maleta na mão. A voz abatida do general chegou até ele e dona Matilde.

— Veja, dom Joaquín, não quero matá-lo dentro de sua casa.

Felipe Hurtado abraçou a senhora.

— Adeus, dona Matilde, e muito obrigado. Perdoe, perdoe tantos aborrecimentos por alguém que nem sequer a senhora sabe quem é.

No meio do terraço se deteve.

— Diga a Nicolás que estreie a peça de teatro!

Os criados o viam ir embora através de suas lágrimas. Não tinham terminado de se vestir, com os cabelos desalinhados e as caras ansiosas. "Nunca se

perdoariam por ter falado pelas suas costas e tê-lo servido de tão má vontade."
Ixtepec inteiro estava como eles, desesperados pela sorte de um forasteiro que se ia tão misteriosamente como havia chegado. E era verdade que não sabíamos quem era aquele jovem que tinha vindo no trem da Cidade do México. Só agora nos ocorria pensar que nunca lhe perguntamos qual era sua terra, nem o que o havia trazido para cá. Mas já era tarde. Ia embora no meio da madrugada. Na rua, Francisco Rosas fazia seu cavalo caracolear. Um soldado levava outra montaria pelas rédeas: era para dom Joaquín. Levariam Hurtado em meio às patas dos animais. A Banda continuava tocando. A noite esperava sua vítima. O forasteiro despediu-se dos criados; a nenhum deixou de dar a mão. Eles olhavam para o chão deixando correr seu pranto.

— Vamos! Não vamos deixar o general esperando – gritou-lhe a dom Joaquín.

Francisco Rosas impôs galope ao seu animal e colocou seu cavalo em frente ao portão da casa. Um galope forte o seguiu. A Banda, sempre tocando, foi atrás.

Don Joaquín tratou de deter Hurtado.

— Vai matar todos nós! – suplicou o velho.

O forasteiro olhou com aquele seu olhar, cheio de paisagens estranhas. Os dois estavam no vestíbulo e ouviam as vozes inimigas.

O jovem levantou os ferrolhos, tirou as trancas, abriu o portão e saiu. Dom Joaquín ia segui-lo, mas então aconteceu o que nunca me havia acontecido; o tempo parou de repente. Não sei se parou ou se foi embora e só caiu o sono: um sono como nunca me havia visitado. Também chegou o silêncio total. Não se ouvia sequer o pulso do meu povo. Na verdade não sei o que aconteceu. Fiquei fora do tempo, suspenso em um lugar sem vento, sem murmúrios, sem barulho de folhas nem suspiros. Cheguei a um lugar onde os grilos estão imóveis, em atitude de cantar e sem nunca haver cantado, onde o pó fica no meio de seu voo e as rosas paralisam-se no ar sob um céu fixo. Ali estive. Ali estivemos todos: dom Joaquín junto ao portão, com a mão ao alto, como se estivesse fazendo para sempre aquele gesto desesperado e desafiante; seus criados perto dele, com as lágrimas no meio da face; dona Matilde benzendo-se; o general montando *Norteño* e o *Norteño* empinado com as patas dianteiras no ar, olhando com olhos de outro mundo o que se passava neste; os tambores e cornetas em atitude de tocar alguma música; Justo Corona com o chicote na mão e o chapéu de lado; Pando em sua cantina quase vazia inclinado sobre um cliente que pegava umas moedas de prata; as Montúfar espiando detrás de suas sacadas com caras pálidas de medo; e como elas os Moncadas, os Pastranas, os Olveras, todos. Não sei quanto tempo andamos perdidos nesse espaço imóvel.

Um arreeiro entrou no povoado. Contou que no campo já estava amanhecendo e ao chegar às portas de saída para Cocula topou com a noite fechada. Assustou-se ao ver que só em Ixtepec continuava noite. Disse-nos que é mais negra rodeada pela manhã. Em seu medo não sabia se devia cruzar aquela fronteira de luz e sombra. Estava duvidando quando viu passar um cavaleiro levando em seus braços uma mulher vestida de cor-de-rosa. Ele ia de escuro. Com um braço detinha a jovem e com o outro segurava as rédeas do cavalo. A mulher ia rindo. O arreeiro deu-lhes bom dia.

— Boa noite! – gritou Julia.

Soubemos que era ela pelas informações do vestido rosa, o riso e as contas de ouro que levava penduradas no pescoço. Iam a galope.

Ao sair da noite, perderam-se pelo caminho de Cocula, no resplendor da luz rosada do amanhecer. O arreeiro entrou no povoado e contou-nos como todo Ixtepec dormia profundamente com as figuras imóveis nas ruas e nas sacadas.

— Era um mar negro, rodeado pelas árvores do campo – disse.

Nunca mais voltamos a ouvir sobre os amantes.

SEGUNDA PARTE

I

Depois voltei ao silêncio. Quem iria dizer o nome de Julia Andrade ou de Felipe Hurtado? Seu desaparecimento nos deixou sem palavras e mal dávamo-nos bom dia.

Faltava-nos Julia: as serenatas se tornaram muito escuras sem o resplendor de suas roupas; seus colares de ouro não iluminaram mais as árvores da praça; o general atirou em seu cavalo *Cascabel* e nada ficou de sua formosura. "Que vida, melhor se acabasse!" e caminhávamos os dias que já não eram nossos.

Era preciso esquecer também Felipe Hurtado, apagar as pegadas de sua passagem por Ixtepec; só assim evitaríamos males maiores para nós. "Esse homem era um mágico!", dizia dom Pepe Ocampo, e receoso punha sua cadeira na porta, apoiava-a contra a parede e sentado via passar a tarde e seus transeuntes. Estava aborrecido.

— Saiam da minha vista! – dizia irritado às poucas pessoas que de vez em quando acercavam-se dele. Que ia dizer-lhes? Que Rafaela e Rosa já não cantavam? Que Luisa e Antonia também estavam em silêncio? E que as quatro mulheres fechadas em seus nomes vulgares evitavam um encontro com Francisco Rosas? A insignificância de seus segredos punha-o de mau humor. Calado, reconstruía a tarde passada com o forasteiro. "Hipnotizou-me!", dizia a si mesmo ao não recordar as palavras de Felipe Hurtado. Havia deixado escapar o único segredo que roçou sua vida de hoteleiro de um povoado do Sul, onde só cai pó e chegam personagens de última categoria. "E pensar que a tive aqui mesmo tanto tempo e nunca pude arrancar uma palavra dela!"

E lembrava um a um os gestos e os sorrisos de Julia; com paciência descobriria o mistério. "Aqui houve um milagre e eu nem o vi..."; e as tardes passavam iguais umas das outras diante de seus olhos.

— Por um tempo é melhor não visitar Matilde... Não acha?

— Sim, mamãe – respondia Conchita entristecida.

Sentia falta do pavilhão e da varanda de dona Matilde. O teatro e aquelas conversas haviam terminado, nunca mais se repetiriam aquelas noites. A vontade do general Rosas era que Conchita estivesse triste.

— Cairá uma desgraça sobre eles. Não creia que Rosas vai lhes perdoar o que Hurtado lhe fez.

Dona Elvira profetizava ao escurecer, junto à sua janela e olhando com nostalgia as persianas fechadas dos Meléndez.

Dona Matilde clausurou o pavilhão e ela e seu marido se fecharam em sua casa. Somente seu irmão Martín vinha visitá-la.

Diziam que dom Joaquín estava muito doente, mas ninguém se aproximava para se informar de sua saúde. Seus sobrinhos guardaram as roupas de teatro sem terminar e numa manhã foram embora para Tetela sem dizer adeus a ninguém. Passou muito tempo antes que Nicolás e Juan voltassem a Ixtepec.

Francisco Rosas vagava sem rumo pelo povoado. Os amanheceres o viam voltar bêbado e os vizinhos ouviam-no arrastar as botas sobre o calçamento de pedra de minhas ruas. Do general só restaram seus passos cambaleantes debatendo-se contra seus dias. Pelas manhãs as criadas comentavam:

— Ouviram-no de madrugada? Ia à casa das *cuscas*.

Luchi temia sua presença: chegava sombrio e sem a companhia de seus amigos, deixava-se cair em uma cadeira e com um copo de conhaque na mão esperava que a noite avançasse. Dava-lhe medo voltar ao quarto do Hotel Jardín onde encontrava o eco da voz e o rastro do corpo de Julia. Qualquer palavra que aludisse algo ocorrido antes de Felipe Hurtado deixava-o em guarda e com um murro fazia saltarem as mesas e os copos.

A presença do senhor presidente o incomodava. Aborrecia-lhe o sorriso e os olhos do louco observando-o. O capitão Flores, amigo de Juan Cariño, tentava convencê-lo:

— Retire-se, senhor presidente, já é muito tarde para o senhor...

— O jovem general não deve gritar dessa maneira. Falta-me o respeito e não terei outro remédio senão destituí-lo... Senhor general, apresente-se amanhã em meu gabinete! Sua conduta deixa muito a desejar.

E Juan Cariño abandonava com dignidade o salãozinho de Luchi. Os assistentes de Rosas o rodeavam fingindo estarem alegres. Um contínuo "Meu general!", "Meu general!", enchia as línguas solícitas. Ele ficava muito quieto, olhando para eles com indiferença, e continuava sozinho, entregue a seus pensamentos.

— Seguramente a menina Julia não deu o xarope e o deixou desgraçado para sempre... Oxalá não acabe como Juan Urquizo! – repetia Gregoria cada vez que cruzava com Rosas nos pátios do Hotel Jardín e lembrava a noite em que curou Julia e viu-o chorar aflito.

Passava o tempo e não nos conformávamos de haver perdido Julia. Sua beleza crescia em nossa memória. Que paisagens andavam vendo aqueles olhos que já não nos viam? Que ouvidos escutariam seu riso, que pedras de que rua ressoavam à sua passagem, em que noite distinta de nossas noites brilhavam seus vestidos? Como Francisco Rosas, nós a buscávamos e a levávamos e a trazíamos por casais imaginários. Talvez escondida na noite olhava-nos procurando-a. Talvez via seu banco da praça abandonado debaixo dos tamarindos e escutava a Banda Militar tocar marchas para ela. Talvez se escondia nas amendoeiras do átrio e sorria ao ver passar as mulheres enlutadas entrarem na igreja e depois saírem procurando a graça de seu decote. Os que saíam de Ixtepec voltavam sempre com notícias dela: um a havia visto passeando pela Cidade do México. Ia de braço dado com Hurtado, rindo como naquelas noites em que Francisco Rosas a levava a cavalo até Las Cañas. Outro contava em voz baixa haver visto o brilho de seu vestido na feira de Tenango e como quando ele se aproximou para cumprimentá-la fez-se fugidia.

— Seguramente de medo que eu dissesse ao general seu paradeiro! – Outros acreditavam em sua morte e ouviam pela noite o riso de Julia circulando pelas ruas como um fantasma.

— De madrugada ouvimos seu riso subindo e descendo a rua do Correio até que se meteu pela fresta do portão dos Meléndez, penou pelo jardim e fechou-se no pavilhão. Ali passou a noite rindo de Rosas e de vê-lo tão desgraçado por ela.

E víamos o general pensando que Hurtado tinha mais poder que ele. Francisco Rosas sentia que olhávamos para ele e distanciava-se como os tigres antes de saltar.

— Pobre homem!

Ana Moncada deixou cair seu bordado para espiar detrás das cortinas a passagem de Francisco Rosas. Ia agora com a camisa militar aberta e os olhos fechados sobre si mesmo.

— Olhe, Isabel, aí vai ele! Ele mesmo se castigou! A jovem se aproximou da sacada e por cima do ombro de sua mãe viu a figura alta do general, imóvel em sua infelicidade, andando pelas ruas para ir à cantina embebedar-se.

— Pobrezinho!

Isabel voltou a ocupar sua cadeira e cravou ferozmente a vista no rosto impassível de sua mãe: "Já sei o que pensa, que é justo que expie seu pecado..." Desde a noite que desapareceram Julia e Felipe Hurtado, Isabel dava voltas pelo terraço e pelos cômodos de sua casa pisando sombras escorregadias que a obrigavam deixar-se cair de cadeira em cadeira. Não queria visitar seus tios: temia encontrar-se com a invisível presença do forasteiro flutuando no jardim. Tampouco queria ver o pavilhão onde o cenário envelhecia com rapidez. Os restos daquele mundo que apareceu magicamente na noite da chuva, e desapareceu na noite em que Francisco Rosas se apresentou para reclamar seu rival, arremessavam-na a um canto de pó. Se estivessem com ela seus irmãos, sua vida seria suportável; não precisaria falar; bastaria o princípio de uma frase:

— Nico, estou muito triste...

E detrás daquelas palavras Nicolás adivinhava o naufrágio dos sonhos que haviam inventado juntos. Com seus pais teria de explicar, dar razões que nunca eram suficientes e seus conselhos não a aliviavam. Haviam se acostumado à feiura e inventavam um mundo irreal. Detrás da aparência desse mundo estava o mundo verdadeiro, o que ela, Juan e Nicolás procuravam desde crianças.

À noite, sentada na sala, não falava, via Félix parar os relógios, e aquele gesto ilusório para escapar do tempo cotidiano a enchia de piedade por seu pai, preso em uma poltrona lendo seus jornais. Sua mãe, colocada perto da luz de um lampião, continuava o bordado e alternava a costura com golinhos de café que Félix servia de tempos em tempos.

— Os políticos não têm delicadeza.

— Delicadeza?

— Sim. Como se atrevem a pensar que são indispensáveis?

Isabel sorriu. Só sua mãe era capaz de dizer que Calles não tinha delicadeza, quando estava fuzilando todos os que pareciam um obstáculo para sua permanência no poder.

— É algo mais grave que uma falta de delicadeza.

E Martín Moncada continuou a leitura do diário. Naqueles dias começava uma nova calamidade política; as relações entre o Governo e a Igreja haviam se tornado conflituosas. Havia interesses opostos e as duas facções no poder se dispunham a lançar-se em uma luta que oferecia a vantagem de distrair o povo do único ponto que havia que ocultar: a repartição das terras.

Os jornais falavam da "fé cristã" e dos "direitos revolucionários". Entre os porfiristas católicos e os revolucionários ateus preparavam a cova do movimento agrário. Fazia menos de dez anos que as duas facções haviam acordado nos assassinatos de Zapata, de Francisco Villa e de Felipe Ángeles, e a lembrança dos chefes revolucionários estava fresca na memória dos índios. A Igreja e o Governo fabricavam uma causa para "queimar" os camponeses descontentes.

— A perseguição religiosa!

Martín Moncada leu a notícia no jornal e ficou cabisbaixo. O povo fustigado pela miséria entraria nessa luta.

Enquanto os camponeses e os padres de povoado se preparavam para ter mortes atrozes, o arcebispo jogava baralho com as mulheres dos governantes ateus.

— Isto é muito triste!

E o pai de Isabel jogou com violência o jornal que falava do "progresso do México". Sua tarefa era semear a confusão e conseguia-o.

— O que você acha? – perguntou dona Ana, para ver se sua filha podia dizer-lhe algo que a tirasse de seu estupor. Isabel não respondeu; cansada e distraída, escutava as notícias do jornal. Que podia importar a ela que continuassem chovendo desgraças se ela era já tão desgraçada? Apática, deu boa noite.

— Papai, quando meus irmãos voltam? – disse da porta.

— Deixe-os por lá! – respondeu impaciente sua mãe. A Isabel não interessava nada; só pensava nela mesma.

— Estou muito sozinha! – disse com rancor.

Seu pai olhou para ela inquieto. Preocupava-lhe o descontentamento permanente de sua filha.

Isabel, desanimada, entrou em seu quarto, depositou a luz sobre sua mesinha de cabeceira e despiu-se em silêncio. Estaria sempre só. O rosto que aparecia em seus sonhos era um rosto que nunca havia olhado para ela. Melancólica, cuidou para que o roupeiro e a cômoda ficassem bem fechados; depois contou as sílabas da última frase de sua mãe: "Deixe-os por lá." Cinco sílabas!, e tentou chegar até sua cama em cinco passadas. O último trecho o fez de um salto e caiu na cama enrolando-se no mosquiteiro. Assim evitou futuras desgraças que a espreitavam no porvir. Nesse mesmo quarto havia dormido muitos anos com seus irmãos; quando cresceram, sua mãe os levou para outro quarto. Agora que Isabel estava só sentia muito medo, como quando era criança e entrava debaixo do mosquiteiro branco que flutuava na noite como um fantasma no mar escuro. O lampião aceso era o único farol. Viu-se criança chamando Nicolás.

— Nico...!

Sua voz atravessava o quarto e vagava nas trevas dos cantos intactos à luz do petróleo.

— Está com medo, Isabel? – A voz de seu irmão lhe chegava protetora da cama vizinha.

— São as velas... Você acha que meu toco de vela já está se acabando?

E Nicolás e Isabel desciam de mãos dadas até a história de Dorotea. Assustados, encontravam-se sob a abóboda subterrânea onde se guardavam as vidas dos homens. Ardiam milhões de velas de diferentes tamanhos; algumas eram já pavios crepitantes. A mulher negra que passeava entre elas aproximava-se e apagava-as de um sopro. Então os donos das velas morriam sobre a terra. Nicolás saía da história com a voz insegura.

— Sua vela está do mesmo tamanho que a minha...

Dona Ana entrava no quarto.

— Não estão deixando seu irmão dormir!

Abria a cortina de Nicolás, inclinava-se e dava-lhe um beijo. Depois ia até ela, que recusava a carícia; depois até Juan.

— Sonhem com os anjos!

Sua voz era diferente. Dava uns passos pelo quarto, inclinava-se sobre o lampião e apagava-o com um sopro. As três crianças ficavam em seus navios, sozinhos, rumo à madrugada.

— Nicolás, não gosto de minha mamãe!

— Já sei que nunca gosta dela à noite – respondia o menino.

"Quando meus irmãos voltam...?" E pela cabeça de Isabel Moncada cruzaram pensamentos sombrios que escureceram a noite.

— Você entende algo do que acontece na Cidade do México...? O que querem essas pessoas do Governo?

— Não sei, mamãe – respondeu Conchita, que pensava em Nicolás Moncada e em seus dias gastos um a um entre as paredes de sua casa.

— Está vendo? Ninguém entende nada.

Dona Elvira jogou os jornais ao chão e mexeu-se com impaciência em sua poltrona. Que outra coisa podia fazer? Havia vontades estranhas à sua destruindo um a um os pequenos prazeres cotidianos. "Não se acabam nunca os Justinos!", pensou sem nenhum remorso por batizar assim os tiranos com o nome de seu marido.

Ela não pedia nada: ouvir seus canários cantarem, guardar os feriados, olhar o mundo dentro de seu espelho e conversar com seus amigos. E não o conseguia: inimigos distantes convertiam em crime todos os atos inocentes. Nunca voltariam os dias tranquilos nem as festas. Braba, olhou os jornais jogados pelo chão.

— Inés, recolha os jornais! Esta sala parece a entrada da cidade.

Entrou Inés sem fazer barulho, o vestido lilás e as tranças negras impassíveis, inclinou-se e depois estendeu os jornais para a senhora. Dona Elvira procurou curiosa as fotografias.

— Que cara ele tem! Que cara! Veem? Nunca sorri. Foi feita para ler sentenças de morte.

Inés e Conchita se inclinaram sobre seu ombro para olhar a cara do Ditador repetidas vezes nos jornais.

— Que se pode esperar de um turco como Calles...? E que me dizem do manco? – acrescentou mostrando a cara gorducha de Álvaro Obregón.

— Não vão ter um bom fim – disse Inés convencida de suas palavras.

— Mas antes, nós teremos dias piores.

— Sim, mas que acabam mal, acabam! – insistiu Inés sem se alterar.

Tempos depois, a morte de Álvaro Obregón, ocorrida de bruços sobre um prato de *mole*, em meio a um banquete engordurado, produziu-nos uma grande alegria apesar de estarmos ocupados com a mais extrema violência.

II

Caía a tarde. O grito dos vendedores dos jornais que anunciava a suspensão dos cultos religiosos atravessou minhas ruas, introduziu-se no comércio, penetrou nas casas e pôs em movimento o povoado. As pessoas saíram para as ruas, formaram grupos e dirigiram-se para o átrio da igreja.

— Vamos ver se nos deixam sem santos!

Sob a luz lilás da tarde, a multidão foi crescendo.

— Vamos ver quem vai atormentar quem!

Fechados em uma ira em voz baixa, os pés descalços curtidos pelas pedras e as cabeças descobertas, os pobres se agruparam sob os galhos das amendoeiras.

— Virgem de Guadalupe, ajuda-nos a desgraçar esses safados!

Os gritos ocorriam de quando em quando, depois ficava o silêncio. Enquanto esperavam, os homens fumavam cigarros baratos e as mulheres cuidavam de seus filhos. Que esperávamos? Não o sei, só sei que minha memória é sempre uma interminável espera. Chegaram as senhoras e os senhores de Ixtepec e misturaram-se com os índios, como se pela primeira vez o mesmo mal nos acometesse.

"Que está acontecendo?", era a pergunta que estava nos lábios de todos. Às sete da noite apareceram os primeiros soldados: levavam os rifles ao ombro com a baioneta preparada. Impassíveis, tomaram posições para fechar a possível retirada dos invasores do átrio.

Dom Roque, o sacristão, abriu caminho entre a multidão, vinha cheio de pó e com o cabelo em desordem.

— Vão embora para suas casas!

A multidão permaneceu surda à voz de dom Roque e o átrio se encheu de fogueiras, de círios acesos e de rezas. Ao amanhecer chegaram os habitantes dos povoados vizinhos e a multidão aumentou, levantou-se uma grande poeira que se confundiu com as perguntas, a fumaça das fogueiras, os *arre burro!*, e os cheiros da comida preparada ao ar livre. Grupos de bêbados dormiam estendidos no pó; as mulheres envoltas em suas mantilhas repousavam imóveis.

Passaram-se os anos e aquela imensa noite em que velamos a igreja aparece em minha memória com a claridade de um vagalume; também como um vagalume me escapa.

Apareceu o risco alaranjado que anuncia a manhã; a luz subiu pelo céu e nós continuávamos no átrio; tínhamos sono e sede mas não queríamos abandonar a igreja nas mãos dos militares. Que faríamos sem ela, sem suas festas, sem suas imagens que escutavam pacientes os lamentos? A que nos condenavam? A penar entre as pedras e a trabalhar a terra seca? A morrer como cachorros vira-latas, sem uma queixa, depois de levar sua vida miserável?

— Vale a pena morrer lutando! – gritou um homem atirando seu chapéu para o ar. Os demais acudiram seu grito com ais prolongados que fizeram coro depois todas as vozes de Ixtepec com "filhos da puta".

Ao redor da igreja abundavam os vendedores de águas frescas e de tacos cheirosos a coentro. Os soldados, sempre em seus postos, viam de perfil, com um só olho ávido as guloseimas inalcançáveis para a disciplina militar. Dom Roque anunciou que antes da suspensão dos cultos o senhor padre daria a bendição aos que pediram e batizaria os inocentes que não haviam recebido o sacramento. As palavras do sacristão soaram graves e o povo ficou em silêncio. O padre Beltrán apareceu na porta da igreja e formaram-se filas pacientes que avançaram de joelhos até o sacerdote. O dia também avançou devagar, chovia pó e o sol batia ardente sobre as cabeças. O padre oficiava entre as cinzas; parecia muito velho vestindo sua batina de padre de trinta anos. Ah, se Deus pudesse ouvi-lo e tirar um pouco da desgraça das costas daqueles infelizes! Sentiu que nesses momentos vivia os inumeráveis dias que não havia de viver. Charito, com a faixa azul de Filha de Maria cruzada no peito, gritava:

— Correrá o sangue dos mártires!

Seus gritos confundidos com os gritos dos vendedores de guloseimas não distraíam o padre de sua súbita vocação. De pé, imbuído de uns poderes desconhecidos, viu avançar o dia seguinte sem se afastar da porta da igreja. Quando escureceu, chegou a ordem do Comando Militar para desalojar o templo à meia-noite. Tínhamos quatro horas para nos despedir de um lugar que nos havia acolhido desde crianças. O povo se redemoinhou: todos queriam entrar na igreja pela última vez. O padre abandonou a porta e muito pálido colocou-se ao pé do altar maior.

Sob a nave central, no meio da multidão, Dorotea se encontrou com Isabel e sua mãe. As três tinham as caras suadas e os cabelos negros sem vida.

— Temos que sair antes da meia-noite – disse a senhora Moncada.

— Vou ver o general – anunciou Dorotea enquanto uma agitação de fiéis a separava de suas amigas.

— Vou com você!

Dona Ana abriu passagem entre as pessoas para chegar até onde estava Dorotea e juntas saíram para a rua. Isabel ficou sozinha esperando a volta de sua mãe. A multidão a trazia e levava como a água balança uma planta aquática. Fascinada, deixava-se levar de um lado a outro. Sentiu que um poder alheio a ela separava-a das pessoas e a levava a um lugar desconhecido onde estava sozinha.

— Filho de sete mães não verá a luz do dia!

A ameaça correu de boca em boca, Isabel a ouviu chegar e distanciar-se girando entre os pilares da nave. Francisco Rosas atravessou mares de centelhas e abaixo, muito abaixo, ficaram as palavras ditas na igreja. "Não nos teme", disse a jovem a si mesma, e a imagem do general surgiu sobre as cabeças dos fiéis. Francisco Rosas vivia em um mundo diferente do nosso: ninguém gostava dele e ele não gostava de ninguém; sua morte não significava nada, nem para ele mesmo: era um infeliz. Talvez como ela e seus irmãos tampouco havia encontrado o segredo que buscava desde pequeno, a resposta que não existia.

"...Isabel, você acha que os montes existem?"

A voz infantil de Nicolás chegou a seus ouvidos e da igreja em pranto foi até a manhã em que ela e seus irmãos fugiram de casa e um arreeiro os devolveu a seus pais já muito tarde da noite. Haviam subido um monte espinhoso cheio de iguanas e cigarras. Isso não era um monte! De suas terras pedregosas viam os montes verdadeiros: azuis, feitos de água, muito próximos do céu e à luz dos anjos. Os vizinhos comentaram diante de suas caras vermelhas pelo sol e suas línguas inchadas pela sede: "Os Moncadas são maus!"

Talvez Francisco Rosas fosse mau porque havia buscado aquele monte de água sem encontrá-lo. Sentiu compaixão pelo general. Olhou as pessoas agrupadas ao seu redor e não se reconheceu nelas. Que fazia ali? Mal acreditava em Deus e o destino da igreja deixava-a indiferente. Viu sua mãe que abria passagem entre a multidão para aproximar-se dela. "Aí vem, muito aflita e sempre está falando mal dos padres..."

— Não nos recebeu!

As palavras de sua mãe não a afetaram e a figura aflita de Dorotea deixou-a indiferente. Sabia que para a velha a igreja era sua casa e os santos sua única família; falava deles como de conhecidos. "Dorotea é prima da Virgem e amiga íntima de São Francisco", dizia rindo Nicolás. Nesse momento o desconsolo de sua amiga lhe produziu um prazer estranho. Se pudesse daria o salto para colocar-se ao lado de Francisco Rosas: queria estar no mundo dos que estão sós; não queria prantos compartilhados nem familiares celestiais. Sua mãe a chamou várias vezes; sentiu que a tomavam pelo braço e com firmeza a conduziam entre as pessoas. Encontrou-se com o ar perfumado do átrio e com a cara de sua mãe que olhava para ela muito de perto. Depois em silêncio cruzaram minhas ruas apagadas e chegaram a sua casa.

— É um homem muito estranho... Tão jovem...

Isabel não respondeu ao comentário de sua mãe. Dona Ana tirou o véu preto e olhou-se indiferente no espelho. Sua filha sentada na borda da cama não deu importância nem a suas palavras nem a seus gestos. Andava muito distante de seu quarto caminhando um porvir que começava a desenhar-se em sua memória.

— Vai haver mortos! – acrescentou a senhora.

Caiu o silêncio entre as duas. Ouvia-se o tique taque do relógio pontual como uma formiga que corresse sobre o móvel. Félix havia esquecido de parar o tempo e a jovem deixava-se levar por seus passos precisos a um futuro que recordava com lucidez. Sua mãe abriu o guarda-roupa para guardar o xale e um cheiro de naftalina e de perfume escapou de suas portas. Seu pai entrou no cômodo. Ele não havia ido ao templo; diante de Isabel baixou os olhos, sentiu-se culpado. Chegaram de longe as doze badaladas da torre da igreja e os Moncadas se olharam e esperaram. Um minuto mais tarde ouviram-se os primeiros disparos; pareciam rojões.

— Vai haver mortos... – insistiu Ana.

A rua se encheu de correria e de lamúrias. Dispersavam o povo e este fugia espavorido ante as descargas fechadas dos *máuseres*. Dom Martín acendeu um cigarro e virou o rosto para a parede. Pareceu-lhe que a cal da parede se salpicava de sangue.

— Papai, papai! Ninguém me entende... Ninguém! – gritou Isabel abraçando-o.

— Acalme-se! – disse seu pai acariciando-lhe os cabelos.

– Ninguém! – insistiu Isabel sacudida por soluços.

— Você está muito nervosa...

E dona Ana foi para a cozinha preparar uma bebida de tília para a menina Isabel.

Às quatro da manhã os últimos invasores do átrio abandonaram seus postos. Sob as amendoeiras ficaram mulheres com as cabeças rotas por pancadas de culatra e homens com as caras despedaçadas a pontapés. Seus familiares os arrastaram para fora dali e os soldados vitoriosos fecharam as portas da igreja e puseram correntes e cadeados nas grades do átrio. Depois, excitados pela briga, caçaram a balas alguns cachorros vira-latas que fuçavam a comida abandonada pelos católicos. Pela manhã a ordem tão desejada pelos governantes se havia restabelecido: sob o sol brilhante, os cadáveres dos cachorros, as mantilhas ensanguentadas, as sandálias ímpares perdidas na fuga e as panelas de comida rotas eram despojos da batalha dos pobres. Cordões de soldados vigiavam o destroço.

Nesse dia Ixtepec não abriu suas sacadas nem seu comércio. Ninguém caminhou pelas minhas ruas e Francisco Rosas se fechou no hotel. Pela tarde apareceu Dorotea com suas guirlandas de flores. Ia como sempre, depressa e falando sozinha. Ao chegar ao átrio, ignorou os montes de lixo que atrapalhavam a passagem e a presença das tropas; com mão segura tentou abrir as grades fechadas com cadeado. Os soldados a detiveram.

— Eh, senhora!

— Homens de Deus! – respondeu a velha.

Os soldados se puseram a rir, aproximaram-se dela, arrancaram-lhe as guirlandas e lançaram-nas longe. O golpe das flores sobre as pedras levantou milhares de moscas que zumbiram irritadas ao redor dos cadáveres dos cachorros. Depois os homens fizeram como se fossem espetá-la com a ponta de sua baioneta e suas gargalhadas estouraram ferozes no átrio vazio. Dorotea, vencida, sentou-se a chorar no meio da rua. Parecia uma pedrinha a mais jogada junto aos montes de lixo.

— Vá embora para sua casa, vovó! – suplicaram-lhe os soldados quando a viram chorar. Seus pedidos soaram ocos no povoado calado e Dorotea, sentada no meio da rua, chorou até muito tarde da noite.

Seguiram uns dias calados e depois voltaram os motins inúteis e sangrentos. Invadiu-me um rumor colérico. Eu já não era o mesmo com a igreja fechada e suas grades vigiadas por soldados que jogavam baralho de cócoras. Perguntava-me de onde viriam aquelas pessoas capazes de atos semelhantes. Na minha longa vida nunca me havia visto privado de batismos, de casamentos, de responsórios, de rosários. Minhas esquinas e meu céu ficaram sem sinos, aboliram-se as festas e as horas e retrocedi a um tempo desconhecido. Sentia-me estranho sem domingos e sem dias de semana. Uma onda de ira inundou minhas ruas e meus céus vazios. Essa onda que não se vê e que de repente avança, derruba pontes, muros, tira vidas e faz generais.

"Não há mal que dure cem anos..." "Quem cospe para o céu na cara lhe cai!", gritavam das árvores e dos telhados. Francisco Rosas ouvia os gritos e diminuía o passo. "Olhe, Francisco, a sua sorte é que sou mansinho!" O general, sorridente, procurava a cara de quem proferia a ameaça. Parecia que havia esquecido Julia e que agora era a nós que procurava. Se teve medo não o demonstrou pois em poucos dias converteu o vicariato em Comando Militar e em uma tarde determinada mandou fazer uma fogueira com as imagens do templo. Assim foi como vi arder a Virgem e vi também seu manto convertido em uma longa labareda azul. Enquanto isso acontecia, os militares entravam no vicariato e voltavam carregados de papéis que jogavam na fogueira sem nenhum sobressalto. Na praça ficou um monte de cinzas que se dispersou pouco a pouco.

O padre Beltrán desapareceu. Diziam que havia fugido. Por onde? Pelo caminho de Tetela, pelo de Cocula? Eu não o vi sair nem sabia que andasse por meus montes. Dizia-se também que estava detido em Ixtepec e que os militares pensavam matá-lo qualquer noite. Nós preferíamos imaginá-lo andando por um caminho seguro, longe de Rosas, com sua longa batina flutuando entre as plantações verdes de milho.

"Foi avisar o que está acontecendo e virão forças para nos salvar." E enquanto esperávamos, apareceram os primeiros cartazes pregados nas portas e no vicariato. Nos cartazes estava o Pano de Verônica com o Rosto de Cristo e uma misteriosa legenda: "*Viva Cristo Rei!*" Também começaram os tiroteios noturnos. Amanheciam soldados mortos no mercado; alguns levavam em seus dedos contraídos pela morte a colher de chumbo com a qual comiam *pozole* perfumado com orégano. Os homens de Ixtepec desapareciam e de manhã encontrávamos os corpos de alguns, mutilados e atirados nas planícies que me rodeavam. Outros mais nós perdíamos para sempre ou iam embora não sabíamos para onde. Proibiu-se o uso das lanternas para ajudar a caminhar no escuro. "Não ilumine, safado!", e uma bala calava a luz. Comecei a ter medo do castigo e medo de minha cólera. À noite, fechados nas casas, aguardávamos.

— "Virão?"

Não. Ninguém vinha. Ninguém se lembrava de nós. Só éramos a pedra sobre a qual caem os golpes repetidos como uma imperturbável gota de água.

Era sexta-feira. A noite estava imóvel, ouvia-se o respirar pesado das montanhas secas que me encerram, o céu negro sem nuvens havia baixado até tocar a terra, um calor tenebroso tornava invisíveis os perfis das casas. A rua do Correio estava quieta, nenhum raio de luz rompia suas trevas. Talvez fossem duas da madrugada quando se escutou uma correria que ressoou por Ixtepec como um repicar de tambor. Outras correrias a seguiram, os sapatos estalavam no calçamento de pedra como chicotadas rápidas. Alguém fugia e muitos passos frenéticos o seguiam de perto. A primeira correria se deteve. Em seco, ouviu-se sua respiração ofegante; os outros passos também se detiveram e então se ouviram vozes sufocadas:

— Dá-lhe! Dá-lhe!

Caíram pedras que retumbaram sobre as pedras e estouraram nas madeiras das janelas; outras rodaram frenéticas e tiraram chispas das pedras da rua. Dentro das casas as pessoas ficaram caladas: estavam matando alguém.

— Dá-lhe! Dá-lhe mais!

As vozes pediam mais pedras. Um homem pediu auxílio.

— Abram, *padrecitos*! Socorra-me, Jesus bendito!

As vozes assassinas caíram sobre a sua.

— Já te socorreremos, safado!

Uma chuva de pedras caiu sobre sua súplica. A voz presa nas barras da sacada de dona Matilde gemeu:

— Virgem puríssima...

Uma última pedra estourou sobre ela e calou-a.

— Vamos embora! – disseram as vozes sanguinárias.

— Sim, depois viremos recolhê-lo.

— Como depois? Temos que levá-lo agora mesmo.

— Vai nos sujar de sangue – disse uma voz lamentosa.

— Está certo. Melhor esperarmos um pouco, quando já não sujar.

Ouviu-se o barulho de um vestíbulo que rangia e de umas trancas se abrindo.

As vozes ficaram em silêncio. Cruzaram a rua, recolheram-se no portão do Correio e dali espiaram. Quem era o piedoso? Dona Matilde de camisola saiu à rua levando na mão um lampião aceso. Avançou titubeante entre as sombras que sua luz não conseguia romper.

— Onde? Onde, meu filho...?

Os assassinos começaram a correr e a senhora ao ouvir a correria se deteve. "Vão dar a volta na quadra para me pegar ao chegar à esquina" e não pode avançar. Os passos se afastaram velozes e a noite voltou ao silêncio. Colada ao chão pelo medo, a senhora via sem ver a escuridão que a rodeava e que sua pequena luz não desfazia. Sentiu que os segundos caíam sobre ela como enormes cinzas. Da calçada em frente, as Montúfar a olhavam através das cortinas. Também elas estavam mudas pelo medo e fascinadas viam dona Matilde que levantava e abaixava o lampião como se estivesse conjurando as sombras. "Mal tenho tempo" e tratou de avançar, mas o chão se afundou sob seus pés. Nunca se havia dado conta do distante que ficava sua sacada da entrada de sua casa. Quando chegou à janela encontrou o silêncio que se produz no lugar onde se cometeu um crime; o corpo não estava e o sangue fugia rápido entre as pedras. "Eles o levaram", e dona Matilde olhou interrogante as barras e o muro ensanguentado. Da calçada da frente os Montúfar lhe faziam sinais que ela não via. "Oxalá Nico e Juan cheguem a sua casa..." Um grupo de olhos ardentes a espiavam da esquina das ruas Alarcón e do Correio. Os assassinos haviam dado a volta na quadra e olhavam ávidos para ela do escuro. Dona Matilde girou sobre si mesma, procurando; depois refez seu caminho, entrou em sua casa e fechou o portão. A noite sem aquele círculo de luz voltou para as sombras. O cacho de olhos assassinos se deslocou cauteloso até o lugar do crime.

— Veja só! – disse uma voz muito baixa.

— Que foi? – perguntou a voz lamentosa, quase num suspiro.

— Quem sabe! – responderam duas vozes atemorizadas.

— Isto de se meter com Deus não é bom... – voltou a dizer a voz triste.

— O defunto foi embora...

— Vamos embora daqui...

E as vozes baixas se afastaram da casa de dona Matilde. A noite voltou ao silêncio. Meia hora depois, do outro lado de Ixtepec, perto dos portais de Tetela se ouviram os cascos de quatro cavalos.

— Alguma coisa aconteceu...

— Sim... não vieram. Vamos entrar – ordenou Nicolás em voz muito baixa.

Seu irmão e dois ajudantes de montaria que acompanhavam os jovens tomaram o caminho da casa dos Moncadas. Um grupo de soldados interceptou a passagem e deteve-os.

— Quem vive?

— Gente de paz! – respondeu Juan Moncada.

— Está proibido caminhar a esta hora.

— Não o sabíamos. Estamos chegando de Tetela – voltou a dizer Juan Moncada.

— Pois estão detidos.

— Detidos? – gritou colérico Nicolás.

— Sim, pode ser que sejam desses que andam caçando soldados no meio da noite.

Alguns dos homens armaram o rifle e puseram-no ao ombro, enquanto outros tomavam as rédeas das mãos dos Moncadas. Depois os encaminharam ao vicariato convertido em Comando Militar. Ao cruzar o pátio semeado de laranjeiras, um forte cheiro de álcool misturou-se ao perfume dos galhos das árvores. Eles os conduziram a um quarto que havia sido do padre Beltrán. A ordem antes implacável daquele quarto havia sido trocada por uma desordem de tocos de cigarro, de papéis e de marcas grosseiras no caiado da parede. Os pregos que sustentavam imagens santas suspendiam agora o rosto sinistro do chefe máximo da revolução, título que havia se outorgado o Ditador, e a cara gorducha de Álvaro Obregón.

— E o padre? – perguntou Juan Moncada.

— Anda fugido... – respondeu um soldado.

— Agora é lei que os padres fiquem detidos, por isso fugiu – acrescentou outro dos homens.

— A que horas vão nos soltar? – disse Nicolás impaciente.

— Assim que chegue o general. Ele nunca se atrasa quando se trata de pendurar pelados.

Os irmãos ficaram em silêncio e os homens se puseram a jogar baralho. O quarto se encheu de fumaça amarga de cigarro e de gritos.

— Trinca de espadas!

— Cavalo de ouros!

— Rei de copas!

Os nomes das cartas brilhavam uns segundos no quarto sujo. Cada rainha, cada cavalo, derrubava as paredes manchadas e deixava entrarem os personagens luminosos da noite.

— Um "*Farito*", jovem... – ofereceu humilde um dos soldados. Nicolás aceitou sorridente o tabaco.

— Para espantar o sono – acrescentou o homem à guisa de desculpa.

Nicolás acendeu os cigarros e os dois olharam-se nos olhos.

— A vida não é como a gente quer que seja – disse o soldado baixando as pálpebras, envergonhado.

Fumaram em silêncio. Nicolás montado na sela e com o olhar esquivo; o outro procurando seus olhos.

— É preciso escolher entre o prazer da gente e... o dos outros – disse o homem em voz baixa.

Nicolás sorriu ante a delicadeza do homem que trocava a palavra vida pela palavra prazer. E o soldado soube que não ficava rancor entre os jovens e seus detentores. Do pátio de laranjeiras chegaram vozes e passos. Os soldados se puseram de pé, guardaram as cartas e alisaram as mechas negras.

— Onde estão os conjurados?

— Por aqui meu general.

Bruscamente a porta se abriu e Francisco Rosas apareceu na frente dos irmãos. Parou e olhou para eles fixamente. Observou suas botas sujas, suas calças amassadas pela viagem e suas caras queimadas do sol. A um lado estavam seus embornais; sobre uma mesa, suas pistolas.

— Boa noite... De onde vêm a esta hora?

— De Tetela. Preferimos viajar de noite para evitar o calor – respondeu Juan Moncada.

O general olhou-os uns segundos e depois se virou para seus homens.

— Não veem que são os Moncadas?

Os soldados ficaram impassíveis.

— Já podem ir – disse Rosas, desgostoso.

Juan e Nicolás pegaram seus embornais.

— Deixem aqui as armas – ordenou o general suavizando a voz para não suavizar seu poder.

— Boa noite.

E os Moncadas se aprontaram para partir.

— Ouçam...! Em suas andanças não se encontraram com Abacuc? – perguntou Francisco Rosas fingindo indiferença.

Abacuc era um antigo zapatista. Quando Venustiano Carranza assassinou Zapata, Abacuc permaneceu em silêncio, deixou as armas e dedicou-se ao pequeno comércio. Viajava de povoado em povoado, montado em uma mula, vendia bugigangas e negava-se a falar do governo carrancista. Enigmático, viu como depois Obregón assassinou Carranza e tomou o poder para mais tarde passá-lo a Calles. Ele, Abacuc, continuou vendendo seus colares de resina, seus brincos pendentes de ouro e seus panos de seda, enquanto o grupo do Governo assassinava todos os antigos revolucionários. Ao começar a perseguição religiosa, Abacuc e sua mula carregada de fantasias desapareceram dos mercados. Dizia-se que havia ido para a serra e de lá organizava a sublevação dos "cristeros".

— Não o vimos, general – respondeu muito sério Nicolás.

— Está juntando muita gente – disse Rosas com desânimo.

— Parece.

Francisco Rosas levantou uma mão como despedida.

— Vemo-nos, Moncadas...

E Rosas lhes deu as costas. Os irmãos saíram do vicariato. Raiava o dia quando cruzaram o portão de sua casa.

III

Pela manhã duas notícias rodaram de boca em boca: "Rosas tem medo de Abacuc" e "Não sabem? De madrugada mataram dom Roque, e agora andam procurando seu corpo que se perdeu."

No Comando Militar o desparecimento do corpo do sacristão provocava a ira de Francisco Rosas.

— Encontre-o e traga-o para mim! – gritou furioso ao coronel Justo Corona.

O coronel baixou os olhos e mordeu os lábios. Às oito da manhã, seguido de um pelotão de soldados, iniciou a busca daquele morto caprichoso. Com cara austera e um lenço amarrado no pescoço, dirigiu-se à rua do Correio. Ao chegar ao lugar onde havia caído o sacristão, inspecionou as marcas de sangue no reboco dos muros e avaliou pensativo as pedras com as quais os soldados haviam rompido a cabeça.

— Aqui *mesminho* foi onde nós o perdemos, meu coronel.

— Um morto não se perde!

A voz de Justo Corona chegou ao interior das casas. As Montúfar, que viam a cena por trás das cortinas, olharam-se com malícia. Dona Matilde, avisada do que acontecia em frente a sua janela, correu para a cozinha e sem saber por que pôs-se a bater umas claras de ovo. Gritaram a notícia a Dorotea por cima das sebes, mas ela, impávida, seguiu regando seus gerânios.

— Pois não se perde, meu coronel, mas se perdeu! – contestou um soldado com firmeza.

— Veja, meu coronel, o que não acontece nunca de repente acontece – disse outro dos homens.

— Continuava vivo – contestou pensativo Corona.

— Bem morto o deixamos. Nenhum cristão aguenta semelhante chuva de pedras sobre a cabeça.

— Nós o iluminamos, meu coronel, iluminamos bem os olhos e já não viam...

Justo Corona bateu com o pé as pedras soltas da rua.

— Que portão se abriu?

— Estava muito escuro, meu coronel – disse o da voz lamentosa.

— Mas mais ou menos de onde veio o barulho? – insistiu Corona carrancudo.

— Dali – disse um soldado apontando o portão dos Meléndez.

— Não, não, de lá! – disse outro para a esquina de Alarcón.

— Nesses transes a gente não ouve muito bem – disse o da voz preguiçosa.

— Um defunto é um defunto!

Corona olhou seus homens com desconfiança.

— Em algum momento vai cheirar mal, meu coronel, e pelo puro fedor o achamos! – disse o primeiro soldado para dissipar as suspeitas que havia lido nos olhos de seu coronel.

Justo Corona escutou sem dizer uma palavra. Depois dirigiu-se até a esquina, dali calculou a distância que havia que percorrer para chegar ao vestíbulo de Dorotea. A entrada da casa da velha estava mais próxima do crime que a entrada da casa dos Meléndez. Procurou pelo chão as marcas de sangue. A rua de Alarcón, perpendicular à rua do Correio, estava varrida e regada; impossível encontrar algum rastro. Corona olhou de cima abaixo a porta de Dorotea.

— A velha vive sozinha?

— Bem sozinha, meu coronel.

— Como é? – insistiu Corona.

— Ui! Já está muito velhinha! – riram os soldados.

— Bem arcadinha! – acrescentou outro rindo.

— Já lhe dissemos que não foi ela a que saiu. Mas a da volta. E que ganhou? Nada! O morto já havia escapulido.

— Deveria tê-la visto, meu coronel, procura que procura e procura.

— Essa foi a que saiu de bisbilhotice, não é?

— Já lhe dissemos que sair, saiu, mas não achou nada – disseram impacientes os soldados.

Corona levou a mão ao queixo e ficou em atitude de homem que medita sobre um problema para o qual não encontra solução. Da casa da frente o espiavam. O coronel viu as sombras através das cortinas claras e com ferocidade cruzou a rua e dirigiu-se à porta dos Montúfar. Com alegria examinou a mão de bronze carregada de anéis que servia para chamar e deu várias batidas.

— Bando de beatas, já vão ver!

Saiu uma criada; Corona viu que lhe tremiam os lábios.

— Chame a senhora! – disse-lhe ao mesmo tempo que lhe dava um empurrão e introduzia-se na casa.

— Entrem, rapazes!

Seus homens obedeceram-lhe com rapidez. Um vestíbulo cheio de gaiolas e cantos de canários os recebeu. A criada se pôs a andar e o coronel a seguiu com descaramento pela varanda cheia de azaleias, de louros e de araras que gritavam à sua passagem.

¡Lorito toca la diana
Porque el coronel lo mandó...!

Justo Corona fez um gesto de desagrado como se a canção do louro fosse uma alusão. Sentiu que se punha vermelho de raiva. A criada lhe apontou a porta da sala de jantar e Corona entrou na sala com passo firme. A viúva e sua filha haviam corrido precipitadamente da sacada até a sala. A mesa estava servida para o desjejum, mas tudo indicava que elas acabavam de se sentar. Não puderam fingir assombro: estavam demasiadamente pálidas. O coronel pareceu satisfeito de sua surpresa e parou sorridente.

— Bom dia, senhora! Bom dia, senhorita!

— Bom dia... – murmurou Conchita enquanto sua mãe fazia um gesto desfalecido para indicar ao coronel que se sentasse. Conchita abaixou a cabeça e tentou conter um tremor que invadia suas mãos. Não podia servir o café. Os olhos do coronel se fixaram nela.

— Está muito nervosa, senhorita – disse com malícia.

— Nervosa?

Houve um silêncio que o coronel se encarregou de prolongar. "Que será bom fazer... Servir-lhe café?", perguntava-se dona Elvira com as mãos quietas sobre o regaço. Da varanda chegavam os cantos despreocupados dos canários e os gritos dos louros.

— Que felizes são os passarinhos! – disse Conchita contra sua vontade.

Sua mãe olhou para ela com aprovação. O que não daria ela para estar em seu lugar cantando em uma gaiola, longe do olhar fundo desse homem! O homem sorriu.

— Nem tanto, senhorita, estão presos sem haver cometido nenhum delito. Nós só nos encontramos nessa situação quando cometemos algum crime... ou o encobrimos.

E Justo Corona olhou para elas fixamente. Elas ficaram quietas.

— Por exemplo, as senhoras são suspeitas e arriscam ir cantar atrás das grades...

A senhora e sua filha se olharam assustadas. A mãe levou uma mão ao peito para conter as batidas de seu coração que se ouviam por toda a sala.

— Cantar atrás das grades? – perguntou Conchita indefesa.

— Sim, minha jovem.

Conchita abaixou a cabeça e dona Elvira tentou sorrir.

— De madrugada um crime foi cometido nesta rua e os assassinos ocultaram o cadáver. O dever das autoridades é encontrar os culpados e a vítima. Imaginem onde iríamos parar se pudéssemos assassinar e enterrar livremente nossos inimigos.

As mulheres não contestaram. De modo que agora o crime o haviam cometido elas? Ou era uma armadilha para que elas, indignadas, acusassem os soldados? Isso é o que teriam feito os Moncadas, converter-se em testemunhas oculares dos feitos! E isso era o que elas deveriam evitar. A senhora olhou com intensidade para sua filha para transmitir-lhe seus pensamentos, mas Conchita estava absorta repetindo-se as palavras que lhe haviam dito desde criança: "Em boca fechada não entra mosca!" Aquela frase repetida a cada instante marcou sua infância, interpôs-se entre ela e o mundo, formou uma barreira intransponível entre ela e os doces, as frutas, as leituras, os amigos e as festas. Imobilizou-a. Lembrava de seu pai e de seu avô falando como eram insuportáveis as mulheres por serem falantes e como repetiam-se a cada instante e assim os jogos terminavam antes de começar. "Psiu! Quieta, lembre-se que em boca fechada não entra mosca!" e Conchita ficava deste lado da frase só e atordoada, enquanto seu avô e seu pai voltavam a falar intermináveis horas sobre a inferioridade da mulher. Nunca se atreveu a passar por cima dessas seis palavras e a formular o que queria da vida. Agora a frase se erguia como um muro entre ela e o coronel Corona que seguia olhando-a interrogante.

— Os inocentes devem cooperar com as autoridades para esclarecer esse horrendo crime...

Corona pegou um cigarro e sem pedir permissão começou a fumá-lo com prazer enquanto esperava uma palavra qualquer das duas mulheres. Conchita, depois do erro de falar dos passarinhos, estava decidida a ficar em silêncio. Considerava a conversa muito perigosa e deixava a responsabilidade para sua mãe. Dona Elvira se arrumou na cadeira, olhou para Corona e tentou sorrir. Procurava uma frase que não a comprometesse.

— O que podem fazer duas mulheres sozinhas, coronel?

— Dizer o que viram e o que ouviram de madrugada – explicou Corona sentindo que ia por um caminho mais seguro.

— Estávamos dormindo! O senhor não deve pensar que perambulamos pela casa a essa hora da noite!

— A essa hora? Aha! Sabem a hora?

— Quero dizer que nós dormimos às sete da noite – respondeu a senhora ficando muito pálida.

— As mulheres têm sono leve e o homem gritou muito antes de morrer.

— Se tivéssemos ouvido algo, diríamos ao senhor.

Justo Corona mordeu os lábios e olhou para elas com desgosto. Sabia que mentiam.

— O cadáver estava na rua!

Elas se calaram e desviaram seus olhos do olhar severo do militar. A voz de Corona soou trágica:

— Senhora Montúfar, vamos revistar sua casa! Sinto muito declará-la cúmplice de um crime.

— Faça o que quiser – disse a senhora.

Justo Corona se virou para a criada que contemplava atordoada a cena.

— Anda! Vá e diga a meus rapazes que venham aqui e que dois fiquem vigiando a entrada.

A criada desapareceu.

— Tenho ordens de encontrar o corpo e deter os acobertadores – acrescentou solenemente o coronel Justo Corona.

Conchita e sua mãe ficaram em silêncio. A criada voltou acompanhada de um grupo de soldados. Em menos de uma hora a casa das Montúfar ficou irreconhecível. Corona esvaziou os guarda-roupas, as cômodas, as gavetas das mesas, pôs os colchões no chão, bateu as almofadas. Depois revistou o jardim, procurou nas adegas, interrogou as criadas. Voltou ao lado da senhora e de sua filha que, lívidas de ira, escutavam a devastação sem se mover em suas cadeiras. O coronel as viu decididas ao silêncio e despediu-se com uma inclinação de cabeça. Ao chegar à porta se virou.

— Qualquer dado que tenham sobre o desaparecimento do corpo digam para evitar um castigo severo.

Em vão esperou uns segundos. As Montúfar não abriram os lábios. Uma vez na rua o coronel se deixou levar pela raiva. Sentia-se zombado e indefeso frente à teimosia dessas mulheres. Seus soldados iam cabisbaixos, tratando de dissimular a derrota de seu chefe.

— A pior coisa do mundo é tratar com mulheres!
— É verdade, meu coronel! É verdade!
— Abusam da cortesia de um homem – acrescentou Corona.
— São ladinas, meu coronel.
— Vamos ver essa – disse com raiva Corona olhando para a casa de dona Matilde. E cruzou a rua com grandes passadas.

Fazia já muito tempo que a senhora Meléndez havia parado de bater as claras de ovo e que passeava nervosa pelo terraço, aguardando a chegada do coronel. Quando ouviu as aldrabadas não esperou por seus criados e ela mesma se precipitou para abrir a porta. Corona se surpreendeu ao vê-la.

— Senhora... Trago a penosa missão de revistar sua casa!

Era melhor ir diretamente ao ponto e não perder tempo nem paciência falando com ela. A senhora sorriu e deu-lhe passagem. Os soldados entraram no jardim e seu chefe ordenou que revistassem o poço e os jardins. Depois pediu as chaves para abrir o pavilhão onde havia vivido Felipe Hurtado. Ele, seguido de três de seus homens, dirigiu-se aos quartos guiado por dona Matilde. Seus passos soavam marciais no silêncio sombrio da casa. No fundo da varanda, sob os arcos que comunicavam com a cozinha, os criados esperavam curiosos. O coronel encontrou o dono da casa deitado na cama.

— Doente? – perguntou atentamente.

— Sim, coronel, com febre – disse dom Joaquín que havia emagrecido muito desde a noite em que os militares tiraram Felipe Hurtado de sua casa.

Com cortesia minuciosa, Corona revistou o quarto. O senhor não fez nenhum comentário. Dona Matilde, ao lado da cama, imutável deixava os militares fazerem a revista. Até ela chegava o barulho que os soldados faziam nos quartos vizinhos. Corona se virou.

— A senhora saiu de madrugada...

A senhora o interrompeu.

— Ouvi que uns soldados estavam matando um pobre homem e saí para socorrê-lo, mas não o encontrei.

— Senhora, cuidado! A senhora disse soldados?

— Sim, senhor.

— Senhora, não sabe que é um delito lançar acusações infundadas?

— Sim, senhor, sei, mas este não é o caso. Eram uns soldados.

— Primeiro é preciso encontrar o corpo e depois acusar o criminoso – disse Corona, rancoroso.

— Aqui não encontrará nem um nem outro – replicou dona Matilde.

Corona ficou em silêncio. "Esta velha é pior que as da frente – disse a si mesmo –; já ficarei sabendo o que ela sabe e então vou baixar sua crista."

Para fazer alguma coisa procurou no bolso de sua farda o pacote de cigarros e acendeu um; distraído começou a fumá-lo quando ouviu a voz de dona Matilde.

— Perdoe-me, a fumaça incomoda meu marido. Se o senhor quer fumar, faça o favor de sair do quarto.

Corona apagou com rapidez o cigarro e sorriu.

— Claro!

O casal não lhe devolveu o sorriso. Olharam-no como ao intruso que ocupa um lugar e um tempo que não lhe pertencem. Entrou um soldado.

— Nada?

— Nada, meu coronel.

Não havia mais remédio que se despedir. A senhora o acompanhou até a porta. Corona fez uma última tentativa.

— E a senhora não ouviu nada que possa me indicar quem levou o cadáver?

— Nada. Nós os velhos ouvimos muito mal – e olhou para ele com malícia.

— Esta velha rebelde sim que é má! – exclamou Justo Corona quando se encontrou outra vez na rua.

A manhã já ia muito alta, o sol batia sobre os muros e os telhados. Corona olhou seu relógio: eram dez e meia.

— Mais de duas horas vendo cartinhas e chinelos! – comentou com irritação.

— Sim, meu coronel, quantas lembrancinhas guardam as senhoras – e os soldados iam rir, mas a cara contraída de Corona lhes congelou o riso na garganta.

— É verdade, meu coronel, as da frente são mais manejáveis, mais gente...

— Que diferença com esta! – disse outro para continuar no caminho desenhado pelo anterior e distrair Corona de sua cólera.

— Vamos ver a velhinha!

E Corona virou a esquina e chamou com energia à porta de Dorotea. Ela apareceu com o regador na mão. Corona ficou indeciso ante a atitude atônita e os olhos envelhecidos da anciã.

— Entrem! Entrem! Entrem à sua humilde casa. A ninguém se nega uma sombra!

Os homens obedeceram e Dorotea encaminhou-os a um canto da varanda onde havia algo de frescura.

— Este santo calor! Este santo calor! – repetia Dorotea como se falasse consigo mesma movendo incrédula a cabeça.

Os soldados a seguiram sem dizer uma palavra.

A casa era muito diferente das outras duas que haviam visitado. Aqui o caiado dos muros estava proposto à fumaça. Os tijolos estavam esburacados e haviam perdido sua cor. Algumas galinhas corriam livres dentro da casa e picavam a terra entre as lajotas quebradas. Sobre os galhos de uma magnólia, umas blusas usadas secavam ao sol. Cachos de círios e de velas de parafina pendiam das paredes ao lado de feixes de espigas de milho e alhos.

As moscas estavam quietas. Dos quartos sem portas saía uma escuridão de cova. Só o pote de barro cheio de água parecia viver alegre no meio daquele pó. Corona e seus homens não sabiam o que dizer. Encontravam-se em um desses lugares, espécie de última estação, onde os velhos solitários esperavam um trem desconhecido com destino igualmente desconhecido, e tudo que os rodeava deixou de existir.

— Não tenho onde recebê-los... Os revolucionários queimaram minha casa...

Corona coçou a cabeça e olhou perplexo para seus homens. Estes pareciam dizer: "Já não lhe tínhamos dito?" "Não é verdade que ela está muito velhinha?" Dorotea puxou umas cadeiras de junco e ofereceu-as a eles.

— Não se incomode – Corona correu e tirou as cadeiras das mãos de sua anfitriã; depois ele mesmo formou um semicírculo e ocupou uma das cadeiras.

— Querem um copinho de água? Ou um raminho de flores? Não se nega a ninguém um golinho de água ou uma flor.

E Dorotea, em meio aos protestos de Corona, dirigiu-se ao jardim para cortar rosas, jasmins e tulipas.

— Caramba, meu coronel, tamanho enrosco! Como teria aguentado com o defunto que era robusto?

— Aos poucos está morrendo, já está se desfazendo toda... – acrescentou outro soldado.

Voltou Dorotea. Corona, sentado em sua cadeirinha baixa, viu-se com um ramo de rosas e jasmins na mão. Dorotea distribuiu copos de água fresca que os soldados beberam agradecidos. Sentiu-se ridículo perseguindo aquela anciã.

— Senhora... – começou.

— Senhorita, nunca me casei – corrigiu Dorotea.

— Senhorita – Corona voltou a começar –, não se assuste... De madrugada morreu alguém nestas proximidades e seu cadáver desapareceu... O Comando soltou ordem de revistar as casas da vizinhança e como sua casa está na área afetada, temos que dar procedimento.

— O senhor está em casa, general, disponha do que quiser – repôs Dorotea subindo-lhe de patente.

Corona fez um sinal para seus homens e estes entraram para os cômodos, o jardim e os quintais. O coronel permaneceu ao lado da mulher conversando. Em poucos minutos voltaram os primeiros soldados.

— Todos os quartos estão queimados, meu coronel; no dela não há nada mais que uma cama de campanha e uns enfeitinhos.

— O quintal é pura pedra – disseram outros, aproximando-se.

— Claro... – aceitou Corona batendo em suas pernas com as palmas das mãos. Pôs-se de pé e fez uma reverência que Dorotea respondeu com um sorriso.

— Vamos nos retirar!

Uma vez na rua o coronel apertou o passo. Não queria que os vizinhos vissem sua derrota. A porta de Dorotea se abriu e ela saiu para a rua correndo.

— General!... General!...

Corona se virou ao chamado.

— Suas flores, general! – E Dorotea sem fôlego pela corrida estendeu-lhe o raminho de rosas e jasmins que havia esquecido sobre sua cadeira de junco.

O militar enrubesceu e pegou as flores.

— Muito obrigado, senhorita.

E afastou-se sem se atrever a jogar o ramo. Sentia-se observado pela anciã que no meio da rua, imóvel, via-o distanciar-se. Em Ixtepec comentou-se com regozijo: "Dorotea floreou Corona como ao Menino Deus".

— Já aparecerá! – sentenciou Rosas quando Justo Corona o informou de sua derrota. Aproximou-se da janela e fumou um cigarro olhando para a fumaça que se desfazia no ar da praça. As copas dos tamarindos também se desfaziam na luz da manhã. Nada tinha corpo em Ixtepec, nem sequer o sacristão que tinha morrido sem deixar corpo. O povoado inteiro era de fumaça e escapava entre suas mãos.

— Tem que aparecer! – insistiu Rosas aferrando-se a suas palavras como à única realidade naquele povoado irreal que havia terminado por convertê-lo também em um fantasma.

— Quem sabe!... Quem sabe!... – duvidou Corona.

A dúvida de seu assistente devolveu-o à irrealidade de sua vida em Ixtepec: também Corona se desintegrava nessa luz alheia. E ele, Francisco Rosas? Perseguiam-no gritos sem boca e ele perseguia inimigos invisíveis. Fundia-se em um espelho e avançava por planos sem fundo e só conseguia o insulto de uma árvore ou a ameaça de um telhado. Cegava-o o reflexo do silêncio e de uma cortesia que lhe cedia a calçada e a praça. Assim lhe haviam arrebatado Julia, enganando-o com gritos que ninguém proferia e mostrando-lhe imagens refletidas em outros mundos. Agora mostravam-na a ele nos mortos equivocados das árvores e ele, Francisco Rosas, confundia as manhãs com as noites e os fantasmas com os vivos. Sabia que passeava no reflexo de outro povoado refletido no espaço. Desde que chegou a Ixtepec, Julia se extraviou nesses passadiços sem tempo. Ali a perdeu e ali seguiria procurando-a, embora Ixtepec nunca lhe desse a palavra que correspondesse ao feito. Ele sabia: escamoteavam-lhe os dias, mudavam-lhe as datas, as semanas passavam sem que lhe mostrassem um domingo. Perdia sua vida procurando as pegadas de Julia e as ruas se decompunham em minúsculos pontos luminosos que apagavam o caminho deixado por ela nas calçadas. Uma ordem estranha havia se apoderado desse povoado maldito.

Justo Corona se aproximou de seu chefe. Também ele tinha as mãos vazias: Ixtepec se lhe escapava como uma serpente. Os dois olharam a praça estendida como um espelho de pedra. As pessoas iam e vinham sem se preocuparem com eles nem com seus pensamentos. Eu sabia que por trás de suas caras inocentes espiavam os militares e a essas horas riam da agilidade do corpo de dom Roque para fugir das mãos de seus assassinos: "Sempre foi esperto...!" "Ah!, sempre disse, a esse nem morto o agarram."

— As beatas não vão permitir que não se enterre em campo sagrado. Não tardarão a vir em comissão: pedindo permissão para enterrá-lo.

Francisco Rosas disse essas palavras para não se declarar vencido diante de Corona. As beatas! Que lhe importavam as beatas e os padres? Falava assim por ordem de seus superiores.

— Quem sabe!... Quem sabe!... estas velhas são difíceis.

Justo Corona acreditava em sua linguagem, e se estava triste nesta manhã era por não haver cumprido as ordens recebidas da Cidade do México.

Passaram os dias e ninguém se apresentou no Comando Militar para solicitar permissão para enterrar o corpo de dom Roque. O general não se surpreendeu. Estava acostumado aos engodos de Ixtepec e duvidava de que o sacristão houvesse existido alguma vez. Não sabia o que dizer e cansado dava voltas por seu escritório.

— Essa gente esconde alguma coisa! – repetia Justo Corona e olhava ansiosamente através da janela em busca de um indício que o levasse à pista do corpo de dom Roque. Francisco Rosas o escutava sem ouvi-lo. Ele andava em busca de algo mais intangível, perseguia o sorriso de um passado que ameaçava esfumar-se como uma coluna de fumaça. E esse passado era a única realidade que lhe restava.

— Sim, coronel, escondem alguma coisa...

Não quis contradizer seu segundo nem quis confessar-lhe que para ele essa gente não existia. Justo Corona se sentiu traído por seu chefe: abandonava-o, deixava-o só na luta contra o povo.

— Outra vez zombam do senhor, meu general, isso é que me dói mais – disse fazendo uma alusão pérfida a Julia.

Francisco Rosas deteve seu passeio circular e olhou fixamente para seu ajudante. Era verdade! Corona tinha razão. A zombaria de Ixtepec era a origem de sua infelicidade. Aproximou-se rancoroso da janela e olhou as idas e vindas de minha gente.

— É verdade, eles escondem alguma coisa!

Os militares nos vigiavam e nós esperávamos a aparição de Abacuc, o *cristero*. Andava escondido pela serra e seu nome corria de povoado em povoado. À meia-noite os homens pegavam os caminhos secretos e escapavam de Ixtepec para se unirem aos escondidos. Abacuc dormia de dia e de noite aparecia dando um alarido nos povoados vizinhos. Matava soldados, liberava presos e incendiava as prisões e os arquivos. Os homens o acolhiam juntando seus alaridos aos seus e descalços corriam atrás de seu cavalo que voltava a desaparecer nas entranhas da serra. Em alguma noite Ixtepec ouviria seu grito: "Viva Cristo Rei!", e isso seria a última noite de Francisco Rosas.

— Já não demoram em vir! – E ríamos saboreando o novo incêndio de Ixtepec.
— Que vai chegar... vai!

E nem sequer olhávamos para as janelas do Comando Militar onde os militares estavam nos vigiando; o general e seus assistentes eram nossos presos.

IV

Às seis de uma tarde roxa chegou um exército que não era o de Abacuc. Seus soldados acamparam na praça, acenderam fogueiras, assaram leitõezinhos e cantaram velhas canções de fuzilados.

> *Andaba puerta por puerta*
> *Buscando pluma y papel*
> *Para escrivir una carta*
> *A la mentada Isabel*

Olhamos para eles com rancor. "Desgraçados, nem sequer gozam do prazer de se morrer por quem se ama!" Um novo general apareceu. Vinha inspecionar a zona. Pela manhã passeou muito reto em um carro de motor que dava trancos sobre o calçamento de pedra das ruas. Ao novo general faltava um olho, tinha a cara achatada e a pele azeitonada, não se alterava diante dos cachorros que latiam à sua passagem nem diante das galinhas que fugiam espantadas em meio ao pó que seu automóvel levantava. Ele nos olhava impávido desde seu único olho, suando na estreiteza de sua jaqueta de colarinho alto e seu quepe muito assentado sobre a cabeça raspada.

Passou a noite no Hotel Jardín falando com o general Francisco Rosas e muito de madrugada foi embora seguido de seus soldados. Era o general Joaquín Amaro e ia combater os "cristeros".

— É *yaqui*! É um índio traidor! – dizíamos assustados: um *yaqui* traidor encerrava todos os males. O olhar ímpar do general caolho nos prometeu castigos que acenderam os ânimos e pela noite lançamos gritos retumbantes que correram de rua em rua, de bairro em bairro, de sacada em sacada.

— Viva Cristo Rei!
— Viva Cristo Rei! – afirmavam de uma janela.
— Viva Cristo Rei! – respondiam da escuridão de um canto.
— Viva Cristo Rei!

O grito se prolongava nos portais. Soaram disparos perseguindo aquele grito que deu volta no povoado. Às escuras o perseguiam os soldados e ele surgia de todos os cantos da noite. Às vezes corria diante de seus perseguidores, depois os perseguia pelas costas. Eles os buscavam às cegas, avançando, retrocedendo, cada vez mais irritados. Depois, durante noites e noites, repetiu-se o baile do grito e dos soldados que ziguezagueavam por meus becos e minhas ruas. Pelas manhãs Francisco Rosas fingia não ver os cartazes colados nas próprias portas do Comando Militar com o pano de Verônica, o rosto de Jesus Cristo e as palavras "*Viva Cristo Rei*!". O general chamou os soldados que mataram dom Roque.

— Estão certos de que ele morreu?
— Sim, meu general, abrimos sua cabeça como um jarro.
— Eu pus luz em seus olhos; tinha-os bem abertos e espantados; já havia entregue...

Francisco Rosas se pôs pensativo e fechou-se em seu escritório com Justo Corona.

— Alguém os organiza, por isso duvido que esteja morto...
— Os rapazes o asseguram – disse Corona incômodo.
— Pois Ixtepec zomba de mim.
— Há que se impor um castigo exemplar.
— A quem?
— Aos responsáveis pelo desaparecimento do corpo do sacristão.

Justo Corona disse essas palavras pensando em dona Matilde. Rosas não soube o que contestar. Quem eram os responsáveis? Não o sabia. Só sabia que desde o desparecimento de dom Roque, Ixtepec havia mudado. Alguém dirigia das sombras aqueles gritos e crimes noturnos.

— Uma dessas mulheres o enterrou em seu jardim, ou o mantém vivo e é ele que dirige esta farra. Faça outra revista, coronel, e se encontrar a terra removida ou as lajotas remendadas procure! Ali está o sacristão. Você o trará a mim como estiver, bem como a encobridora.

Pela segunda vez Justo Corona seguido de um pelotão de soldados se dirigiu à rua do Correio. A voz de que ia revistar a casa de dona Matilde chegou a ela antes da visita do coronel. A senhora passou o alarme às Montúfar e a Dorotea. Quando Justo Corona se apresentou, encontrou nas três casas as mesmas atitudes e nenhuma novidade sobre o corpo de dom Roque. Em nenhuma das três casas haviam removido as lajotas. A terra dos jardins estava parelha e as plantas intactas. Nos quintais as pedras e as ervas não haviam sido mexidas por muitos anos. O coronel regressou ao Comando desalentado.

— Nada, meu general!

— A fuga do padre eu entendo, mas um morto não se perde.

— Eu sei, meu general. Mas nessas casas não há nada.

Os militares ficaram cabisbaixos. Da sacada do escritório de Rosas viram passar dona Carmen com sua cestinha de trabalhos no braço e o cabelo úmido ainda pelo banho. A visita diária da esposa do doutor a dona Matilde pareceu-lhes suspeita.

— Que escondem essas pessoas?

E os militares acenderam um cigarro e instalaram-se por trás dos vidros da sacada para vigiar os transeuntes. Seguiram depois umas criadas de volta do mercado, depois uns meninos perseguindo-se e lançando, com estilingues, cascas de laranjas que lhes deixavam marcas vermelhas nas pernas. Mais tarde apareceu o carro de cavalos do doutor Arrieta. Atrás dois aguadeiros. Todos pareciam entregues a seus afazeres.

— As três casas têm estado vigiadas?

— De dia e de noite, meu general.

Os militares se viram vencidos pelo silêncio de Ixtepec. Que podiam fazer frente àquelas caras inocentes? Frente àquele povoado radiante de manhã e de noite escuro e movediço como um pântano de areia?

— Há que se encontrar um delator! – gritou de repente Corona assombrado de que não lhe houvesse ocorrido antes uma coisa tão simples.

— Há que procurá-lo do lado das três casas.

Dentro de poucos dias o sargento Illescas cortejava Inés, a servente da senhora Montúfar.

O general chamou o capitão Flores em seu escritório.

— Capitão, vá dar uma volta pela casa de La Luchi. Vá ver que sabem ali do sacristão.

O capitão Flores ia dizer alguma coisa, mas encontrou o olhar resoluto de Francisco Rosas e os olhos rancorosos de Justo Corona. Envergonhado pela pequenez de sua missão, saiu do escritório de seu superior sem dizer uma palavra. De noite apresentou-se na casa das *cuscas*. Fazia já dias que não ia visitá-las e as moças o receberam com frieza. O capitão fingiu alegria e pôs para tocar o gramofone ao mesmo tempo que pedia bebidas para todos. Luchi sentou-se a seu lado. Em vão Flores tratava de se sentir como antes; estava triste: nunca pensou que alguma vez teria que vigiar essas mulheres. Até onde havia caído?

— O que você tem? – perguntou-lhe a patroa.

— Não sei, este povoado se tornou muito triste... tenho vontade de ir embora para longe daqui.

Luchi baixou os olhos; Flores a olhou com o rabo dos olhos: gostaria de dizer-lhe que estava farto de fuzilar camponeses, que não entendia o rancor de Corona nem a atitude obcecada de Rosas, mas não podia dizer nada; ele era seu cúmplice e estava ali tratando de averiguar coisas que podiam custar a vida da moça. E por que Luchi? Que podia saber uma pobre mulher como ela, ilhada do mundo, fechada em uma casa de má fama? Nada! A certeza de que a mulher estava à margem do desparecimento do corpo do sacristão o tranquilizou. Cumpriria a ordem recebida e depois com o coração aliviado a convidaria a dançar. Não sabia o que dizer nem como começar, ele era soldado, não era polícia.

— Quanta coisa se fala neste povoado!

— Sim... – respondeu ela lacônica.

— Ouviu o que estão falando do sacristão?

— Não.

— Fico me perguntando o que aconteceu com seu corpo...

A cara de Luchi mudou e olhou para o oficial com olhos severos; ele sorriu para dar importância à pergunta que havia incomodado a moça.

— Vocês o mataram e agora querem nos assustar?

— Tem certeza de que o matamos? – replicou Flores, risonho.

Luchi se levantou, dirigiu-se ao canto que ocupava Juan Cariño e disse algo a ele no ouvido. O louco a escutou com atenção, pôs-se de pé e veio até Flores.

— Meu jovem, suplico-lhe que não venha perturbar a ordem desta casa fazendo perguntas capciosas.

— Senhor presidente!

Juan Cariño pôs as mão sobre os ombros e o fez sentar de supetão na cadeira; depois se acomodou no lugar que ocupava Luchi e olhou para ele fixamente. Flores se sentiu incômodo sob o olhar imperturbável do louco.

— Olhe para a senhorita Luchi. Está muito desgostosa.

— Por quê...? – perguntou Flores.

— Por quê...? Ah! Meu jovem, vocês têm a força mas não têm a razão. Por isso querem nos culpar de seus crimes. Querem ter um motivo para nos perseguir – Taconcitos observava a cena com dissimulação. Luchi se aproximou dela.

— Vá dormir agorinha mesmo! – ordenou colérica.

A moça obedeceu sem replicar e batendo os saltos abandonou o salão: ao passar na frente da porta do quarto de Juan Cariño, fechada com cadeado, murmurou com raiva "Velho louco!". Abriu com um chute a porta de seu quarto e jogou-se de bruços sobre a cama. Até ali lhe chegaram as notas alegres de um Charleston. Sua vida havia se tornado impossível desde a noite em que Juan Cariño foi para a farra e voltou quase ao amanhecer.

— Veja, já são quase duas da manhã e o senhor presidente ainda não voltou – havia dito nessa noite para sua patroa. Luchi não contestou.

— Mas já são duas da manhã... – insistiu.

— E que importa a você?

Taconcitos era curiosa; muito tarde, quando os clientes já tinham ido embora e ela se agitava no salão apagando os lampiões, ouviu que alguém arranhava a madeira da porta de entrada. "Hum, que delicado!" e de um sopro apagou a última luz e jogou-se detrás de uma poltrona. Ficou sem fôlego ao ouvir que continuavam arranhando a porta. Talvez Luchi havia encontrado um homem e escondia-o, ciumenta de suas pupilas. Apoderou-se dela o prazer estranho que se apodera dos curiosos quando se aproximam de um segredo; o coração bateu-lhe com força e sentiu uma dor aguda no peito. Tratou de olhar através da escuridão do cômodo: Luchi cruzou o salão, saiu ao vestíbulo e chegou à porta de entrada. "Que bem guardado o tinha!"

— Por aqui, senhor presidente – sussurrou Luchi entrando no salão acompanhada de Juan Cariño e viu-os adentrar na casa escura. Decepcionada, dispunha-se a abandonar seu esconderijo quando apareceu Luchi pela segunda vez; levava um grande volume debaixo do braço e na ponta dos pés cruzou o salão, atravessou o vestíbulo e saiu para a rua. "Ora! O que ela está trazendo?" Ouviu que Luchi deixou a porta encostada e decidiu continuar esperando. Passou uma hora e empurraram com doçura a porta; no umbral do salão apareceu pela segunda vez Juan Cariño chegando da rua; tranquilo, adentrou pela segunda vez na casa escura. Taconcitos ficou boquiaberta. Dispunha-se a ir para a cama quando ouviu novamente o rinchar da porta de entrada e depois o clique da fechadura. Esperou trêmula e viu reaparecer Luchi com o mesmo volume debaixo do braço.

— Você outra vez? – disse Taconcitos sem querer.

— Anda me espiando! – disse Luchi, sufocada de raiva.

— O senhor presidente trouxe algo... Entrou duas vezes... e não havia saído.

— Se voltar a dizer isso parto a sua cara! – ameaçou Luchi.

Desde essa noite sua vida se tornou insuportável; no dia seguinte, quando todo Ixtepec falava do desaparecimento do corpo de dom Roque, ela não pôde tomar parte da conversa. Luchi não a deixava sair à rua nem lhe permitia trabalhar; quando tinha um cliente a patroa intervinha e tirava-a do salão. E Taconcitos reclusa em seu quarto matutava.

— Hum! Maldito! Vão nos bater até debaixo da língua!... – e escondia a cabeça no travesseiro. Estava certa de que o que acontecia na casa era melhor que nunca tivesse acontecido. Sem esforço imaginou o que se passava no salão: o louco observava Flores com olhos de irritação e impedia-lhe que se aproximasse das moças. "Vida desgraçada, sem trabalho logo a fome vai nos secar!"

V

De sua sacada Francisco Rosas as viu chegar. Vinham as três com os cabelos curtos muito escovados, as caras empoadas e exibiam seus vestidos de visita.

— Corona! Corona! Aí vêm elas! – gritou assombrado o general. Seria possível que Ixtepec lhe mostrasse alguma vez a cara? Justo Corona correu para a sacada. Dona Carmen Arrieta, dona Ana Moncada e dona Elvira Montúfar cruzavam nesse momento a praça em direção ao Comando Militar.

— Olhe, vêm pedir água, meu general! Mão dura com elas!

— Vieram devolver o corpo do sacristão... – e Francisco Rosas sorriu diante do milagre.

Os militares levaram a mão ao colarinho da camisa para certificar-se de que suas gravatas de gabardina clara estavam em seu lugar, tiraram o pente e alisaram os cabelos e depois se puseram a rir com júbilo. Haviam ganhado a partida!

As senhoras atravessaram timidamente o pátio de laranjeiras; conduzidas por um soldado, chegaram à porta do escritório de Rosas.

Este as fez entrar sem perder um instante. Elas entraram sem que se atrevessem a olhá-lo nos olhos. O general, galante, ofereceu-lhes assento e cruzou um olhar de cumplicidade com seu segundo que observava de pé, impaciente, as mulheres.

— Em que posso servi-las, senhoras?

As três senhoras se puseram a rir. Pareciam nervosas. Justo Corona tirou um cigarro e perguntou amavelmente se podia fumar.

— Certamente! – exclamaram as três em coro.

O general, por sua vez, acendeu um cigarro e de bom humor sentou na frente delas. As senhoras tornaram a rir e olharam-se confusas. "É assombroso como é jovem", disse a si mesma dona Elvira.

— Em que posso servi-las? – insistiu Rosas com amabilidade.

— General, viemos oferecer-lhe um raminho de oliveira! – disse dona Elvira com ar pomposo e contente por descobrir a juventude e a boa aparência de seu adversário.

Os olhos amarelos do general a olharam sem entender o significado de sua frase.

— É preciso deixar leve o ar... Não podemos viver nessa violência. Queremos oferecer-lhe nossa amizade para acabar com esta guerra civil tão prejudicial a todos nós...

A esposa do doutor calou-se; o olhar atônito de seu interlocutor lhe fez esquecer o resto de seu discurso. Dona Ana Moncada saiu em seu socorro.

— Quando alguém vê a cara de seu inimigo é menos inimigo!

— Temos sido tão egoístas com os senhores... – suspirou dona Elvira, e nesse momento era sincera: achou muito bonitão o general Francisco Rosas e esquecia os males que nos havia feito.

Assombrado, Justo Corona não perdia uma palavra: fumava e observava as mulheres sem entender o que estavam propondo. Francisco Rosas sorriu, entrefechou as pálpebras e esperou o final do discurso da esposa do doutor. Alerta, acautelava-se com cada uma das palavras ditas pelas amigas e tentava descobrir o que escondiam suas frases em aparência inocentes. Ele não diria nada. O silêncio não o incomodava; ao contrário, nele se movia como peixe na água. Por outro lado, elas eram falantes e logo deixariam escapar a palavra que ocultava a verdade daquelas caras velhas e mentirosas. Dona Carmen se viu pisando terrenos pantanosos e não se fez esperar; valente, lançou-se ao ataque por surpresa.

— Pensamos fazer uma festa em sua homenagem, general.

— Uma festa? – exclamou Francisco Rosas surpreendido.

— Sim, general, uma festa – ela repetiu com calma. E com inocência explicou que uma festa era a melhor maneira de proclamar que as hostilidades entre o povoado e os militares haviam terminado.

— O riso apaga as lágrimas – concluiu sorridente.

Francisco Rosas aceitou o convite. O que poderia fazer? As senhoras fixaram a data da festa e sorridentes e amigas abandonaram o escritório. O general se virou para Corona.

— O que lhe parece, coronel? – perguntou sem sair de seu assombro.

— Não sei, não confio nas mulheres e muito menos nas mulheres de Ixtepec. Vamos ver se a festinha lhes serve para nos envenenar.

— Sim, poderia ser uma armadilha.

E Francisco Rosas voltou a se perder nos becos resvaladiços de Ixtepec.

VI

Também eu me surpreendi com o entusiasmo com que meu povo aceitou a ideia da festa para o general Francisco Rosas. O homem é volúvel! Poder-se-ia dizer que em um instante todos esqueceram a igreja fechada e a Virgem convertida em chamas. Os cartazes com o pano da Verônica e o rosto de Jesus Cristo deixaram de amanhecer nas portas e os gritos noturnos de "Viva Cristo Rei!" cessaram. Minhas noites voltaram à calma. O medo magicamente dissipado com a palavra festa se converteu em um frenesi que só encontra paralelo em minha memória com a loucura que me possuiu durante as festas do Centenário. Lembro daqueles dias vertiginosos e em minha memória se confundem com os dias anteriores à festa de dona Carmen B. de Arrieta. Daquela outra vez, as pessoas endinheiradas foram para a Cidade do México e os que ficamos esperávamos com avidez melancólica as notícias luminosas que nos chegavam da capital. Éramos os desterrados da felicidade! E embora também tenhamos celebrado o primeiro século da Independência, meus fogos de artifício e meus trajes de gala se afundaram no pó levantado pelas carruagens transbordantes de embaixadores estrangeiros, os ternos brilhantes e os foguetes de Pequim que incendiaram a capital.

Agora a festa para o general Francisco Rosas corria pelo rastro luminoso deixado pelas festas anteriores. Todos queriam esquecer os enforcados nos portais de Cocula. Ninguém nomeava os mortos aparecidos nos caminhos reais. Meu povo preferia o caminho brevíssimo das luzes de Bengala e de suas línguas surgia a palavra festa como um formoso rojão. Juan Cariño era o mais exaltado. Levantava sem cessar sua cartola para saudar os vizinhos e sorria satisfeito: estava de férias. As palavras que nesses dias andavam no ar eram suas palavras prediletas e podia por uma vez ser correto e descobrir-se sem temor. Sua cartola estava vazia de palavras malignas. Em sua casa falava em termos brilhantes da arte da festa.

— É uma das Belas Artes! – explicava com arrogância para as moças que escutavam tristemente os preparativos da festa a que elas não iriam.

— Já chegaram as luzes de Bengala! – anunciou uma tarde colocando sua cartola inútil em cima de uma mesinha suja da sala. As moças sorriram melancólicas.

— As luzes de Bengala! – repetiu Juan Cariño, tentando iluminar com suas palavras a pobreza da casa em que viviam as "*cuscas*".

— Puxa, que bom!... – disse uma para não deixá-lo sozinho em seus esforços de produzir um milagre para elas.

— Vocês sabem o que é Bengala?

As mulheres se olharam assombradas, nunca havia ocorrido a elas perguntar semelhante coisa.

— Não, senhor presidente...

— Esperem um momento: o dicionário, conjunção dos cérebros do homem, vai nos dizer.

Juan Cariño foi até seu quarto e depois de uns minutos voltou radiante.

— Bengala! Bengala! País extraordinário, azul, estendido em uma terra remota, habitado por tigres amarelos! Isso é Bengala e já chegaram suas luzes para iluminar o armistício! A trégua!...

A data esperada por todos abriu passagem entre os dias e chegou redonda e perfeita como uma laranja. Como esse formoso fruto de ouro permanece em minha memória iluminando as trevas que vieram depois. As horas caíram translúcidas na superfície desse dia, abriram um círculo e precipitaram-se na casa de dona Carmen B. de Arrieta. Rodeado de ondas luminosas, os olhos ávidos e o corpo alerta, Ixtepec esperava o instante da festa. A casa enfeitiçada esperava conosco. Brilhavam as palmeiras decoradas com rosas. Os azulejos brilhavam como uma lousa. Dos muros pendiam fileiras de tulipas e jasmins.

Os vasos de samambaias envoltos em papel laranja eram sóis lançando raios verdes. No fundo da varanda uma mesa guarnecida de garrafas e taças tintinava sob as mãos dos criados. O jardim se abria como um charmoso leque de reflexos. A fonte, com água renovada, repetia os galhos de acácias adornadas com lanternas japonesas que abriam caminhos luminosos na água e na grama. Dom Pepe Ocampo distribuiu as mesas sob as árvores e cobriu-as com filó laranja para evitar a passagem dos insetos. O maestro Batalla acomodou seus músicos sob as laranjeiras e seus violinos encheram a folhagem de augúrios. Um resplendor solar saía pelas sacadas e pelo vestíbulo até a rua escura.

Chegaram os convidados e o povo aglomerado em frente à casa dava passagem e os nomeava.

— Aí vão os Olveras!

— Chegam os Cuevas!

Eles, sorridentes e falando em voz muito alta, cruzavam o portão com um gesto de ousadia como se estivessem se lançando a uma fogueira. Os pobres, "montinhos de lixo" como os chamava Dorotea, contentavam-se com a generosidade das sacadas abertas e ansiosos recolhiam os pedaços da festa. "Isabel está de vermelho!" "Dona Carmen tem um leque de plumas brancas!", anunciava outro da sacada vizinha. Às nove da noite saiu da casa a comissão de senhoritas encarregadas de ir até a porta do Hotel Jardín buscar o general e seus assistentes. Vimos quando elas foram.

— Aí vêm com eles!

E precipitamo-nos perto do vestíbulo para ver a entrada das jovens acompanhadas dos militares.

— Aí vêm! Aí vêm!

Abrimos passagem para o convidado de honra.

O general Francisco Rosas, alto, silencioso, com o chapéu texano jogado para trás, as botas muito brilhantes, a calça e a camisa militar de gabardina clara, apareceu entre nós rodeado pelas três jovens e entrou no vestíbulo dos Arrieta. Nós o vimos como se fosse a primeira vez que o víssemos. Vinha seguido de seu Estado Maior: reconhecemos Justo Corona, o capitão Flores e o capitão Pardiñas, nativo de Cocula, com os olhos muito negros que olhavam para todas as partes como leques. O tenente-coronel Cruz não estava no grupo.

Com eles a festa recebeu um ar de frescura, um cheiro de creme de barba, de loção e de tabaco doce. De pé, imóveis, esperaram no umbral a aparição da dona da casa que saiu trêmula para recebê-los. O general tirou seu chapéu devagar, esboçou um sorriso que parecia de zombaria e inclinou-se respeitoso ante sua anfitriã. Seus assistentes o imitaram e o grupo avançou pela varanda iluminada saudando os convidados com breves inclinações de cabeça. Os convidados de dona Carmen recebiam a saudação como uma simpatia.

Dom Pepe Ocampo correu falar com o maestro Batalla que do fundo do jardim contemplava assombrado a passagem da comitiva. E então irrompeu o toque militar.

A memória é traidora e às vezes inverte-nos a ordem dos fatos ou leva-nos a uma baía escura onde nada acontece. Não lembro o que aconteceu depois da entrada dos militares. Só vejo o general de pé, apoiado sobre uma perna; ouço-o agradecendo em voz baixa, depois o vejo dançar três vezes: uma com cada uma das senhoritas que haviam ido buscá-lo. Vejo o olhar de Isabel sobre seu peito e como ficou absorta quando Rosas levou-a para seu lugar e antes de se distanciar fez-lhe uma reverência. Vejo Conchita sem acompanhar o compasso da música e pedindo desculpas que aceitavam com benevolência. Depois Micaela, falando diante do sorriso indulgente de seu par. E então ele sozinho outra vez, fumando com seus homens naquele ângulo da varanda. A seu lado a festa girava fazendo e desfazendo pares.

As bandejas polvilhadas de gelo circulavam translúcidas, os convidados se apoderavam de suas taças frias e guardavam por um instante a prudência ao sentir em sua mão a disciplina do gelado. Das sacadas os pobres acompanhavam em coro a música. Seus gritos entravam na festa em lufadas de júbilo.

Isabel, solitária, refugiou-se perto de um pilar e sentou-se em uma cadeira sob as guias da buganvília. Distraída, arrancava cachos de flores e as rompia com os dentes. Tomás Segovia se inclinou diante dela. A jovem olhou para ele sem vê-lo; incomodava-lhe a pretensa beleza daquele homem pequeno, de cabelos ondulados e feições delicadas como as de uma mulher.

— Dança, Isabelita?

— Não.

Tomás Segovia não se alterou diante da negativa, aproximou uma cadeira e condescendente sentou ao lado de sua amiga. Depois de uns instantes procurou um papel em um de seus bolsos e estendeu-o a Isabel que o pegou interrogadora.

— Meu último poema... É dedicado a você...

O jovem boticário continuava entregue a fabricar versos; seu amor à poesia era invariável. Isabel leu o poema sem vontade.

— Essa sou eu?

— Sim, criatura divina – afirmou Segovia piscando para dar maior ênfase a suas palavras. "Tanto faz que seja ela ou qualquer outra. Amo um ser insensível, a poesia: Sim, a Poesia... com maiúscula..." disse Segovia a si mesmo com tristeza.

— "Qual pena nos confins do esquecimento!" – leu Isabel, interrompendo-lhe seus pensamentos. E a jovem deu uma gargalhada que atravessou a festa e fez com que seu pai a olhasse sobressaltado. Tomás não se ofendeu pelo comentário alegre de sua amiga. Seu riso lhe serviu para elaborar uma teoria complicada sobre "a arte maléfica do flerte". Isabel deixou-o falar. Desanimado pelo silêncio de sua amada, Segovia se distanciou dela para refugiar-se junto a um pilar vizinho onde podia observar a jovem. Gostava dos amores "impossíveis"; deixavam-lhe "o gosto delicioso do fracasso".

Isabel ficou outra vez só entregue a seus pensamentos pouco encantadores. Seu pai se aproximou.

— Por que não dança com Tomás?

— Não gosto de poetas, não pensam senão neles mesmos. Quem vai querer ouvi-lo hoje?...

— Por isso deveria dançar com ele, porque não diz mais que bobagens; assim deixaria de pensar no que pensa...

Dom Martín se virou e viu se alguém o escutava; depois se inclinou galante diante de sua filha e convidou-a para dançar. Os dois passaram girando junto ao general que, rodeado de seus íntimos, continuava em sua atitude de reserva. Não queria ou não podia misturar-se a nós?

Parecia diferente de todos. Ao vê-lo tão quieto, com esse pesar nos olhos, quem poderia dizer que era ele o organizador da perseguição que sofríamos? Devia ser muito jovem; talvez não chegasse aos trinta anos. Um sorriso flutuava em seus lábios; parecia rir de si mesmo. A mãe de Isabel se aproximou:

— Sou dos Cuétaras... Lembra-se deles? – Seu sobrenome dizia que ela também era do Norte.

— Sim, senhora, lembro-me deles...

— Eram meus irmãos – explicou a senhora.

O general olhou para ela como se entendesse aquela perda.

— Morreram... morreram antes... – disse como pêsames.

— Antes? – indagou a senhora.

— Antes dos que estamos aqui presentes – acrescentou o general dando por terminado o diálogo.

Às dez da noite os convidados ocuparam suas mesas distribuídas pelo jardim. Tomás Segovia, encarregado de fazer as honras da festa, pronunciou um discurso no qual abundaram as citações latinas. O orador dirigiu elogios e olhares eloquentes ao general.

Por fim podia falar em uma linguagem "patrícia"! Rosas escutou os louvores com a mesma indiferença com que recebeu sempre tudo que viesse de nós. Isabel, sentada à sua esquerda, observava as mãos do general abandonadas na toalha e continuava quieta, ofendida pela sua distância. Os demais militares distribuídos em diferentes mesas riam e brincavam com os comensais.

Somente Justo Corona seguia atentamente de longe os menores gestos de seu superior; parecia impaciente e olhava com frequência a hora em seu relógio de pulseira. A conversa animada pelas bebidas caracoleava entre as árvores, os risos corriam pelo jardim e Corona impassível continuava espreitando seu general.

Depois do jantar o baile reiniciou e o general, taciturno, voltou a seu posto, perto do ângulo que formava a varanda. Justo Corona se reuniu a ele e ambos sustentaram um diálogo em voz baixa. Isabel não os perdia de vista: viu quando Corona fez um sinal a Pardiñas que dançava alegremente e como este parou a dança e dirigiu-se aos demais oficiais. Os militares se agruparam em torno do general que olhava a cada instante a hora em seu relógio de pulseira. Isabel, muito pálida, foi à procura da dona da casa.

— Quem sabe o que está acontecendo... – sussurrou ao ouvido de dona Carmen.

A senhora se sobressaltou e olhou angustiada para o grupo dos militares. Estes, que pareciam dispostos a abandonar a festa, pegavam seus chapéus e buscavam-na com os olhos.

— O que fazemos, menina? – perguntou assustada a senhora.
— Detenha-os! – suplicou Isabel.

Dona Carmen apressou-se em direção aos miliares para impedir-lhes a passagem.

— Por que tão cedo, general?
— O dever, senhora.
— Não, não! Se não beberam nada. Venham, uma tacinha mais...

O general Francisco Rosas olhou-a com frieza. Os convidados deixaram de dançar e contemplaram assombrados o grupo que forçava ir embora e a anfitriã que insistia em que ficassem ainda um pouco mais. "Já vão?", perguntavam-se decepcionados. "Por quê?" Ana Moncada, estranhamente pálida, aproximou-se de seu marido.

— Calma! Não aconteceu nada – disse-lhe aparentando serenidade.

— Não sei!... Não sei... – contestou trêmula.

Isabel olhou sua mãe e depois os militares; então abriu caminho entre os convidados e aproximou-se valentemente do general.

— Não se interrompe uma festa! – disse, e ofereceu o braço convidando-o a dançar.

Francisco Rosas olhou para ela surpreendido, entregou seu chapéu a Corona e pegou a jovem pela cintura. Os dois giraram ao compasso da música. Ela, ruborizada e com os olhos fixos no general, parecia vagar em um mundo sangrento. Francisco Rosas olhava para ela de soslaio, sem atrever-se a lhe dirigir a palavra. Pôs-se mais sério ainda quando viu que seus assistentes o imitavam e cediam ante dona Carmen que lhes levava pares.

— Toque uma música atrás da outra, maestro! – suplicou dom Joaquín aproximando-se veloz dos músicos. Batalla olhou para ele assombrado e sem saber por quê, obedeceu a ordem. Sentiu que dele dependia algo muito importante e agradeceu que dom Joaquín o tivesse posto no segredo.

Com entusiasmo tocou uma atrás da outra e os pares dançaram sem interrupção. As pessoas do povoado apoiavam a dança de Isabel e do general com alaridos satisfeitos. A dona da casa lhes enviou garrafas de licor que foram festejadas com uma chuva de rojões.

No esplendor da alegria, o sargento Illescas abriu caminho entre a multidão e apresentou-se no vestíbulo dos Arrietas. Com cara séria entrou na casa seguido de um pelotão de soldados. Dona Carmen saiu a seu encontro. A cara indígena e solene de Illescas não se alterou. Sem fazer caso da senhora avançou até o general que continuava dançando com Isabel, bateu continência e pediu um aparte. Francisco Rosas parou a dança, fez uma reverência à sua parceira e seguido de Illescas dirigiu-se à dona da casa. A festa se paralisou. Em vão o maestro Batalla continuou encadeando uma música atrás da outra. Dona Carmen acompanhou Rosas até a porta de um quarto e o general e Illescas desapareceram fechando a porta atrás de si. Os militares, mudos, olharam-se com ar de culpados. Os convidados, inquietos, olhavam para a porta pela qual havia desaparecido Francisco Rosas.

O senhor Moncada serviu-se de uma grande taça de conhaque e bebeu-o de um gole. "Haveria acontecido?" Isabel procurou uma cadeira e deixou-se cair com os braços pendurados e o olhar vazio. A música esvaiu-se.

— Que está acontecendo? – perguntou o maestro Batalla do fundo do jardim. Dom Pepe Ocampo correu a seu encontro.

— Toque um *jarabito*, maestro! Um *jarabito*!

E o *"jarabe"* encheu as copas das árvores, avançou alegre pela varanda e subiu pelos ares até o céu.

Na cozinha as criadas preparavam panelas grandes de café. Suadas, corriam de um lado para o outro removendo as brasas; estavam contentes de fazer parte da festa mais imponente de Ixtepec. Apareceu Charito junto ao fogão; vinha pálida e sem fôlego.

— Jesus!... Que susto nos deu Chayo!

A beata envolta em sua mantilha preta avançou até elas.

— Choverá brasas sobre os malditos! Anjos apartarão as chamas para proteger os justos! A terra se abrirá para dar passagem para os monstros infernais, os demônios dançarão com gosto vendo como a terra traga seus eleitos e Satanás, refulgente em chamas de enxofre com seu tridente em brasa, verá esta dança infernal e como o mundo desaparece em uma grande labareda pestilenta!...

— Que está acontecendo, senhorita Chayo? – perguntaram as criadas assustadas pelas palavras e a atitude da mulher.

— Onde está Carmelita?... Chamem Carmelita!

— Sente-se, senhorita Chayo!... Vamos lhe dar um café – disseram as criadas contrariadas pela súbita aparição da mulher que interrompia a alegria da festa que havíamos preparado com tanto regozijo. Chayito recusou o café e negou-se a sentar, umas das serventes saiu para procurar a senhora. Dona Carmen entrou na cozinha; vinha preocupada, ao ver a mulher se assustou.

— Cale-se, Charito, você vai piorar tudo! – gritou a senhora quando a beata começou outra vez o discurso.

— Eles os pegaram!... – respondeu a velha deixando cair os braços em atitude de desamparo.

— Cale-se!... Está equivocada... Não tenho tempo agora – e dona Carmen sem querer ouvir, saiu correndo da cozinha.

O general, seguido do sargento Illescas, abandonou o quarto no momento em que a anfitriã reaparecia na varanda.

Dona Carmen avançou a seu encontro. Algumas senhoras a seguiram. Isabel com os braços largados e os olhos opacos aproximou-se do grupo. Os homens permaneceram quietos.

— Aconteceu alguma coisa, general? – perguntou a senhora com voz firme.

— Nada, senhora...

Dona Carmen sorriu.

— Infelizmente tenho que me ausentar – acrescentou Rosas, sorrindo por sua vez.

— Ausentar-se?... Outra vez ameaça deixar-nos?... E a festa?... Era para o senhor general!

Francisco Rosas olhou até o fundo dos olhos, meio com admiração, meio com curiosidade.

— Tenho que me ausentar – repetiu.

— Mas... o senhor vai voltar? – suplicou a senhora como pedindo uma última graça.

O general riu. Era a primeira vez que o víamos rir; sua cara se tornou infantil e seus olhos se encheram de malícia. Olhou para a senhora e depois, como se tivesse tido uma ideia repentina, disse:

— A festa não termina, senhora! Eu volto para encerrá-la!... Que continuem dançando até minha volta!

E ao dizer isso procurou com os olhos seus íntimos; um deles estendeu-lhe o chapéu; Francisco Rosas pegou-o decidido; mordeu os lábios e pôs-se a andar até o vestíbulo seguido de seus homens que se despediam de nós com rápidas inclinações de cabeça. No meio do caminho deteve-se, deu meia volta e olhou-nos. Seus olhos se detiveram em Isabel que o via partir sem poder acreditar.

O general apartou a vista dela.

— Flores, fique aqui aguardando a minha volta! Cuide para que a música toque e que o povo dance. E que ninguém saia até nova ordem!

Bruscamente se virou outra vez para o lugar que ocupava Isabel e olhou-a fixamente.

— Somente a senhorita pode voltar para sua casa... se o desejar – disse em voz muito alta. Depois, subindo mais a voz e fazendo um gesto como se chamasse alguém, gritou:

— Música, maestro!

A orquestra, dominada pela estranheza do momento, atacou com uma valsa. A seu ar melancólico se uniram os passos do general, longos, repetindo-se nas lajotas da varanda e seguidos pelos passos descompassados dos demais militares. Vimos como saíram da festa e, depois, desiludidos vimo-nos uns aos outros. O capitão Flores fechou o vestíbulo e pareceu envergonhado frente aos convidados que olhavam para ele com temor. Com ele ficou a escolta trazida pelo sargento Illescas.

— Continue tocando, maestro, o general não quer interromper a festa – ordenou Flores com voz insegura.

Os convidados ficaram quietos ouvindo com assombro um Charleston.

— Dancem, por favor! – ordenou Flores.

Ninguém se mexeu de seu lugar e as palavras de Flores caíram inúteis sobre os grupos imóveis em seus trajes de festa. Dom Joaquín cruzou devagar a varanda e aproximou-se da senhora Montúfar.

— Seguramente estão revistando minha casa – sussurrou ao ouvido de sua amiga.

— Cale-se, por Deus! – gritou a senhora abanando-se com seu leque.

— Seguramente os pegaram – insistiu dom Joaquín.

— Por Deus, Joaquín, não me ponha nervosa! – dona Elvira gritou com mais força.

— Não se assustem, estão em lugar seguro – disse dona Carmen aproximando-se do par.

— Não há lugar seguro – respondeu dom Joaquín.

As duas mulheres se olharam inquietas; o senhor tinha razão.

— É verdade... mas há que agir como se houvesse – repôs dona Carmen.

— Disse-lhes muitas vezes que isto era loucura, que buscássemos outra solução – repreendeu o senhor.

— Outra solução?... Outra solução? – a senhora Montúfar pareceu meio ofendida.

A dona da casa abaixou a cabeça sem fazer caso dos protestos de sua amiga. A música desarticulava as palavras e os gestos de dona Elvira.

— Que desastre! Que desastre!... É preciso dançar...

E dona Carmen abandonou seus amigos para ir em busca de seu marido. Alguns casais os imitaram na dança.

— Lembra-se do tempo em que não tínhamos medo?

— Medo?... Eu sempre tive medo. Talvez hoje seja o dia que tenha tido menos porque há algo real para temer. O pior é ter medo do inimigo escondido detrás dos dias – contestou o doutor sem deixar de dançar e apoiando-se nas palavras para esquecer o medo que se apoderava pouco a pouco de sua festa. Passaram perto de

Isabel e o doutor Arrieta preferiu não olhar para ela; por outro lado, sua mulher piscou o olho para a jovem que não o devolveu. Seu pai, muito pálido estava junto dela.

— Fracassou tudo! – disse Isabel em voz alta.

— Não se precipite. Ainda não sabemos de nada – ele respondeu tentando acreditar em suas palavras.

— Que mais quer saber? Estamos presos!

— Nós não... Se tudo tivesse fracassado, aos que não deixaria sair daqui seríamos nós.

Isabel olhou para ele sem esperança; seu pai não acreditava em suas palavras.

— Vamos dançar – disse ele para afugentar um mau pensamento.

— Eu já não quero dançar, quero ir embora daqui – pediu Isabel.

Martín Moncada tentou imaginar como seria o mundo sem esse dia escuro que projetava sombras em sua memória e deixava-o em um lugar absurdo onde nem sequer reconhecia a voz de Isabel.

Para onde queria ir? Havia entrado no mundo subterrâneo das formigas, complicado por túneis minúsculos onde não cabia nem sequer um pensamento e onde a memória era capas de terra e raízes de árvores. Talvez isso fosse a memória dos mortos, um formigueiro sem formigas; somente passagens estreitas abertas na terra, sem saída para as ervas.

— Sempre soube o que está acontecendo... Também o soube Nicolás... Desde pequenos estamos dançando neste dia...

As palavras de Isabel provocaram quedas, capas de terra silenciosas apagaram o mundo subterrâneo onde Martín Moncada perseguia sua memória.

— Não fale assim, filhinha...

Lembrou-se de onde estava e lembrou-se de Juan e Nicolás. Uma chuva de séculos despencou sobre a festa de Ixtepec. Por acaso ele não havia desatado a caída dos séculos sobre os corpos de seus filhos? Ele foi um dos entusiastas naquela loucura. Agora não encontrava a memória que o havia empurrado até esse minuto de música rota. Havia caminhado dias cegos. "Teria sido melhor não haver nascido." Abaixou a cabeça; não queria ver Isabel. "Teria sido melhor que não nascesse." Seus filhos, empurrados por ele, voltavam trágicos ao acaso desconhecido de onde ele os tomou em três noites diferentes que agora se confundiam em uma só. Nesse instante retrocediam a um lugar sem lugar, sem espaço, sem luz. Só lhe restava a lembrança do peso das catedrais sobre seus corpos sem corpo. Perdeu sua outra memória e perdeu também o privilégio da luz assombrosa.

— Já o sabia... Já o sabia... – repetiu Isabel metida em seu vestido vermelho que pesava e ardia como uma pedra posta ao sol. Seus olhos caíram sobre Tomás Segovia, sentado ao lado de Conchita, que desenhava figuras no ar para ilustrar suas frases. "As pessoas como ele não se queimam; vivem em uma zona fria", e desde o peso ardente de seu vestido vermelho tentou imaginar Juan e Nicolás.

— Vamos embora! – exigiu.

Era incapaz de mover-se e incapaz de seguir nessa varanda iluminada. Martín Moncada foi procurar sua mulher e os três fizeram a ronda de despedidas. Sem saber por que lhes dissemos adeus como se fosse para sempre. Um destino estranho levava-os da festa; eram os únicos que podiam abandonar a casa e no entanto nenhum de nós invejava sua sorte. Os homens abaixaram a cabeça como nos lutos e as mulheres olharam para eles com a mesma ansiedade com que contemplam o rosto conhecido que logo vai desaparecer sob a terra.

— Você o quis, filhinha – murmurou seu tio Joaquín dando-lhe um beijo. Isabel não reagiu à carícia.

O capitão Flores abriu o vestíbulo e os Moncadas muito pálidos saíram para a noite. A rua estava vazia. O povo que das sacadas antes fazia coro ao baile havia desaparecido.

— Dancem, por favor – suplicou Flores.

Ninguém o escutou. Os convidados atônitos olhavam para o vestíbulo que acabava de fechar-se sobre os Moncadas. O capitão Flores deixou cair os braços sem saber o que dizer nem a quem se dirigir; também ele vivia um momento de assombro. Dona Carmen se aproximou cordial e tomou-o pela mão para conduzi-lo até o grupo de jovens.

— Quem de vocês dança com o capitão?

As jovens se ruborizaram. A senhora distribuiu sorrisos e chamou os criados com as bandejas das bebidas, mas estas ficaram intactas; os esforços da senhora Arrieta eram inúteis, a festa havia se paralisado. O medo flutuava entre a música deixando quietos os galhos de árvores e os convidados. As sacadas silenciosas nos anunciavam a catástrofe acontecida em Ixtepec.

— Estou com muito calor! – suspirou Conchita, que havia se aproximado tristemente de sua mãe.

— Que barbaridade você está dizendo! Nem calor nem criança morta! Eu tenho muito frio... – E a senhora Montúfar jogou com violência seu leque que caiu sem barulho no jardim.

Conchita se ruborizou e cobriu a cara com as mãos como se fosse começar a chorar.

— Mamãe, não faça isso!... Depois dizem que tem gestos de viúva.

— Ter frio é um gesto de viúva? Que povo linguarudo! – E dona Elvira pareceu aproximar-se a uma de suas crises de raiva tão conhecidas em Ixtepec.

— Também eu tenho frio e tenho calor – interveio dom Joaquín com voz monótona.

— Vá dançar, menina! Vá dançar que aqui vamos todos morrer esta noite! – ordenou a senhora exasperada.

— Não quero dançar... Já são três da manhã – respondeu Conchita disposta a provocar com sua desobediência a ira de sua mãe. Tinha sono e estava triste. Não se atrevia a chorar porque se chorasse lhe pediriam explicações e Nicolás Moncada era seu segredo.

— Três da manhã?... Meu Deus, três da manhã e esse homem não volta!

Dona Elvira depois destas palavras ficou quieta e com os olhos muito abertos. Ao seu redor alguns casais arranjados por Flores dançavam sonâmbulos, enquanto os outros convidados continuavam em atitudes imóveis e extravagantes. O sossego havia caído sobre a festa.

Grupos de soldados se instalaram junto às sacadas da casa do doutor e farejavam curiosos os restos daquela festa interrompida.

— Já chegaram os soldados!... – sussurrou dom Joaquín a sua vizinha.

— Vão nos fuzilar – comentou dona Elvira ficando vermelha de raiva.

Quando as primeiras luzes do amanhecer iluminaram o céu do jardim, a orquestra tocou "*Las Mañanitas*" e dona Carmen ordenou que se servisse caldo e café quente para reanimar os convidados que desfaleciam em suas cadeiras. As mulheres tinham sono e com a luz esverdeada da manhã seus vestidos envelheciam com rapidez.

Os homens falavam em voz baixa e sustentavam a xícara de café com mãos inseguras. O desvelo e as primeiras luzes do dia os faziam tiritar de frio. Só o capitão Flores seguia intacto vigiando seu vestíbulo.

Na cozinha Charito já não falava nem se movia. A ausência prolongada da dona da casa fez com que guardasse silêncio. Era inútil falar, era inútil tudo, estavam perdidos. Sentada em uma cadeira de junco com olhos amarrotados pela falta de sono, a solteirona tinha um ar estúpido.

— Tome um café, senhorita Chayo.

A mulher aceitou o café e bebeu-o com vagar, perdida em seus pensamentos que o sol da manhã havia tornado obtusos.

— O que passa da madrugada até a manhã – suspirou uma das criadas. As demais, sentadas ao redor do fogão e absortas em sua fadiga, não responderam. O cometa radiante que foi a casa havia se carbonizado e a corrida do sol a colocou em uma órbita de calor. Os restos do incêndio noturno se converteram em uma luz de espelho que fazia chorar os olhos dos convidados.

Transportaram dona Elvira a um quarto; recostada, com os olhos abertos e assustados, esperava a volta do general.

— Não chegou esse homem?

— Não, mamãe, não chegou – respondia-lhe sua filha aborrecida por ouvir uma e outra vez a mesma pergunta. Se sua mãe a tivesse escutado não estariam nessa situação, mas a senhora não a deixava falar e Conchita nunca pode explicar-lhe as fendas perigosas que apresentava o plano feito por dona Elvira para enganar os militares. Diante de seu assombro, os mais velhos aceitaram com entusiasmo o disparate de sua mãe e Conchita optou por calar. Agora dona Elvira, doente de medo, perguntava sem parar se já havia voltado o inimigo. "Para que quer que volte? Para saber toda a magnitude de sua loucura?..." E a jovem olhou impávida para sua mãe.

— Não chegou esse homem?

— Não, mamãe, não chegou.

A pergunta insistente lhe tirava da doçura de pensar a sós escondida na sombra fresca do quarto. Pelo menos havia escapado do sol inclemente das duas da tarde e das náuseas em que havia se convertido a festa. Já não via as mesas cheias de desperdícios de comida sobre os quais voavam as moscas com liberdade. Tinha contemplado assombrada como apareciam na grama e na sacada rolhas, pedaços de pão, garrafas vazias, papéis e lixos brotados de suprimento secreto de imundície. Conchita havia se sentido doente diante desta invasão de sujeira. As guirlandas de flores estavam murchas e os vestidos suados e tristes. Alguns casais ainda dançavam sob o olhar de Flores que havia se tornado feroz. Escondida nesse quarto branco sentia-se segura. Até ela chegavam os passos dos soldados patrulhando a casa do doutor.

Dom Joaquín entrou no quarto para se informar do estado de sua amiga, aproximou-se da janela e olhou com precaução: o dia avançava e a rua continuava vazia.

— Parece que morreram todos – disse com voz ressonante.

Dona Elvira ficou quieta. Sua filha levou a mão aos cabelos, desprendeu as flores murchas que na noite anterior haviam enfeitado sua cabeça morena, colocou com tristeza as flores sobre a mesinha de cabeceira e continuou melancólica perto de sua mãe.

— Este é um dia muito longo...

— Não terá fim. Vamos ficar aqui para sempre... – E a senhora se virou para sua filha em busca de aprovação.

— Pois vai passando, já são duas – repôs Conchita com irritação.

— Desde a noite em que Hurtado foi embora soube que algo horrível ia nos acontecer – acrescentou o velho sem mudar o tom de voz.

— Oxalá todos estivéssemos deitados! – exclamou a senhora incorporando-se trágica na cama.

— Assim não veríamos o que ainda vamos ver – assentiu dom Joaquín.

— São mais espertos que nós!... Ficamos cegos!... – gemeu dona Elvira.

— Deus cega aqueles que querem perder.

Lá fora os criados distribuíam a comida requentada da véspera. Os convidados tinham mais vontade de chorar que de comer e olhavam aflitos para o interior de seus pratos. O maestro Batalla jogou o seu contra uma árvore e dirigiu-se decididamente ao capitão Flores.

— Senhor capitão, isto é um atropelo! Devo ir para minha casa. Olhe que cara têm meus rapazes.

Alguns convidados se uniram a seu protesto. Durante uns minutos pareceu que todos se amotinavam.

— São ordens! São ordens! – repetia Flores.

O medo os fez emudecer e a orquestra tentou uma marcha que foi interrompida pelo desmaio de um violinista. O incidente provocou grande alvoroço, os homens se precipitaram ao jardim e as mulheres lançaram gritos de horror. O barulho chegou até o quarto onde estava dona Elvira.

— Já morreu o primeiro de nós! – gritou a senhora.

O jardim se incendiava no resplendor seco das quatro da tarde. A grama cinzenta, os galhos imóveis e as pedras fumegantes se consumiam em uma fogueira fixa. Um coro monótono de grilos cantava sua destruição. O sol girava enviando-nos raios inflexíveis. Nenhum rastro de umidade, nenhuma lembrança de água vinha nos salvar do jogo de reflexos sedentos. O tempo não avançava e as montanhas que guardam o sol desapareceram do horizonte. Derrubados nas cadeiras, abrasados e sem esperanças, aguardávamos. Os criados descalços e com os lábios ressecados ofereciam refrescos de cores. Nós os deixávamos passar.

Tomás Segovia vomitou com violência e ninguém aproximou-se para socorrê-lo. Ele continuou sentado na mesma cadeira, como se estivesse em seu leito de morte, já longe de todo pudor e conveniência. Separado com brutalidade de seu mundo de rimas e sílabas, desentendeu-se do que havia feito e com a cabeça inclinada sobre o ombro cochilou longo tempo sem inquietar-se por seu lugar e por suas roupas manchadas. De pé junto a um pilar, o capitão Flores o observava como quem observa um boneco quebrado. O doutor Arrieta se aproximou do militar.

— Quando vai terminar esta zombaria? – disse vermelho de raiva.

O capitão Flores pareceu mortificar-se e escondeu os olhos.

— Não sei, não sei nada... Eu só recebo ordens.

— Ordens? Ordens?

— O que o senhor quer que eu faça? – gemeu Flores.

O médico pareceu refletir. Depois olhou para o oficial com curiosidade e ofereceu-lhe um cigarro.

— Nada!

E os dois homens conversaram sobre política junto ao pilar de cal brilhante, esquecidos da presença dos demais.

As primeiras sombras nos encontraram em grupos inertes e sujos. A ninguém importava já a sorte de ninguém. O povoado seguia morto. Vagamente havíamos escutado o barulho das tropas de soldados que se revezavam de tempo em tempo. Dona Carmen se debruçou na sacada para ver o final daquele dia morto dentro daquele povoado morto.

— Nada!... Ninguém!...

E a senhora entrou em sua casa para ordenar que fossem acesas as lamparinas e os lampiões. Os criados apareceram com as primeira luzes e passaram entre os convidados iluminando suas caras pálidas.

— Maestro, algo alegre! – ordenou Flores consternado.

O maestro Batalla não se moveu nem respondeu à ordem do militar. Dom Pepe Ocampo apoiou o capitão.

— Maestro faça o favor... Pelo bem de todos...

O maestro olhou para ele com rancor e dom Pepe se sentiu estrangeiro entre os civis. Afastou-se da orquestra e tentou pôr ordem em sua camisa de seda suja e amassada. Solitário se deixou cair em uma cadeira e em voz alta começou um rosário que ninguém contestou. Só lhe restava invocar a Deus naquele momento hostil. A noite avançava devagar, a água da fonte estava negra e sem reflexos, os galhos das árvores cresceram e ocultaram o céu, as baratas voavam em torno dos candelabros acesos e os olhos dos convidados ensimesmados na fadiga não pareciam notar sua presença. De quando em quando ouvia-se a voz da senhora Montúfar que perguntava em tons cada vez mais altos.

— Não chegou esse homem?

Sua pergunta vinha de um mundo no qual ainda contavam as ações e existia esperança. Incomodados os convidados escutavam seu grito que rompia a harmonia do silêncio. Eles haviam se entregado ao abandono. O homem aceita a violência com a mesma rapidez que aceita a quietude, e a festa de dona Carmen B. Arrieta havia aceitado morrer. Uns golpes de aldrava não os ressuscitaram das cadeiras onde jaziam. Talvez Elvira Montúfar tivesse razão e ainda aconteciam coisas no mundo, mas em que mundo? E a quem interessava já essas coisas? Só ao capitão Flores, que se apressou a abrir o vestíbulo. Francisco Rosas seguido por seus homens entrou pela segunda vez na casa do doutor Arrieta.

Ninguém saiu para recebê-lo e os olhos macilentos o viram passar como se não o vissem. Já não tinha importância a sua chegada. As mulheres se deixaram olhar sem levar sequer uma mão a seus cabelos desgrenhados. Os homens, convencidos da inutilidade de qualquer gesto, ficaram quietos. Assombrado, Francisco Rosas contemplou o espetáculo. Ele e seus homens fulgiam frescos e limpos. O mesmo cheiro a loção e a tabaco suave os envolvia e só os olhos inchados acusavam sua vigília. O general mal respondeu ao cumprimento de Flores. Parecia indeciso frente aquelas pessoas rotas. Dona Carmen saiu para recebê-lo.

— Como demorou, general!... Mas, está vendo, aqui nos tem esperando-o, tal como o senhor desejava... – E desenhou um sorriso. O general olhou para ela com ironia.

— Sinto muito, senhora, não pude voltar antes, a senhora sabe.

O doutor se aproximou de sua mulher e cumprimentou o militar com uma inclinação de cabeça.

— Doutor, terei o prazer de que me acompanhe.

O doutor Arrieta não contestou. Sua cara pálida se pôs mais pálida ainda.

— Também a senhora – acrescentou Rosas sem olhar para dona Carmen.

— Devo levar algo? – perguntou ela com inocência.

— O que quiser, senhora.

Um grave silêncio acolheu suas palavras. Alguns convidados se puseram de pé e se aproximaram do grupo formado pelo casal e o general Francisco Rosas.

— Meus homens vão revistar a casa.

Ninguém contestou. Rosas fez sinal ao coronel Corona e este, acompanhado de quatro soldados, penetrou nos quartos. Ouviu-se revirar armários, mover móveis, esvaziar gavetas. A voz de Corona chegava áspera dando ordens. O doutor e sua mulher ouviam como os militares penetravam em sua intimidade e um suor fino ia marcando suas testas.

O general chamou dom Joaquín que acudiu com ar inocente.

— Diga-me, senhor, o senhor pensa em incorporar-se ao exército?

— Meu general, o que está dizendo! O senhor me conhece de sobra e a minha idade, se fosse mais jovem...

— Apanhem-no! – cortou Rosas.

O capitão Pardiñas pegou o velho pelos ombros e o colocou entre os soldados. Dom Joaquín olhou-nos com olhos náufragos e fez algo inesperado: tirou seu lenço e pôs-se a chorar. Dona Matilde tratou de se aproximar de seu marido, mas Pardiñas a deteve.

— Cuidado, senhora, meu coronel o advertiu a tempo. E a senhora tenha mais ombridade para perder!

Dom Joaquín mexeu a cabeça e tentou dizer algo, mas os soluços não o deixavam falar. Nós esperávamos sua frase.

— Choro de vergonha... De vergonha por vocês... – disse aos militares no meio de um soluço.

Francisco Rosas mordeu os lábio e deu-lhe as costas.

— Tragam-me a beata que entrou de madrugada uns minutos antes do sargento Illescas.

Dona Carmen olhou para o general com ódio: sabia tudo, havia zombado deles e os havia apanhado em sua própria armadilha.

No fundo da varanda escura apareceu Charito. Envolta em sua mantilha preta, avançou em linha reta sem se preocupar com as cadeiras em desordem nem com os olhares dos convidados. Rosas a observou vir, ladeou a cabeça e sem tirar os olhos da mulher disse a seu ajudante:

— Cuidado, Pardiñas, que vem armada.

A beata, como se o tivesse ouvido, deixou cair os braços e aproximou-se do general.

— Aqui está a beata – disse com suavidade.

Os soldados a seguraram pelos ombros e colocaram-na junto a dom Joaquín.

— A senhora esteve no alvoroço de madrugada! – disse-lhe sorridente Francisco Rosas.

O coronel saiu dos quartos. Trazia muitos papéis, os mesmos que apareciam colados nas portas e nas janelas com a divisa: "Viva Cristo Rei!" Os soldados traziam também rifles e pistolas. Dona Carmen e o doutor olharam para eles assustados como se ignorassem que em sua casa se guardavam esses cartazes e armas.

— Encontramos isto no quarto da senhora, meu general.

— Levem as provas para o Comando – disse Rosas com simplicidade. Depois acrescentou, mudando o tom de voz:

— Em nome do Governo do México ficam detidos os senhores Arístides Arrieta, Carmen B. Arrieta, Joaquín Meléndez e Rosario Cuéllar. Os aqui citados estão acusados de rebelião. Coronel Corona, conduza os detentos à prisão militar!

O doutor, sua mulher, Charito e dom Joaquín, com as mãos atadas às costas, foram colocados no meio do pelotão de soldados.

Depois o general pediu a lista completa de convidados e levantou uma ata que todos assinaram.

— Os senhores podem retirar-se a suas casas e permanecer nelas até nova ordem.

Ninguém se mexeu. Estávamos hipnotizados. O general quis alegrar-se e gritou para Batalla com voz despreocupada.

— Toque uma música, maestro!

O maestro Batalla não deu sinais de vida.

— Toque uma Ave Maria!

Batalla se aproximou resmungando.

— Mas meu general, como o senhor pode pedir?...

— O senhor também me saiu *cristero*?

Batalla fugiu para o fundo do jardim escuro.

— Rapazes, a Ave Maria.

— Adeus, corações! – gritou o general Francisco Rosas.

E em meio aos acordes de Ave Maria deu meia volta e saiu da casa do doutor Arrieta. A escolta conduzindo os prisioneiros o seguiu. Os convidados com os olhos baixos não quiseram olhar para eles.

Pelo vestíbulo aberto de par em par os convidados se deslizaram sem barulho e sem palavras na noite. Recebeu-os o silêncio e a escuridão de minhas ruas. Em sua passagem só encontravam sentinelas patrulhando Ixtepec.

— Quem vive?

— Nós...

— Deixe-os, são os convidados!

Dona Matilde saiu sozinha. Ao penetrar na noite lembrou-se de si mesma procurando o sacristão e sentiu que pela segunda vez entrava no mundo irreal do crime. Queria ir depressa, chegar a seu quarto e escapar do perigo que a esperava entre as sombras.

Tropeçando nas pedras caminhou tateando por minhas ruas, passou em frente aos muros da prisão e perguntou-se se seria verdade que seu marido estava ali separado para sempre dela. "Joaquín está me esperando em casa – disse para si mesma para acreditar que havia entrado em um pesadelo –; quando acordar estarei em minha cama engomada". E se morrer fosse um querer despertar e um não despertar nunca? Angustiada chegou em frente ao portão de sua casa e bateu sem cessar a argola de bronze, certa de que ninguém ouviria seus chamados nem abriria a porta que a cada batida se tornava mais e mais surda e mais impenetrável. Depois de um tempo, Tefa entreabriu o portão.

— Senhora! – E a criada soltou o pranto.

Dona Matilde avançou pelos caminhos seguros de sua casa. Estava entre suas paredes conhecidas, fora do pesadelo que ameaçava não acabar nunca, e não reparou nas lágrimas de Estefanía nem na desordem dos quartos revirados; parecia que um furacão tinha visitado a casa.

— Vieram de madrugada, reviraram tudo e levaram os rifles do senhor... Proibiram-nos de sair à rua...

— Vamos fazer minha cama – interrompeu-a dona Matilde olhando os colchões jogados no chão.

— E o senhor?

— Levaram-no.

— Levaram-no!

As duas mulheres se olharam. Havia alguém que levava as pessoas, que as tirava de suas casas para escondê-las em um lugar escuro. "Levaram-no" era pior que morrer. Optaram por calar. Não existia a palavra que pudesse restituir dom Joaquín à ordem da casa. A senhora se deixou cair em um cadeira de balanço e Estefanía começou a arrumar a cama evitando olhar para a sua ama.

— Não sabemos o que aconteceu com Dorotea... De madrugada ouvimos tiros. Ela não disse nada e nós não nos mexemos. Depois que os soldados foram embora daqui, ouvimos o tiroteio na casa de Dorotea...

— Chamem-na pela cerca – ordenou com fadiga a senhora.

Tefa e Cástulo se aproximaram com cuidado da cerca que dividia a casa de dona Matilde da de Dorotea; apoiados no muro, tentaram ouvir algum ruído que viesse do jardim vizinho; um silêncio retumbante o habitava; acima, um céu escuro e umas estrelas alaranjadas olhavam o que acontecia no casarão ardido de Dorotea.

Sobressaltados pelo silêncio, Estefanía e Cástulo foram buscar uma escada, apoiaram-na contra o muro e começaram a escalá-la para ver o que acontecia do outro lado. Mal Cástulo havia assomado a cabeça, uma voz alarmada gritou:

— Quem vive?

— Homem de boa lei! – respondeu Cástulo abaixando-se com rapidez.

— O que você quer? – perguntou a voz.

— Saber o que aconteceu com Dorotea.

— O que pode ter acontecido! Está estirada aí no vestíbulo com gordas moscas na cara! – responderam-lhe.

— Caramba!, deixe-me ir para amortalhá-la...

— Não tenho ordens. A única ordem que temos é a de prender todos os que entrarem nesta casa.

— Não se deixa nenhum cristão espantado vendo as coisas que já não lhe dizem respeito – respondeu Cástulo assomando a cabeça pela cerca.

— Não se irrite, agora mesmo vamos fechar os seus olhos.

Depois, mais de longe, a voz aumentada pela abóboda do vestíbulo, gritou:

— Já não é possível! Está bem rígida!

Tefa se persignou e foi buscar um lençol para servir de sudário a Dorotea. Cástulo jogou-o do outro lado do jardim.

— Aí vai o sudário!... Rezem por ela!

— Era uma velha ladina... Para que escondeu o sacristão?

— Só Deus pode julgá-la.

— Está certo. Por que não vão pedir permissão para enterrá-la? Procurem o general, pois para mim já está empestando. Está estirada aqui desde as duas da manhã... – responderam do outro lado da cerca.

O criado de dona Matilde agradeceu o conselho.

— Que Deus lhe dê uma boa noite.

— Boa noite, senhor – responderam-lhe com cortesia.

Cástulo, antes de avisar a senhora, foi para a cozinha seguido de Estefanía.

— Procurem no meu quarto os rolos de papel de seda para fazer as guirlandas e as bandeirinhas. Já volto... se Deus quiser.

O coro de serventes permaneceu atordoado como se não houvesse escutado suas palavras.

— Nestes dias Deus não quer nada... e as desgraças cansam – murmurou Ignacio, o chefe do depósito de água, ao mesmo tempo que se punha de pé para cumprir com o encargo.

Cástulo saiu da cozinha e dirigiu-se ao quarto da senhora para dar-lhe a notícia; entrou na ponta dos pés, temendo assustá-la. Dona Matilde não se moveu de sua cadeira de vime. Em voz baixa o homem anunciou a morte de Dorotea e a senhora, sem mostrar surpresa, ordenou-lhe que fosse ao Comando Militar pedir permissão para retirar o corpo de sua amiga.

— Se até o amanhecer você não voltar veremos o que fazer por você.

— Nesta altura vale mais a vida de um escorpião que a de um cristão – respondeu o homem.

— É verdade – assentiu Tefa e acocorou-se aos pés de sua ama.

Cástulo tinha medo de sair na escuridão da rua e ver-se nesses abandonos. Sabia que a casa estava vigiada e que os soldados não teriam nenhuma consideração com ele. Qualquer palavra, o menor movimento suspeito, custaria sua vida. Cegado pelas sombras deu os primeiros passos na noite.

Uma mão o agarrou pelo ombro.

— Aonde vai?

— Ao Comando, senhor.

— Vá andando!

Seguido por dois homens chegou até o vicariato. Encontrou grande atividade: o pátio estava iluminado por uma multidão de bicos de gás, grupos de oficiais entravam e saíam, falavam e riam com alvoroço. Levaram-no a um escritório e puseram-no diante de dois oficiais que escreviam à máquina. Cástulo baixou os olhos sem se atrever a formular o pedido. O soldado que o acompanhava explicou seu caso.

— Espere! – disseram com secura.

— Eu queria saber... – começou o criado de dona Matilde.

— Espere, o coronel está interrogando Juan Cariño.

Ao ouvir o nome do louco quis perguntar alguma coisa, mas refletiu e ficou em silêncio.

— Estou dizendo para esperar! – voltou a gritar o oficial.

— Estou fazendo isso, senhor...

— Pois saia da minha frente.

Confuso, procurou um lugar menos visível; como o quarto era pequeno para passar inadvertido, colou-se a uma parede, no canto que lhe pareceu mais afastado dos militares e de pé, com seu chapéu de palha nas mãos e os olhos baixos, esperou. Os oficiais agiam diante dele com a malícia dos poderosos diante dos inferiores: faziam brincadeiras vulgares, fumavam com desenvoltura e comentavam sobre as pessoas conhecidas de Ixtepec. Cástulo, envergonhado, olhava seus pés. Não podia ir embora sem ter uma resposta e não podia evitar ouvir as palavras que o mortificavam. Parecia-lhe estar surpreendendo segredos que não lhe pertenciam e com delicadeza tentava não escutar a conversa. Passou uma hora e ninguém o chamou. O criado se viu em uma tristeza empoeirada que o deixou sozinho no quarto cheio de vozes e de fumo. Era menos que um estranho, não existia, não era ninguém, e em sua qualidade de ninguém olhava seus pés dentro de suas sandálias usadas com a única esperança de desaparecer. Ouviu passos femininos e surpreendido levantou os olhos: duas das moças da casa de Luchi se aproximaram dos oficiais que escreviam a máquina.

— Queremos falar com o general – pediram em voz baixa.

— Só faltava essa, que estivesse aqui esperando vocês!

Um coro de risadas acolheu a resposta do tenente.

— Bem, pois com quem seja...

— Esperem!

As mulheres procuraram um canto onde esperar e cabisbaixas se refugiaram junto ao criado de dona Matilde.

VII

Na noite da festa de dona Carmen ninguém chamou à porta da casa de Luchi e as sacadas do salãozinho vermelho permaneceram fechadas. As moças reunidas na cozinha tinham o ar inútil que têm os despojos jogados nas lixeiras. Em noites assim a certeza de sua feiura tornava-as rancorosas. Não queriam se ver umas às outras, pareciam-se muito, os mesmos cabelos revoltos e os mesmos lábios obtusos. Agoniadas pelo desalinho comiam seus tacos sem vontade e faziam alusões obscenas.

— Vocês vão ver! Vocês vão ver!

Sentada no chão com a camisola aberta, Taconcitos comia parcimoniosa sua tortilha e dizia uma e outra vez a mesma frase.

— Cale-se! – disseram as outras impacientes.

— Já está se amontoando a desgraça... Já vão ver – repetiu.

— Não vamos ver nada – contestou-lhe Úrsula dando-lhe um empurrão.

— Digo-lhes que vão ver a cara da desgraça – repetiu Taconcitos e acomodou-se sombria num canto junto ao fogão, olhando as brasas como se lesse nelas as desgraças que anunciava.

— Está bêbada! – disse Úrsula.

As demais olharam para ela com desprezo e continuaram comendo aborrecidas. Às dez da noite entrou Luchi na cozinha. Taconcitos não se mexeu, nem sequer se dignou a olhar para ela: sabia o que ia ouvir.

— Arrumem-se, olhem a cara que têm! – ordenou a patroa olhando para elas com desgosto.

As mulheres ajeitaram os cabelos; algumas, limpando a boca com o dorso da mão, continuaram inertes. Para quem ou para que iam se arrumar?

— Não querem receber a bendição? – perguntou Luchi.

As moças se agitaram; algumas ficaram de pé, outras começaram a rir.

— Eu disse a vocês, eu disse que estava se amontoando a desgraça – repetiu Taconcitos sem mudar de postura.

— Ave de mau agouro!

A mulher lançou uma cusparada nas brasas que saltou convertida em múltiplas chispas.

— Venham – disse Luchi sem mais explicações.

As *cuscas* a seguiram até o quarto de Juan Cariño. Luchi entrou fechando a porta atrás de si. Depois de uns minutos voltou a sair.

— Podem entrar.

Assustadas pelo seu tom de voz as mulheres entraram na ponta dos pés e encontraram-se com o padre Beltrán sentado na borda da cama, vestido com a casaca e a calça listrada de Juan Cariño, enquanto o senhor presidente, de pé junto ao sacerdote, vestia sua batina e parecia muito aflito em sua nova vestimenta. As mulheres ficaram aturdidas pela surpresa. Algumas muito devotas se ajoelharam, outras taparam a boca para evitar o riso que lhes causou a vista dos personagens disfarçados. Taconcitos, da porta, olhou por cima das cabeças de suas companheiras e exclamou:

— Eu já sabia! Eu não disse a vocês?... Eu o vi entrar..

— O que você está murmurando? – disse Luchi, enfadada.

— Eu o vi entrar... Juan Cariño entrou duas vezes, mas a primeira vez era o padre vestido com a roupa do senhor presidente. Então você saiu com o pacote de roupa e levou-o a casa de Dorotea onde a esperava o senhor presidente, que se vestiu e veio e você trouxe a batina do padre. Lembra? Foi na mesma noite que deram as pedradas em dom Roque. Quem sabe desde quando estaria o padre escondido na casa de Dorotea!...

— Assim foi! Não havia lugar para dom Roque e para mim. Ele estava muito ferido e eu tinha que ir embora, e se não tivesse sido por meus amigos já há muito teria sido fuzilado – aceitou o padre.

Juan Cariño baixou os olhos com modéstia e o padre Beltrán se pôs a rir alegremente. As moças o imitaram e o quarto do senhor presidente se animou com comentários e com risos.

— Eles procurando-o, padre, e o senhor aqui bem guardadinho!

— Não me deixavam dormir com seus gritos.

— São muito escandalosos.

Luchi perto da porta olhava o sacerdote com tristeza. "O que vale a vida de uma puta?", disse para si mesma com amargura, e na ponta dos pés saiu do quarto e cruzou a casa às escuras. As vozes se apagaram e encontrou-se só atravessando os cômodos vazios. "Sempre soube que iam me assassinar", e sentiu que a língua se esfriava. "E se a morte fosse saber que vão nos assassinar no escuro? Luz Alfaro, tua vida não vale nada!" Pronunciou seu nome em voz alta para afugentar um pensamento que ia tomando corpo muito dentro dela. Se morresse esta noite, só ela saberia o horror de sua morte e o horror de sua vida em frente ao assassino que a espreitava no canto mais remoto de sua memória. Deteve-se no vestíbulo escuro e chorou por uns minutos. Depois abriu a porta e espiou a rua; tinha que esperar o sinal para a partida do padre Beltrán. A rua estava quieta, imóveis as sombras dos cactos das cercas da frente. Luchi estava cansada de esperar. Que esperava senão esse momento atroz que não chega nunca? "Meu Deus! tira-me o medo e dá-me já o repouso!" Nesse momento se perfilou perto das sombras dos cactos a silhueta alta e corpulenta de dom Roque, que fez um sinal e ficou quieta. Luchi respondeu ao sinal, encostou a porta e foi para o quarto. Ao vê-la as moças deixaram de rir.

— Padre, já espera dom Roque. Os Moncadas estão em Las Cruces.

Suas palavras soaram graves. O padre Beltrán deixou de rir e ficou muito pálido.

— Vamos... – disse Juan Cariño e levou o padre pelo braço.

O padre e o louco saíram do quarto seguidos por Luchi e as mulheres. Ao chegar ao vestíbulo, o sacerdote se virou para as moças.

— Rezem por mim e pelas almas que esta noite arriscam suas vidas pela minha.

Luchi e Juan Cariño se ajoelharam e o padre os abençoou.

— Padre, dom Roque vai na frente para abrir caminho. Vá juntinho às paredes e ao menor ruído regresse.

Todos escutaram as palavras de Luchi com respeito e ela decidida abriu a porta.

— Eu vou dois minutos depois do senhor para guardar-lhe as costas, mas não há perigo...

Sem uma palavra mais o padre Beltrán se esgueirou para a rua. De fora não chegava ruído algum. As mulheres assustadas não respiravam: parecia-lhes que acabavam de entregar o sacerdote para a morte. Luchi esperou uns minutos, fez o sinal da cruz e sem se virar saiu de sua casa. Juan Cariño fechou a porta e sentou no chão com o ouvido colado à fresta para ouvir os passos rápidos da mulher que se afastavam sobre as pedras.

— Apaguem esse lampião! – ordenou em voz muito baixa.

As mulheres o apagaram com um sopro e acocoraram-se ao redor do louco. A noite estava quieta, o vestíbulo às escuras, uma tristeza infinita descia sobre o grupo agachado no vestíbulo.

Foi Juan Cariño o que rompeu o silêncio em voz muito baixa:

— Dom Roque vai abrindo o caminho das sombras, Luchi lhe guarda as costas... no meio o padre, luminoso como um círio. Dentro de meia hora sua luz bendita estará com os Moncadas e ao amanhecer, na serra, iluminará o vale nas mãos de Abacuc, o grande guerreiro!...

Juan Cariño cortou seu relato. Fascinadas pela sua voz, as mulheres se esqueceram do medo. Depois de uns minutos o louco baixando ainda mais sua voz continuou.

— O general Francisco Rosas, adornado de luzes de Bengala e de músicas, dança e ninguém escutará Luchi quando descer a rua sozinha, desprovida para sempre de sua missão de anjo da guarda... Aqui estaremos esperando, enquanto Francisco Rosas dança e dança e dança...

Às duas da manhã Juan Cariño e as moças continuavam esperando agachados no vestíbulo da casa de Luchi. O sono havia vencido várias delas; outras escondidas na escuridão, cultivavam o medo. Só o louco permanecia alerta escrutando os barulhos noturnos. "Não é possível, não é possível", mas cada vez o horror ia sendo mais e mais possível. O senhor presidente escondeu a cabeça entre as mãos. Tinha a boca seca e o corpo empapado de suor.

— Meninas!... Meninas! – chamou em voz baixa. Algumas mulheres levantaram a cabeça.

— Sim, senhor presidente...

— Escutem isto: "Vieram os sarracenos e moeram-nos a paulada, que Deus ajude aos bons quando são mais que os maus..."

As moças não responderam.

— Velha sabedoria hispânica. Também os espanhóis, apesar de serem espanhóis, em algum tempo souberam algo – concluiu o louco para se desculpar de citar algo espanhol, ele tão partidário do padre Hidalgo!

— Que horas são, senhor presidente? – perguntou uma das mulheres que havia entendido o desespero de Juan Cariño.

— Como você quer que eu diga a hora se daqui não vejo as estrelas? – respondeu mal-humorado. Sabia que a menina queria dizer-lhe que a hora que esperava fazia muito que havia dado. Longínquos e agressivos ouviram-se muitos passos. Vinham baixando a rua em direção à casa de Luchi.

— Não é ela!... Não é ela!... – disseram as mulheres pondo-se de pé.

— Esconda-se, senhor presidente!

— Chist! – respondeu Juan Cariño e abandonou com dignidade o vestíbulo.

Os passos se detiveram em frente à casa e muitos punhos chamaram à porta com violência. As mulheres guardaram silêncio e os golpes aumentaram como se estivessem dispostos a arrombar a porta.

— Abram em nome da lei!

— Filhos da puta! – revidaram as mulheres.

Os ferrolhos cederam ante a carga das culatras das *máuseres* e Justo Corona entrou triunfante na casa de La Luchi. Com um braço empurrou as mulheres e guiado por sua lanterna dirigiu-se ao salãozinho. O círculo de luz recaiu sobre a figura de Juan Cariño sentado com a dignidade de um personagem oficial. O coronel ficou atônito; depois começou a gargalhar, sem tirar a luz da figura do senhor presidente com a batina do padre Beltrán. Os soldados olharam divertidos para o louco.

— Acendam uns lampiões! – ordenou Corona sem deixar de rir. As *cuscas* obedeceram e trouxeram luzes que colocaram sobre as mesas do salão.

— Três de vocês revistem a casa! Ordenou Corona a seus soldados sem deixar de olhar para Juan Cariño que continuava pálido e imóvel.

— Quem trouxe o padre aqui? – perguntou depois de uns minutos.

As mulheres e Juan Cariño guardaram silêncio.

— De onde vinha Beltrán? – repetiu Corona levantando a voz.

— Coronel, faça o favor de não gritar na minha presença – disse o louco erguendo-se ridiculamente dentro da batina.

— Chega de brincadeira! Levem-no para o Comando! – ordenou Justo Corona.

Os soldados, sem nenhuma consideração, ataram as mãos do senhor presidente e depois aos empurrões o tiraram de sua casa.

— Já cantarão em coro! – disse Corona antes de sair.

As mulheres baixaram a cabeça. A casa ficou revirada e elas não fizeram nada para pôr um pouco de ordem nos quartos bagunçados. Assustadas, voltaram para a cozinha.

— Você acha que soltam o senhor presidente?

— Acho que vão fuzilá-lo – respondeu Taconcitos encolhida junto ao fogão apagado.

— A que horas voltará Luchi? – suspirou uma muito jovem.

— Eu acho que ela nunca vai voltar – disse Taconcitos.

Em vão as meninas esperaram a volta da patroa. Às onze da manhã uma delas apareceu na porta e encontrou as caras aborrecidas dos soldados que vigiavam a casa.

— Sabe o que aconteceu com Luchi? – perguntou timidamente.

— Está estirada em Las Cruces – respondeu-lhe secamente.

Passou o dia e ninguém veio até a casa dar uma esperança. Sujas e atemorizadas elas ficaram chorando na cozinha. Caiu a noite e já muito tarde decidiram ir ao Comando Militar reclamar o corpo de Luchi. Duas delas se ofereceram para cumprir a delicada missão. Um soldado as levou de sua casa até a presença de oficiais. No escritório encontraram Cástulo.

— Que horas serão, senhor? – perguntou a mais valente.

— Eu digo que já serão duas bem corridas – respondeu o criado de dona Matilde. E as mulheres e o homem continuaram esperando.

VIII

— Juro para vocês que não vou à festa! – disse sorridente o tenente-coronel Cruz.

Rafaela e Rosa, deitadas na cama, olharam para ele rancorosas. Até elas chegavam os rojões da festa de dona Carmen.

— Não acreditam? Olhem-me nos olhos!

E Cruz se inclinou sobre elas e olhou-as fixamente. As gêmeas responderam com uma careta e ele acariciou a cintura e as coxas de suas *queridas* como um conhecedor acaricia as ancas de duas éguas.

— Que posso encontrar na festa que não tenha com vocês? – disse enquanto sua mão ia de uma irmã a outra.

— Ofensas! – disse Rosa.

— Ofensas? – exclamou o homem.

— Sim, ofensas para nós – disse Rafaela tirando a mão do homem com desgosto.

— Quem pode ofender o meu prazer?

— Essas!... As decentes que não nos convidam...

— As decentes?... Não sabe o que são as decentes!... – disse Cruz com desprezo enquanto sua mão percorria os corpos das irmãs para afugentar deles a raiva. As jovens se acalmaram, fecharam os olhos e aspiraram com delícia o cheiro de frutas que invadia o quarto. Uma voz que vinha do corredor chamou o tenente-coronel. Ele se desprendeu das irmãs que haviam ficado quietas e na ponta dos pés saiu do quarto. Mal havia desaparecido, Rafaela sentou na cama e olhou incrédula para a porta pela qual acabava de sair seu amante. Irritada, ouviu as vozes alegres dos homens que se reuniam para ir à festa de dona Carmen.

— Pronto, coronel? Já chegaram as senhoritas – chamou a voz do general Francisco Rosas.

Uns segundos depois os passos calçados com botas brilhantes percorreram o corredor, chegaram ao saguão e perderam-se na rua.

— Você me paga!

— Ele acha que tudo se ajeita na cama! – respondeu Rosa.

E as irmãs, trêmulas de raiva, olharam ao redor procurando vingança. Luisa e Antonia entraram sem chamar.

— Que aconteceu? – perguntou Luisa ao ver as caras descompostas das gêmeas.

— Vamos embora para o Norte!
— Vão? Quando?
— Agora mesmo – responderam as irmãs.
— Não me deixem sozinha! – suplicou Antonia.

Luisa também pareceu se preocupar. As irmãs se levantaram de um salto. Sua decisão as encheu de energia.

— Comam! – disse Rafaela estendendo uma cesta transbordante de fruta. Depois se deixou cair em uma cadeira e disse com seriedade.

— Vamos ver se Cruz aprende a ser mais homem!
— Não se ofende o prazer! – acrescentou Rosa.
— Deveriam tê-lo visto antes de ir à festa. Aí estava. – e Rafaela apontou a cama.

— Deixamos que se alvoroçasse para não suspeitar de nada. Há que subi-los muito alto para depois deixá-los cair...

— Sério que vão embora? – perguntou Antonia, incrédula.
— Claro que vamos!

E as irmãs tiraram seus vestidos dos cabides e amontoaram-nos sobre a cama. Luisa pensativa fumou um cigarro enquanto olhava para elas preocupada. Depois se pôs de pé e anunciou com voz rouca:

— Eu também vou.
— Vamos as quatro e quando chegarem da festa já voamos!

E as irmãs se puseram a rir imaginando a surpresa dos militares ao voltarem e encontrarem os quartos vazios.

— Temos tempo. Pegamos os cavalos enquanto eles dançam e amanhã que nos procurem.

— Já é hora de mudar de povoado e mudar de homem.
— É verdade que quero ouvir outras palavras! – gritou Rosa.
— Vão arrumar suas coisas – apressou Rafaela empurrando Luisa e Antonia para fora do seu quarto. Quando as irmãs se encontraram sozinhas, jogaram-se na cama e começaram a chorar. Dava-lhes medo correr mundo, deixar o hotel e buscar outro povoado e outro homem.

Antonia entrou em seu quarto, não encontrou o lampião e tentou imaginar às escuras o que aconteceria se escapasse essa noite com as gêmeas. Iria a cavalo galopando no caminho de sua casa. Teria que atravessar povoados dormidos, dar boa-noite aos arreeiros que caminham nas sombras das planícies com o facão na mão, cruzar a serra cheia de serpentes e ao amanhecer chegar à Tierra

Colorada; depois passar o rio em uma chalana olhada por remeiros e do outro lado seguir seu percurso até o mar... Mas o mar continuava longe, e tinham-na trazido por muita terra adentro. Cobriu a cara com as mãos e chorou: não era capaz de fazer a viagem sozinha. De noite a serra é estreita e não deixa passar os fugitivos, lança rochas pelos caminhos e as almas penadas passeiam uivando por seus picos negros. Pareceu-lhe ouvir os cascos de seu cavalo e ela fria como uma morta perdida nas montanhas. "Irei para onde elas forem e daí mandarei avisar meu pai para que ele venha me buscar!..." E esperou que a chamassem. "Ah, não estar nunca mais no cheiro deste quarto!"

Luisa abriu seu guarda-roupas e olhou seus vestidos. Viu sua vida vir em forma de ruas que se cruzavam e se precipitarem sobre ela. Viu sacadas e portas fechadas. Para onde iria? Percorreu a casa de suas irmãs com suas filas de filhos, de babás e maridos vestidos de escuro. Entrou nas casas de suas tias com balaustradas à francesa, espelhos e conchas do mar. "Se for boazinha, Luisita, antes de ir embora vai ouvir o mar na concha", diziam para ela na sala de visitas de sua tia Mercedes e ela sentada numa cadeira dourada comia biscoitos crocantes e olhava seus pés que pendurados não alcançavam o chão. Sua tia Mercedes calçava sapatos pretos rasos, deixava-se servir por uma criada velha, acariciava um gato cinza e de quando em quando olhava um reloginho de ouro que estava pendurado em uma corrente de pérolas que dividia o crepe de seu vestido. Sua tia Mercedes lhe queria bem... Já fazia tempo que havia lido sua morte nos jornais. Tentou imaginar sua casa de cortinas de brocado. Era irmã de sua avó e havia vivido sempre sozinha, rodeada de porcelanas e de criados. "Que pensaria se me visse metida nesse povoado?" Pareceu-lhe que da dobra de uma cortina invisível lhe chegava a voz de sua tia: "Vai, menina, vai!" Escolheu dois vestidos e com eles fez a trouxa pequena. Não queria levar nada de seu passado de... duvidou antes de dizer a palavra puta. Silenciosa e guiada por suas maneiras de menina, saiu com respeito do seu quarto e chamou à porta de Antonia. Não havia pensado em seu marido nem em seus filhos, tão remotos! Sua amiga apareceu com as mãos vazias.

— Você não vem?

— Sim, sim, vou...

— Sem nada?

— Sem nada. Tudo deste quarto cheira... – disse Antonia fazendo uma careta de asco.

Encontraram o quarto das irmãs em desordem, os sapatos, os frascos e a roupa estavam espalhados pelo chão.

— Um minutinho, um minutinho! – disse Rafaela a cavalo sobre um volume que amarrava com energia.

— E como vão carregar isso? – perguntou Luisa apontando para os volumes e as maletas jogados no chão.

— Não vamos deixar para ele as bobagens que nos deu. Ele vai nos devolver o prazer que lhe demos?

— Em duas ou três viagens... – respondeu Rafaela.

— Não é possível. Uma vez que saiamos daqui, não há regresso – disse Luisa com seriedade.

— Pois deixamos tudo! – decidiu valentemente Rafaela.

— Não, eu vou levar meu vestido verde! Com o que vou passear por Culiacán? – gritou Rosa e lançou-se a desfazer as trouxas em busca de seu vestido verde.

— Por um capricho vamos pôr tudo a perder! – disse Luisa, irritada.

— Sabe o que é um capricho? Não, não sabe... – gemeu Rosa.

— Um capricho é uma rosa que cresce no lixo, a mais preciosa, a mais inesperada – explicou Rafaela revirando os vestidos e as saias. Sua mão agarrou o vestido verde de sua irmã e agitou-o com júbilo na frente de suas amigas.

— Vamos embora!

Apagaram o lampião e sondaram o corredor. Era curioso o silêncio que reinava no hotel sem o ruído dos homens. Leonardo e Marcial, dois soldados velhos, faziam a ronda pelos jardins levando na mão suas lamparinas acesas. As jovens observaram os passos dos vigilantes e quando suas luzes foram para o depósito de água, elas, descalças, com os sapatos na mão, correram velozes até o saguão. Ali, sufocando o riso, esperaram uns segundos e depois destravaram trancas e ferrolhos, entreabriram a porta e foram para a rua. De fora encostaram o portão. Distantes chegaram-lhes os rojões e violinos da festa de dona Carmen. Caminharam cautelosas para a estrebaria. Fausto, o cavalariço de Francisco Rosas, estava bêbado e recebeu-as com alegria.

— Um passeio?... Como não, senhoritas, agorinha mesmo encilho seus cavalos!

O homem não pareceu se dar conta da hora nem do extravagante de seus desejos. As jovens começaram a rir com júbilo e Fausto ficou sério.

— Cada cabeça é um mundo.

Rafaela teve a certeza de que não o enganavam: o homem sabia que pensavam fugir. Chegaram-lhe seus pensamentos descansados: "Terão suas razões".

— Fausto, não quer estrear um chapéu novo? – E a jovem estendeu-lhe várias moedas de ouro.

— Para que, menina Rafaela, se vão embora as formosuras?

As jovens deixaram de rir. As palavras do homem puseram-nas tristes.

— Muito agradecemos os de Ixtepec que nos hajam visto tanto tempo – disse Fausto acariciando o cavalo cinza de Rafaela, que guardou o dinheiro: não queria ofendê-lo.

— Estivemos muito contentes em Ixtepec – respondeu Rosa para devolver a dádiva do elogio.

— A menina Antonia é a primeira vez que me visita... Tampouco a menina Luisa sabe montar... – disse Fausto olhando as mechas loiras e a cara pálida de Antonia e depois os olhos azuis de Luisa.

— Sim, Faustito, mas já sabe, tudo chega. Encilhe o *Abajeño*!

— O prazer se acaba... – concluiu Fausto adentrando no mais profundo da estrebaria para ir buscar *Abajeño*, o cavalo do coronel Justo Corona. Seus passos se apagaram no esterco e sua voz soou grave sob a abóboda de pedra.

Luisa acendeu um cigarro. Estava preocupada. Iria no cavalo de Rafaela e depois no de Rosa, e não podia evitar de sentir medo ao ver-se entregue às irmãs. Tentou esquecer o frio que subia pela boca do estômago. "O prazer se acaba"... Para onde iriam agora?... Seriam as *querida*s de alguém. Rafaela quis adivinhar a cara que ocultava alguém. Esperavam-na outros povoados e outros uniformes sem corpo e sem prestígio. Os militares haviam se tornado absurdos desde que se dedicaram a enforcar camponeses e a lustrarem-se as botas. "E para isso lhes pagam?... Como aos carteiros!" Sentiu-se zombada. Era melhor ir embora. "Meu próximo amante não receberá salário!", disse desgostosa. Ela havia visto a folha de pagamento de Cruz, só que a soma não conseguia cobrir os gastos que tinha. "É um ladrão..." e ficou boquiaberta. Era assombroso o que ia sabendo enquanto Fausto encilhava os cavalos. Mas como roubava Cruz? A que horas? Ouviu sua risada de canibal e viu suas mãos ávidas jogando com os centenários de ouro. Sentiu-se triste, Cruz a havia enganado. Fizera se passar por quem não era.

— Olhe, Fausto está demorando muito... – disse sua irmã tirando-a de suas cismas. De fato, Fausto não fazia nenhum barulho e os cavalos estavam quietos.

— Fausto! Faustito... – chamou Rafaela com medo.

— O que está acontecendo? – perguntou Luisa alerta.

— Quem sabe, não responde....

As jovens entraram na estrebaria. Não era possível que as tivesse traído. Parecia tão contente em vê-las, tão amável...

— Fausto! Faustito... – voltou a chamar Rafaela.

Ninguém respondeu seu chamado. O cavalariço de Francisco Rosas havia ido embora sem ruído, deslizando-se como uma serpente.

— Desgraçado!

— Vamos embora! – apressou Antonia.

— Você quer que nos peguem na saída do povoado?

— Lembre-se de Julia! – disse Rosa, sombria.

Quando saíram para a rua encontraram grupos de mulheres e de crianças que corriam colados às paredes. O que estava acontecendo? Passaram em frente à casa de dona Lola Goríbar e viram suas janelas iluminadas e por trás dos vidros as caras curiosas da senhora e de Rodolfito. Era a única coisa que parecia tranquila em meio àquele espetáculo estranho que fugia junto com elas na noite sombria. Talvez porque era a única casa onde tinha ficado uma capela e rezava-se o rosário com regularidade. A riqueza e o poder oculto dos Goríbar aumentava à medida que Ixtepec empobrecia. Assustadas, chegaram ao portão encostado do hotel e o empurraram com suavidade, entraram e fecharam os ferrolhos.

Esperavam-nas duas sombras agachadas junto ao muro.

— Será notificada sua saída – disse uma das sombras avançando para elas.

Rafaela se separou dos vigilantes e dirigiu-se para seu quarto. As outras a imitaram dignamente, levando seus sapatos na mão.

— Temos que dar parte – repetiu Leonardo dando a entender que ele tinha autoridade sobre elas. Depois os dois soldados proferiram palavrões, certificaram-se dos ferrolhos e continuaram sua marcha silenciosa pelo jardim do hotel.

As jovens puseram ordem no quarto das irmãs. Estavam assustadas e não queriam deixar rastros de sua intenção de fuga.

— Viram como as pessoas corriam?

— Sim, aconteceu alguma coisa terrível...

E olharam as paredes do quarto que as tinha prisioneiras. Não podiam escapar de seus amantes. A nostalgia pela liberdade que uns momentos antes as havia deixado perplexas, tornou-se intolerável e o Hotel Jardín encheu-as de terror. Nas ruas as correrias terminaram e o povoado voltou ao silêncio. Ixtepec estava preso e aterrorizado como elas. No jardim as lamparinas de

Marcial e Leonardo continuavam girando; e nas ruas, as lanternas dos soldados também giravam procurando culpados.

Alguém chamou na entrada. Rafaela apagou o lampião e as quatro se apressaram para espiar no corredor. Voltaram a chamar com violência. As jovens viram a luz de Leonardo chegar ao saguão. Em poucos instantes a silhueta alta de Francisco Rosas apareceu no corredor.

— Vem com uma mulher! – sussurrou Rafaela.

O general avançou pelo corredor do Hotel Jardín acompanhado de uma mulher vestida de vermelho. A luz de Leonardo deixava ver o brilho de seu vestido e a cabeleira de cachos negros. O casal chegou em frente à porta do quarto de Rosas. Este pegou a luz das mãos de Leonardo e entrou acompanhado da desconhecida no quarto que havia sido de Julia.

— Viram?

— Sim – suspirou Luisa.

— Era Isabel Moncada.

— Era ela – confirmou Luisa, e às cegas se deixou cair em uma cadeira.

Rafaela saiu ao corredor para interceptar Leonardo.

— Era Isabel Moncada? – O homem assentiu com a cabeça e perdeu-se no corredor escuro.

— Aconteceu alguma coisa terrível!

As jovens se encolheram em uma cama e falaram em voz baixa. Não se atreviam a se separar nem para dormir. Assustadas, velavam a noite. A luz do amanhecer as surpreendeu na mesma atitude. De manhã, viram Leonardo passar com o café da manhã. Um tempo depois, Francisco Rosas, barbeado e cheirando a água de colônia, foi para a rua. Rafaela foi chamar à porta de Julia. Ninguém respondeu.

— Não responde – disse a suas amigas.

— Aconteceu alguma coisa terrível! – repetiu Luisa. Nenhum dos militares tinha voltado ao Hotel Jardín.

IX

— Martín, quero saber o que aconteceu com meus filhos!

Ana Moncada se escutou repetindo essas palavras. Sua mãe havia dito a mesma frase em uma casa de teto alto e portas de mogno. Um cheiro de lenha ardendo e um vento gelado entrando pelas frestas da janela se confundiu em sua memória com o quarto onde tremeluzia um castiçal. A Revolução acabou com sua casa do Norte... e agora quem acabava com a do Sul? "Quero saber que aconteceu com meus filhos", diziam as cartas de sua mãe. As mortes de seus irmãos chegaram a Ana em datas escritas pela mão de Sabina, sua irmã mais jovem.

— Martín, quero saber o que aconteceu com meus filhos! – repetiu enquanto olhava para seu marido e seu quarto com estranheza. Não podia explicar o cheiro da neve e da lenha que flutuava a seu redor.

E se estivesse vivendo as horas de um futuro inventado? Levantou-se de sua cama e dirigiu-se para a sacada. Abriu as portas. Queria receber o ar gelado da serra de Chihuahua e viu-se na noite quente e empedrada de Ixtepec. O horror da paisagem lançou-a soluçando sobre sua cama. Seu marido deixou-a chorar. O ir e vir da cadeira em que Martín se balançava repetia uma e outra vez o nome de Isabel.

— É má!... É má!.... – gritou Ana Moncada sentindo-se culpada pela maldade de sua filha. Olhou sua cama com medo e ouviu-se dizendo "Vem?" Com essa mesma palavra havia chamado Rosas a Isabel e sua filha se foi com ele na escuridão dos portais.

Ela, depois do nascimento de Nicolás, havia chamado seu marido cada noite: "Vem?" Lembrou-se daquelas noites; adoçava sua voz como Francisco Rosas e chamava Martín: "Vem?", e seu marido sonâmbulo avançava até sua cama, enfeitiçado por aquela Ana desconhecida, e juntos viam aparecer a aurora.

"Que viva! Que bonita! Vê-se que a fizeram com gosto!", ouviu a parteira dizer enquanto banhava Isabel recém-nascida. "As meninas feitas assim, assim saem", acrescentou a mulher.

Ana ruborizou-se de sua cama. Martín lhe lançou um olhar de cobiça. Todos saberiam de sua luxúria graças à vivacidade de sua filha. Mordeu a boca com raiva. Isabel tinha vindo ao mundo para denunciá-la. Jurou corrigir-se e cumpriu, mas Isabel continuou parecendo-se àquelas noites. Ninguém podia tirar-lhe os estigmas. Seu marido se consolou de sua mudança de conduta refugiando-se em sua filha. Via-a como se estivesse feita do melhor e do pior deles mesmos, como se a menina fosse depositária de todos os seus segredos. Por isso às vezes a temia e ficava triste. "Esta menina nos conhece melhor que nós mesmos", e não sabia como tratá-la nem o que dizer-lhe. Envergonhado, baixava os olhos em sua frente.

O ramalhete pálido de sempre-vivas, as fotografias na moldura de veludo vermelho, os candelabros de porcelana e a caixa de costura fechada, ouviam indiferentes o ir e vir da cadeira em que se balançava Martín Moncada. A luz do candelabro dava reflexos fugazes ao vestido branco de Ana Moncada, que soluçava sobre a cama. Seu marido parecia insensível diante do pranto de sua mulher. Enfronhados em seus trajes de festa, pareciam atores envelhecendo sem papel enquanto em cena se desenrolava uma tragédia. Esperavam a chamada, e na espera seus trajes e seus rostos se cobriam de rugas e poeira.

O tique-taque do relógio, sustentado por dois anjos desnudos, havia marcado o final de uma noite, a correria de um dia e a volta de uma segunda noite e a espera e o mal que nos afetava continuavam invariáveis e intactos.

Um novo ritmo presidia a casa: o ar estava oco, os passos inaudíveis das aranhas se misturavam ao impassível tique-taque que corria sobre a cômoda. Uma presença imóvel deixava os móveis quietos e morto o gesto dos personagens nos quadros.

Na sala de visitas os aparadores ficaram em suspenso e os espelhos impávidos se esvaziaram de suas imagens. Nunca mais a casa dos Moncada escaparia desse feitiço. O tempo sem piano e sem vozes começava. Na cozinha os criados velavam o silêncio com silêncio.

Às três e meia da manhã chamaram à porta de entrada. As batidas ecoaram no pátio e nos quartos. Passaram uns minutos e Félix apresentou-se no quarto dos amos acompanhado de Cástulo.

— Senhor, Cástulo está aqui – murmurou Félix sem se atrever a cruzar a porta do quarto do casal.

Martín Moncada não se mexeu de sua cadeira de balanço nem sua mulher levantou o rosto do travesseiro.

— Senhor, Cástulo está aqui. Vem do Comando...

A senhora se incorporou na cama enquanto seu marido continuava balançando-se na cadeira.

— Venho avisar... – começou Cástulo devagar e sem saber o que fazer com seu chapéu. – Venho avisar... que às quatro da manhã entregam os corpos...

Martín Moncada não fez nenhum gesto. A senhora olhou para ele com os olhos muito abertos.

— Que corpos? – perguntou com inocência.

— Os de Dorotea, Luchi e... o menino Juan... – esclareceu Cástulo baixando os olhos.

— O corpo do menino Juan? – repetiu a mãe.

— Sim, senhora, está ali... acabo de vê-lo... – e Cástulo enxugou uma lágrima.

— E do menino Nicolás não vão dar? – perguntou Ana Moncada.

— Ele saiu vivo... Está detido... – respondeu Cástulo contente por dar uma boa notícia.

— Vamos – disse o pai pondo-se de pé.

E seguido dos criados saiu de sua casa e dirigiu-se ao Comando Militar.

Ao amanhecer os criados de dona Matilde retiraram o corpo de Dorotea. Sobre as lajotas empoeiradas do vestíbulo ficou uma mancha escura. Os militares deram permissão para recolhê-lo mas não para velá-lo na própria casa, e Cástulo, ajudado por Tefa, envolveu o cadáver em um lençol e saiu com ele nos braços para procurar asilo na casa das irmãs de Charito. Ali puseram a mortalha e colocaram um feixe de bandeirinhas mexicanas nas mãos. Quando o sol começou a esquentar, as moscas vieram pousar no rosto da defunta e Cástulo, com uma bandeira maior, afugentava os insetos ao mesmo tempo que respondia as rezas ditas com precipitação. Tinham ordens de levá-la ao campo santo antes das nove da manhã.

Na casa da morta continuavam vivendo quatro soldados e continuava levantado o esconderijo aberto em um dos quartos queimados, tal como havia deixado Corona. Ali havia vivido dom Roque desde o momento em que o padre Beltrán recolheu-o muito ferido, quando fracassou sua primeira tentativa de fuga e os Moncadas os esperaram em vão nos portais de Tetela. O padre o havia esperado nessa noite espreitando detrás do vestíbulo de Dorotea e havia ouvido seus gritos; enquanto os soldados deram a volta na quadra, ele aproveitou a saída de dona Matilde e foi recolhê-lo.

No esconderijo estavam ainda as bandagens e os remédios com os quais o doutor Arrieta havia curado suas feridas. Pelo monte, os soldados procuravam agora o sacristão que havia tornado a escapar. "Não demorará para cair. O monte está seco e não encontrará mais que iguanas e víboras."

O pequeno cortejo que acompanhou Dorotea ao cemitério cruzou com o enterro de Luchi. As moças iam sérias e depressa; queriam que tudo terminasse logo; com a luz do sol a morte da jovem tornava-se mais terrível do que elas haviam imaginado nas duas noites que esperaram a sua volta. O céu azul, os galhos verdes e o vapor que começava a levantar-se da terra chocavam com a sede do corpo de La Luchi aprisionado no féretro de sedas baratas e brilhantes. As moças queriam se desfazer da presença nauseante de sua patroa e no fundo agradeciam aos militares a ordem de enterrá-la antes das nove da manhã.

Ao retornarem do campo santo duas delas tomaram o caminho de Las Cruces. Queriam rezar um pouco no lugar onde havia morrido sua amiga.

Uma vez desembaraçadas de sua presença, sentiram-se cheias de piedade pela morta. Subiram a encosta cheia de pedras e espinhos. O sol estava já muito alto quando encontraram dois soldados vigiando uma paragem abandonada.

— Foi aqui? – perguntou uma delas com a boca seca pelo calor e pelo pó.

Os homens riram com cinismo. Um deles cortou uma erva seca e antes de responder mordeu-a várias vezes.

— Aqui "*mesminho*" – disse olhando-as de soslaio.

— Aqui pegamos todos como a passarinhos – disse seu companheiro.

— Alguém se apavorou – disse uma das *cuscas* com rancor.

— Eu diria que sim – o homem continuou mascando a erva e mostrando desdenhoso seus dentes brancos.

— Desde as cinco da tarde estávamos escondidos nos cactos. Lá pelas dez da noite, vimos como chegavam os Moncadas. Vinham de Tetela e traziam cavalos para o padre e para dom Roque. Depois vimos chegar a senhorita Chayo com as cestas de comida. Depois o sacristão, seguido pelo padre e por Luchi. Quando estavam montando seus cavalos, o tenente-coronel Cruz nos deu a ordem de detê-los... No tiroteio caíram dois e o sacristão escapou...

O soldado interrompeu seu relato. As *cuscas* se sentaram sobre umas pedras e olharam com olhos secos o lugar onde haviam morrido Luchi e Juan Moncada. O céu alto e redondo estava imóvel. Ouviam-se cantos de cigarras e nada indicava que ali tivesse ocorrido uma tragédia.

— Aqui "*mesminho*" caiu Luchi! – disse um soldado golpeando com a bota um lugar espinhoso.

— E aqui caiu Juan Moncada! – disse o outro apontando com o pé um lugar mais afastado.

— Nós não sabemos quem delatou. Só sabemos que delataram – disse o que mascava a erva e olhava com cobiça para as mulheres.

Seu companheiro lhes ofereceu cigarros e elas aceitaram desanimadas.

Os homens se olharam e aproximaram-se das mulheres com olhos equívocos.

— Ora! – disse uma delas tirando com violência a mão do homem que havia caído insolente sobre seu decote.

— Vai se fazer de delicada? – exclamou o soldado olhando para ela com uma raiva súbita.

— Pode crer que sim! – E a mulher se levantou apática e distanciou-se do homem movendo os quadris. Sua amiga a imitou e as duas altivas em seus saltos altos desceram a encosta com precaução.

Lá em cima ficaram eles despeitados, olhando-as irem embora entre as pedras, chegaram até eles o riso zombeteiro das duas mulheres.

— Par de putas! – exclamou o soldado cuspindo a erva que mastigava.

Fustigado pelo calor, pálido e com a camisa suja, Martín Moncada caminhava depressa por minhas ruas. Seguiam-no seus criados e alguns serventes de sua irmã Matilde. "Venho do enterro de Juan... Venho do enterro de Juanito...", repetia o senhor a cada passo, como se tentasse convencer-se de que era real a missão que acabava de cumprir. Minhas casas rosas e brancas se fundiam na luz radiante da manhã e Martín olhava para elas sem vê-las. Como se já fossem somente um monte de pó brilhante que se esfuma no ar quente da manhã. Ele mesmo era um monte de ruínas e seus pés caminhavam desprendidos do resto do corpo. "Venho do enterro de Juan... Venho do enterro de Juanito..." A cara surpreendida de seu filho aparecia para ele afundando pouco a pouco em uma terra preta como se afunda uma folha na água. A certeza da má qualidade da terra do cemitério e a lembrança do féretro preto lhe esvaziavam o corpo de toda sensação.

Não era ele, não era Martín Moncada que caminhava pelas ruas de Ixtepec. Tinha perdido a memória de si mesmo e era um personagem desconhecido que perdia os membros de seu corpo nas esquinas desmoronadas de um povoado em ruínas. Passou ao longo do portão de sua casa.

— É aqui, senhor...

Félix tomou seu amo pelo braço e com suavidade o colocou em sua casa. Atrás dele, fechava-se solenemente a porta, fechava-se para sempre. Nunca mais voltamos a vê-lo por minhas ruas.

À mesma hora que se fechou a porta dos Moncadas, o general Francisco Rosas começou o interrogatório dos presos.

O sol entrava alegre em seu escritório iluminando os cálices e missais encontrados na casa de Dorotea. No quarto contíguo estavam as armas e os cartazes *cristeros* achados nas casas dos convidados. Francisco Rosas, vestido com seu uniforme de gabardina clara, fumava distraído enquanto Corona ordenava os papéis de sua mesa e o taquígrafo apontava as pontas dos lápis. Estava preocupado. O triunfo não havia lhe produzido a alegria que esperava. A presença de Isabel em seu quarto havia arruinado o êxito. Francisco Rosas aproximou-se da sacada, olhou a praça e procurou com os olhos o hotel, situado em frente ao Comando Militar. "Está ali!", disse com rancor. Por que tinha ido com ele? Quando a chamou do portal e levou-a a seu quarto sabendo que Juan estava morto e Nicolás na cadeia da guarnição, pensou no triunfo total sobre Ixtepec. Nem sequer sabia como era a jovem que caminhava junto dele à meia-noite. Ao entrar no seu quarto e vê-la de perto, incomodaram-lhe seus olhos obstinados e seu vestido vermelho. Ele gostava das mulheres suaves, envoltas em cores claras. A silhueta rosada de Julia se interpôs entre ele e a jovem que olhava rancorosa para ele, adivinhando seus pensamentos. Aturdido, seu primeiro movimento havia sido dizer-lhe: "Vá, vá para sua casa", mas se conteve. Queria saber e fazer saber a Ixtepec que em Ixtepec só contava a vontade do general Francisco Rosas. Por acaso não riam dele há meses? Todos haviam sido cúmplices de Felipe Hurtado. Pegou uma garrafa de conhaque e bebeu com generosidade; depois se virou para Isabel que esperava muda e de pé no meio do quarto. "Agora vão saber que tenho em minha cama a que mais lhes dói", disse.

— Tire a roupa! – ordenou sem olhar para ela.

Isabel obedeceu sem replicar e Rosas, intimidado, apagou o lampião de um sopro; na cama se encontrou com um corpo estranho que lhe obedecia sem dizer uma palavra. A luz da manhã o encontrou desamparado. A seu lado, Isabel dormia ou fingia dormir. Rosas escapuliu da cama e barbeou-se tentando não fazer barulho. Queria sair do quarto que havia se tornado asfixiante. Quando Leonardo se apresentou com o café quente, o general levou um dedo aos lábios em sinal de silêncio, bebeu o café depressa e saiu de seu quarto. Reconfortou-o o ar da manhã perfumado de magnólias. Não voltou ao hotel em todo o dia. Pela noite seu assistente foi buscar-lhe roupa limpa, trouxe-a a seu escritório e ali se mudou. Estava de mau humor. Havia tido que se lavar junto ao poço, pois no vicariato não havia banheira. "Estes padres retrógrados!", havia dito para si mesmo enquanto a água gelada do poço resvalava sobre suas costas. Depois, mais risonho, foi com seus ajudantes fechar a festa de dona Carmen. Voltou ao hotel muito tarde e encontrou os olhos obstinados de Isabel. Tinha tentado imaginar que não era ela a que o esperava mas a outra, e desconsolado apagou a luz e meteu-se na cama. A jovem o imitou e o quarto se encheu de cipós e de folhas carnosas. Não sobrava lugar para ele nem para seu passado, afogava-se... "Ocupa todo o quarto", disse, e nesse momento se deu conta de que havia cometido um erro irreparável.

O Coronel Corona e o taquígrafo esperavam suas ordens. Rosas continuou olhando para o hotel. "Está ali!", repetiu com violência. "Ao voltar direi a ela que vá embora, e se se opuser eu mesmo a jogarei na rua... Repudiada!" A palavra o fez sorrir. Imaginou as caras alarmadas dos moradores ante seu novo escândalo, e os olhos obstinados de Isabel se tornaram memória. Não era ela a que podia substituir Julia. O nome de sua amante o levou a um passado de baunilha. A doçura da pele de Julia se apresentou aguda nas pontas de seus dedos e ouviu sua voz chamando-o. Assustado pela lembrança, virou-se para Corona.

— Que passe o primeiro desses sem-vergonhas! – disse ao mesmo tempo que se prometeu cheio de ira: "Chegando ao hotel, expulso-a..." Os detentos passaram um por um à sua presença. Quando chegou o turno do padre Beltrán, o general sorriu. A visão do sacerdote vestindo a casaca e a calça listrada do louco produziu-lhe alegria.

— Sim, senhor, vamos lhe dar roupa íntima limpa, mas o senhor continuará vestido como está. É uma prova...

O sacerdote não retrucou. Vermelho de raiva assinou suas declarações e saiu do escritório de Rosas sem se despedir.

Entrou Juan Cariño. Francisco Rosas, tratando-o com deferência, pôs-se de pé e o escutou como se realmente fosse o presidente da república. O louco pareceu satisfeito, mas ao ouvir que teria que assistir ao juízo vestido com a batina do sacerdote, rompeu em cólera:

— O general ignora que desde 1857 existe a separação entre a Igreja e o Estado?

— Não, senhor, não ignoro – respondeu humildemente o general.

— Então, como se atreve a tornar permanente esta fortuita mudança de investiduras? Quero que conste meu protesto por este novo atropelo! – E Juan Cariño ordenou ao taquígrafo que fizesse valer seu protesto e a má-fé de seu adversário, o usurpador Francisco Rosas. Quando o louco abandonou o escritório do militar, este deixou de rir ao saber que era Nicolás Moncada o que entrava a prestar sua declaração. Na presença do jovem, o general ficou pensativo: Nicolás se parecia muito com sua irmã.

— Vou embora!... Corona, continue o interrogatório – disse pondo-se de pé e saiu para a rua sem saber para onde dirigir seus passos. Deu várias voltas na praça e voltou ao Comando Militar. Um de seus assistentes foi ao hotel buscar sua comida e Francisco Rosas comeu em seu quarto afastado do ir e vir dos militares. Corona entrou para tomar o café com seu chefe.

— Que disse? – perguntou Rosas preocupado e evitando dizer o nome do irmão de Isabel.

— Tudo! – respondeu Corona satisfeito.
— Sabe da sorte de seus irmãos?
— Parece que sim, mas é muito honrado.
— Todas as mulheres são umas putas! – sentenciou Rosas com ira. Corona aceitou a afirmação de seu chefe.
— Todas!... – E deu uma longa tragada em seu cigarro.

X

À tarde o comércio abriu e os moradores saíram para reconhecer o povoado, alegres por estarem outra vez ao sol e por encontrarem outra vez seus amigos. À noite Ixtepec fervia de rumores; os boatos chegaram aos povoados vizinhos resumidos em uma frase: "Há sublevação em Ixtepec", e os arreeiros não desceram no sábado. Passamos um domingo vazio. As pessoas rondavam o hotel para através das janelas ver Isabel, a filha ingrata, mas a jovem se ocultou atrás das persianas fechadas; os presos continuavam incomunicáveis no Comando Militar e em vão passamos muitas vezes em frente à sua porta: os soldados se negaram a dar alguma notícia sobre eles. Na segunda-feira colaram proclamas nos quais se acusavam os detidos de rebelião, traição à pátria e assassinato; assinavam os nomes conhecidos do general, o presidente municipal e um personagem de nome rigoroso: Sufrágio efetivo, Não reeleição.

Assim voltamos aos dias obscuros. O jogo da morte se jogava com minuciosidade: moradores e militares não faziam mais que urdir mortes e intrigas. Eu olhava para suas idas e vindas com tristeza. Gostaria de levá-los para passear por minha memória para que vissem as gerações já mortas: nada ficava de suas lágrimas e lutos. Extraviados em si mesmos, ignoravam que uma vida não basta para descobrir os infinitos sabores da menta, as luzes de uma noite ou a multiplicidade de cores de que estão feitas as cores. Uma geração sucede a outra, e cada uma repete os atos da anterior. Só um instante antes de morrer descobrem que era possível sonhar e desenhar o mundo à sua maneira, para depois despertar e começar o desenho diferente. E descobrem também que houve um tempo em que puderam possuir a viagem imóvel das árvores e a navegação das estrelas, e recordam a linguagem cifrada dos animais e das cidades abertas no ar pelos pássaros. Durante uns segundos voltam às horas que guardam sua infância e à cor do capim, mas já é tarde e têm que dizer adeus e descobrem que em um canto está sua vida esperando-os e seus olhos se abrem para a paisagem sombria de suas disputas e de seus crimes e se vão assombradas do desenho que fizeram com seus anos. E vêm outras gerações para repetir seus mesmos gestos e seu mesmo assombro final. E assim segui-las-ei vendo através dos séculos, até o dia em que não seja nem sequer um monte de pó e os homens que passem por aqui não tenham memória de que fui Ixtepec.

A festa de dona Carmen rompeu para sempre o feitiço do Hotel Jardín e seus habitantes deixaram de nos apaixonar. Isabel havia entrado no coração do enigma. Estava ali para vencer os estrangeiros, tão vulneráveis como qualquer um de nós, ou melhor para decidir nossa derrota. Seu nome apagou a lembrança de Julia e sua figura escondida atrás das persianas converteu-se no único enigma de Ixtepec. O grupo de militares e suas *querida*s antes intacto se desfez. Os soldados aborrecidos falavam com desprezo de seus chefes e de suas mulheres.

— Por que cuidam tanto dessas *güilas*?

E olhavam com desapego as idas e vindas das jovens. As amantes já não eram invejáveis. A invisível presença de Isabel empequenecia as demais e convertia-as em comparsas de um drama de que não queriam participar; sabiam que "ela" estava ali e isso lhes tirava a vontade de pentear-se, andavam descuidadas, com a boca sem pintar e os olhos opacos.

— Quanto pecado! Quanto pecado! – repetiam.

Por que Isabel estava com o general sabendo da sorte de seus irmãos? A jovem lhes produzia medo. Assustadas, evitavam um encontro com ela. Isabel não falava com ninguém. Reclusa em seu quarto, só ao escurecer cruzava o corredor e fechava-se no banheiro. Os criados ouviam correr a água da ducha e as *querida*s espiavam sua saída para vê-la de longe. A jovem se sentia observada e evitava com frieza qualquer contato com os habitantes do hotel. Comia sozinha e esperava sombria a entrada de Francisco Rosas. O general voltava ao amanhecer e encontrava-a desperta, sentada em uma cadeira como se estivesse de visita, cada vez mais pálida em seu vestido vermelho. Incomodava-lhe a jovem e a cor de seu vestido, mas nunca lhe ocorreu dar-lhe presentes como a Julia e o vestido de festa com que Isabel chegou ao hotel era o único que se conhecia. Foi Gregoria a primeira que se aproximou da jovem; sua solidão lhe dava pena.

Gregoria falou no idioma doce das criadas velhas, tão conhecido de Isabel, e assim estabeleceu-se uma amizade entre a anciã e a nova *querida* de Francisco Rosas. Isabel lhe pedia pequenos serviços, como comprar-lhe algumas roupas íntimas que necessitava com urgência. Ao escurecer Gregoria entrava em seu quarto com modestos pacotes e as notícias de Ixtepec, acompanhava-a ao banheiro, secava-lhe as costas, escovava os cabelos e dava-lhe palavras de afeto. Isabel deixava-a fazer e escutava-a submissa.

— O que disse? – perguntava Rafaela à servente.

— Nada, não tem remorsos.

— Sabe da morte de seu irmão Juan?

— Sim, eu lhe contei e ficou muito quietinha.

— O pior é que o general não a quer.

— A única que quer é a defunta Julia – sentenciou Gregoria.

E era verdade. A presença de Isabel tornava intolerável a ausência de Julia. Sua sombra leve se esfumava, expulsa pela voz e o corpo de sua nova *querida*. À noite, antes de entrar no quarto, prometia-se: "Agora lhe digo que vá embora". Depois, na frente dela, uma espécie de piedade envergonhada lhe impedia de jogá-la na rua e enfurecido com o que ele chamava de "debilidade" apagava a luz de mau humor e metia-se na cama sem dirigir-lhe a palavra. Julgava-a mal. Como era possível que uma jovem decente estivesse em sua cama depois do que havia ocorrido em sua família? Francisco Rosas tentava adivinhar o que se passava dentro de Isabel, mas não entendia nem a testa pesada nem os olhos sombrios de sua nova *querida*. Tampouco entendia as conversas indecisas tidas com ela. "Jamais me arrependerei o bastante de havê-la chamado no portal."

— Durma! Durma! – repetia nas noites ao encontrá-la sentada olhando a dança das sombras projetadas na parede pela luz do lampião. Isabel, sem dizer uma palavra, despia-se e metia-se na cama para olhar fixamente o teto do quarto.

— O que está conjeturando? – perguntou Rosas uma noite, assustado com os olhos de Isabel. – É ruim pensar... muito ruim – acrescentou.

Ele não queria pensar. Para quê? Todos os pensamentos o levavam ao esforço que devia fazer nas noites para dividir um leito rodeado de sombras.

— Não penso, ouço um jorrinho de areia que cai dentro da minha cabeça e que está me cobrindo inteira...

— É pior que Antonia... Você me dá medo – afirmou o homem impaciente e preparou-se para tirar as botas enquanto com o rabo do olho observava a jovem que parecia, com efeito, estar coberta de pó.

— Diga-me algo... – pediu Isabel voltando os olhos para ele.

— Não posso... – respondeu Rosas, e lembrou a entrevista que tinha tido nesse dia com Nicolás; os dois irmãos o haviam olhado com os mesmos olhos. "Já não quero estar sob estes olhos." Não era justo ter o mesmo par de olhos vendo-o dia e noite. Soprou a luz. Não queria deixar-se ver nu por esses olhos que o observavam de um canto desconhecido. Meteu-se na cama e sentiu-se estranho entre os lençóis. Procurou ficar longe do corpo de Isabel.

— Há um muro que tampa minha casa e meus irmãos...

— Durma – suplicou Rosas, espantado com a palavra irmãos.

Pelo gradeado da porta se via a noite alta e claríssima.

As estrelas brilhavam solitárias; Francisco Rosas as olhou com nostalgia e recordou o tempo em que desciam à sua cama e percorriam o corpo de Julia luminoso e frio como um arroio. Isabel as olhou também. Em outros tempos a haviam levado ao sono de sua casa. Tentou imaginar como era sua outra casa, sua outra vida, seu outro sono, e viu-se com sua memória esquecida.

— Francisco, temos duas memórias... Eu antes vivia nas duas e agora só vivo na que me lembra o que vai acontecer. Também Nicolás está dentro da memória do futuro...

Francisco Rosas se incorporou violentamente na cama: não queria ouvir nem o nome de Nicolás nem as palavras insensatas de sua irmã.

Ele era homem de uma só memória, a de Julia, e os Moncadas queriam afastá-lo dela e afundá-lo nas trevas anteriores à sua amante. Tinha caído em uma armadilha, e teve lástima ao sentir-se tão perseguido pela sorte.

— Durma – voltou a ordenar em voz muito baixa.

O amanhecer os surpreendeu despertos. Leonardo, quando lhes trouxe o café da manhã, viu-os pálidos e alheios, girando em órbitas distintas. O criado depositou a bandeja sobre a mesinha e depois, como já era costume, passou para ver Rafaela.

— Não dormiram.

— Estiveram meditando?

— Sim, andam se evitando – afirmou Leonardo.

Rafaela entrou pensativa em seu quarto e olhou com frieza para o tenente-coronel Cruz. Sua irmã Rosa ainda dormia.

— Viram, meus amores? Viram como não as enganei? Não fui à festa. Fui agarrar o padreco e os irmãos Moncadas que andavam nos escapando – havia anunciado Cruz a suas *queridas* quando ao dia seguinte da festa de dona Carmen regressou a seu quarto do hotel.

— Não me felicitam? – perguntou ao ver que as irmãs guardavam silêncio.

— Não, era melhor ter ido à festa – respondeu Rosa.

— O que está dizendo? – gritou Cruz.

— Que seria melhor dançar que perseguir um pobre padre.

Cruz se pôs a rir. Não entendia as mulheres mas sabia que o riso era a melhor maneira de vencer as cóleras e os caprichos de suas amantes. As jovens sempre cediam à alegria, mas desta vez olharam para ele com olhos que lhe mataram o riso na garganta.

— Venham, meus amores... – E estendeu a mão para acariciá-las.

— Não nos toque, semeador de desgraças – E as irmãs se retiraram a um canto e deixaram Cruz com a carícia no ar.

— Não sejam indômitas... Estou muito cansado – gemeu o militar.

As jovens não revidaram. Ao ver seus olhos aborrecidos acrescentou submisso: – Vou tomar banho. – E saiu do quarto. Não havia dormido e sentia-se tonto pela falta de sono e as emoções sofridas na caça do padre Beltrán e dos irmãos Moncadas. "Mais tarde as contento", disse ao sentir o benefício da água fria, e sorriu malicioso ao pensar como as contentaria. Não podia queixar-se de nada; sua vida estava feita de delícias: os dias rodavam brandos e as noites eram amáveis. Secou-se com rapidez: queria estar outra vez perto de suas meninas. Mas as meninas continuaram ariscas e os dias passaram sem que o tenente-coronel as fizesse sorrir. Então sua vida ficou melancólica e suas noites solitárias e tristes.

As gêmeas, sem consultá-lo instalaram-se em uma das camas e obrigaram-no a dormir sozinho na outra; entristecido, via-as ajoelharem-se para rezar longo tempo antes de apagar a luz. "Como estão bonitas", e com os olhos acariciava seus corpos mal cobertos pelas camisolas.

— Essas são as coisas que fazem os padres. Tornar desgraçadas duas mulheres que nasceram para o prazer – disse-lhes uma noite em que sua cama vazia se tornava particularmente insuportável.

— Blasfemo...

O tenente-coronel se levantou e aproximou-se humildemente das jovens: era muito cruel vê-las meio desnudas e não poder tocá-las.

— Deixem-me que lhes faça um carinhozinho – suplicou.

— Não, nunca mais será como antes.

— Digam-me o que querem; eu sempre lhes fiz os caprichos – voltou a suplicar o homem.

As irmãs interromperam as rezas, sentaram-se na cama e olharam para ele com seriedade. Cruz se sentiu aliviado ao ver que se dispunham a falar com ele. Escutaria atentamente e depois dormiria com elas. Então olhou a pele acanelada e sentiu que toda a sua tristeza se esfumaria quando seus dedos corressem livres sobre seus corpos.

— Que queremos?... Que deixe livre o padre Beltrán.
— Que o deixe livre? – gritou Cruz assustado.
— Que proteja sua fuga. Então tudo será como antes.
— Não me peçam isso, minhas meninas – suplicou Cruz.
— Pois então, vá para sua cama – ordenou Rafaela.
— Não consigo dormir, deixem-me fazer um carinho – disse angustiado.

Rosa se estirou como um gato e deslizou para baixo dos lençóis; sua irmã a imitou, e as duas se abraçaram dispostas a dormir. Ele ficou fora daquele paraíso de corpos entrelaçados e voltou cabisbaixo para sua cama de onde ouvia as irmãs respirarem. Melancólico afundou a cabeça no travesseiro. Estava num mundo hostil, um mundo que existia fora dele, com uma vontade e uns desejos diferentes dos seus. Fechou os olhos e tentou imaginar como seria alguém que não fosse ele, como seriam Rosa e Rafaela. "Nem sequer sei se elas gozam do mesmo prazer que eu", disse a si mesmo entristecido e quando já a luz da manhã atravessava as grades da porta. Depois, tal como havia prometido Rafaela, nunca mais sua vida voltou a ser a de antes.

Acompanhada de seu filho Rodolfito, dona Lola Goríbar chegou à porta dos Moncadas para dar os pêsames pela morte de Juan.

Surpreendeu-lhe a luz singular, a solidão e o silêncio que rodeava a casa mais buliçosa de Ixtepec. Sentiu-se oprimida e indecisa, chamou com a argola de bronze e enquanto esperava revisou as pregas de seu manto de luto e o terno preto de Rodolfo. Nunca se felicitaria o bastante por haver recusado o convite de Carmen B. Arrieta. Seu instinto lhe disse que havia algo de perigoso na festa para o general. "Não confie, não confie", havia dito a seu filho, e juntos espiaram detrás das cortinas o desastre que seguiu à música e aos rojões.

— Não dizia a você? – disse, enquanto esperava na calçada em frente à porta silenciosa que testemunhava a magnitude da catástrofe ocorrida.

— Estão loucos... – disse seu filho sobressaltado pelo segredo que parecia esconder-se detrás dos muros e do portão dos Moncadas.

Da calçada da frente alguns curiosos olhavam para eles assombrados. Da casa não chegava nenhum barulho. "Para que viemos?", perguntaram-se os Goríbar. A casa parecia perigosa com suas janelas fechadas e os muros imóveis. Fazia apenas algumas horas que haviam enterrado Juan e ainda não se podia prever o alcance da aventura que haviam empreendido os Moncadas e seus amigos. A senhora virou-se para seu filho.

— Vamos embora... Não vão abrir...

Era mais prudente afastarem-se desses contornos; Rodolfo concordou. A atitude da rua e a altura da casa o intranquilizou. Tomou sua mãe pelo braço, disposto a afastar-se dali, quando o portão se entreabriu sigiloso, como se temesse deixar escapar seu segredo, e apareceu a cabeça solene de Félix.

— Os senhores não vão receber ninguém.

Rodolfito e sua mãe olharam desconcertados suas roupas de luto. E para isso haviam deliberado tantas horas sobre a conveniência de ir apresentar suas condolências?

— Com licença... – disse Félix, ignorando a pompa fúnebre dos Goríbar, e voltou a fechar o portão entreaberto. O gesto do criado lhes pareceu uma afronta.

— Estão com vergonha de Isabel – comentou a senhora. Os vizinhos viram-na se afastar apoiada no braço de seu filho sem terem presenciado por dentro a derrota da família Moncada, que para ela, conforme proclamou muitas vezes, era a vergonha de Ixtepec.

Os dias passaram de segunda a domingo e a casa seguiu imóvel e fechada. Os criados iam ao mercado, encontravam as frutas e as bancas renovadas e continuavam em seu silêncio imperturbável. Os moradores se acercavam para dizer bom dia e eles se afastavam desdenhosos, sem querer compartilhar seu invariável segredo. Era inútil que os amigos tocassem a argola de bronze; a resposta que chegava através do portão apenas entreaberto era a mesma: "Os senhores não vão receber ninguém". Dona Matilde, que não ia nunca visitá-los, comunicava-se com seu irmão através dos criados.

Fechada em sua casa, esperava que a ordem se restabelecesse para que Joaquín e as crianças voltassem para suas casas, não aceitava o que acontecia em sua família. "Estão viajando", dizia uma e outra vez até convencer-se de que Joaquín tinha ido passear na Cidade do México com seus sobrinhos. À tarde estudava com fervor os programas dos espetáculos nas páginas dos jornais e imaginava os filmes e os restaurantes que retinham seus sobrinhos e seu marido na capital. Dona Elvira, por outro lado, aceitava paciente um dia depois do outro que a porta dos Moncadas se fechasse sobre suas palavras amistosas: "Eu tenho a culpa de tudo..." Havia perdido o bom humor e o espelho devolvia-lhe a imagem da tragédia nas bolsas escuras que haviam se formado debaixo dos olhos.

— Pobre Isabel! – suspirou uma manhã aproximando-se ao ouvido da desconfiada criada que lhe impedia a passagem da casa de seus amigos.

— Sim, pobrezinha menina... a culpa é de Julia.

— Sempre soube que essa mulher era uma fonte de desgraças – respondeu a senhora esperançosa ao ver que a criada se dispunha a entabular um diálogo com ela.

— Tenho que ir – cortou bruscamente a mulher.

— Diga a Ana que conte comigo...

— Hum! Se a senhora a visse... – suspirou a mulher e fechou a porta com suavidade.

O comentário da servente a deixou tonta. Como estaria Ana? Afastou-se depressa seguida por alguns curiosos que tentavam ler em seu rosto as notícias escapadas por uma fresta do portão dos Moncadas. Ela olhou para eles com irritação; não lhes diria nada, incomodava-a a curiosidade; além disso estava abatida e sem humor para falar com essa gente de olhos famintos que a seguiam com dissimulação. "Nunca se sabe quem vai nos trair." Alguém deve ter dito a Rosas o que a festa ocultava e sua delação havia provocado a dor que nos embargava. Apertou o passo. Tinha que visitar as crianças de Carmen que haviam ficado sozinhas nas mãos dos empregados. "Ah! Se pudesse encontrar o traidor o mataria com minhas próprias mãos..." Ficou vermelha de raiva. Ela era a única que havia saído livre da aventura. Seus amigos poderiam duvidar de sua lealdade. O medo de saber-se inocente e sentir-se culpada frente aos demais impedia que ela dormisse. "Tenho que encontrar o traidor!" Cruzou com vários conhecidos e passou sem olhar para eles, absorta em seus pensamentos.

— Que estranhas são as crianças! Se você visse, não se lembram de Carmen!

A senhora pegou o guardanapo em que brilhavam suas iniciais bordadas, e olhou sua filha, sentada à sua frente, que parecia não escutá-la. Depois de sua volta pelo povoado sentia alívio por achar-se de novo em sua casa, longe dos olhares e dos comentários curiosos da rua. Voltar e encontrar a alegria de seus pássaros e plantas a consolou de sua desgraça das ruas.

— Digo que as crianças são muito estranhas...

"Não está com humor", disse ao ver a cara apática de Conchita e esperou a aparição de Inés trazendo a comida. A caminhada lhe havia aberto o apetite. Era uma vergonha ter fome quando seus amigos estavam na prisão e o pobrezinho

Juan morto antes de completar os dezenove anos... Mas ela era assim: uma gulosa! Olhou o sol radiante que iluminava seus objetos de cristal e suas jarras de prata e sentiu-se reconfortada com a beleza da sala de jantar. "Já estaria com Deus se se preocupasse com os Moncadas..." Inés entrou com a bandeja, seu vestido lilás, seus pés descalços e suas tranças negras que flutuavam na luz dourada de uma da tarde. A senhora procurou os olhos rasgados da índia e sorriu-lhe agradecida.

Conchita se deixou servir sem levantar a vista do prato. A criada abaixou as pálpebras e saiu da sala ligeira.

— Mamãe, Inés está de namoro com o sargento Illescas, o assistente de Corona...

— O que você disse? – gritou dona Elvira deixando cair o garfo sobre seu prato.

— Que Inés está namorando o sargento Illescas – repetiu Conchita marcando as sílabas.

A senhora ouviu as palavras de sua filha e olhou para ela com olhos estúpidos; as sacadas se escureceram e sobre a mesa brilhou perigosamente a jarra de prata: estava certa de que lhe haviam envenenado a água.

— Sabe o que isso quer dizer? – perguntou a jovem olhando com severidade para sua mãe. – Eu, sim, o sei – acrescentou com crueldade, e comeu com parcimônia um dos rabanetes que enfeitavam as *chalupitas* enquanto sua mãe continuava imobilizada pelo terror. – Não procure mais, daqui saiu a delação – insistiu a filha depois de um longo silêncio.

A senhora levantou os olhos e se preparou para dizer algo terrível, mas nesse momento a bela Inés voltou a aparecer levando com reverência a bandeja brilhante como se nela estivesse o coração de um sacrificado. Dona Elvira cobriu o rosto com as mãos e Conchita, impassível, deixou-se servir.

— Estamos perdidas... – disse a senhora quando Inés desapareceu detrás da porta.

— Não podemos pô-la na rua – replicou Conchita lacônica.

— Não!... Já pensou as represálias? Estes índios traidores!...

— Chist! – disse-lhe sua filha levando um dedo à boca em sinal de silêncio. A senhora obedeceu e um tropel de temores informes fez com que ela quase perdesse o conhecimento. Não cabia dúvida, a traição havia saído de sua casa e ela era incapaz de limpar sua honra e de vingar seus amigos. Ali estava a maldita entrando e saindo da sala de jantar e rindo-se de sua desgraça. Agora que havia conseguido uma permissão para visitar Carmen na prisão, não podia ir vê-la. Quem ia dizer que a traição vinha de sua casa?

— Aqui falamos muito!... Muito!... – gritou exasperada.

Lembrou com clareza as conversas com sua filha e a liberdade com que havia explicado os detalhes do "plano" sem se preocupar com quem escutava suas palavras.

— Quanta razão tinha seu pai... Quanta!... Em boca fechada não entra mosca.

E dona Elvira prostrada retirou-se para seus aposentos. Na quinta-feira não se apresentou na prisão para visitar sua amiga: um de seus criados levou um recado dizendo que estava doente. Elvira Montúfar padecia de um ataque de terror.

— São males de viúva – diziam os serventes, zombeteiros.

— Tem medo... – assegurava Inés, preparando-se para sair ao encontro de seu amante, o sargento Illescas.

XI

De onde chegam as datas e para onde vão? Viajam um ano inteiro e com a precisão de um ponteiro de relógio cravam no dia assinalado, mostram-nos o passado, presente no espaço, deslumbram-nos e apagam-se. Levantam-se pontuais de um tempo invisível e em um instante recuperamos o fragmento do gesto, a torre de uma cidade esquecida, as frases dos heróis dissecadas nos livros ou o assombro da manhã do batizado quando nos deram nome.

Basta dizer a magia de um número para entrar em um espaço imediato que havíamos esquecido. O primeiro de outubro é para sempre em minha memória o dia em que começou o julgamento dos convidados. Ao dizê-lo já não estou sentado nesta pedra aparente, estou embaixo, entrando devagar na praça, nos passos de meu povo que desde muito cedo se encaminhou para ali para acompanhar a sorte dos acusados. O julgamento ocorreria dentro do Comando Militar e no entanto nós seguíamos passo a passo as palavras e os gestos que aconteciam a portas fechadas. O general passou junto a nós olhando as copas das árvores; neste momento me chega a frescura de sua água de colônia e seu olhar vazio de galhos e de folhas. Continuávamos sob sua sombra imóvel que repetia o mesmo crime uma e outra vez com a precisão minuciosa de um maníaco. Em seu tempo imóvel as árvores não mudavam de folhas, as estrelas estavam fixas, os verbos ir e vir eram o mesmo, Francisco Rosas detinha a corrente amorosa que faz e desfaz as palavras e os feitos e guardava-nos em seu inferno circular. Os Moncadas haviam querido fugir para achar o ir e vir das estrelas e das marés, o tempo luminoso que gira ao redor do sol, o espaço onde as distâncias estão ao alcance da mão; haviam querido escapar do dia único e sangrento de Ixtepec, mas Rosas aboliu a porta que nos levava à memória do espaço e rancoroso os culpou das sombras imóveis que ele havia acumulado sobre nós. O general só sabia da existência de umas ruas, e a força de acreditar nelas tornavam-se para ele irreais e só as tocava perseguindo as sombras que achava nas suas esquinas. Seu mundo fixo cobrava-nos em crimes.

— Vem depois de ter dormido com a irmã – murmuraram rancorosas as mulheres.

— Viva Nicolás Moncada! – gritou alguém entre o povo.

— Viva Nicolás Moncada! – afirmaram muitas vozes.

Francisco Rosas sorriu ao escutar os gritos, entrou no vicariato e um cordão de soldados cercou o edifício. Vieram depois mais militares com grandes livros e caras preocupadas.

— Uhu! Aí vão os advogados! – gritou uma voz zombeteira, e nós a secundamos com risos. Os advogados!... E a quem vão julgar? Esperamos a resposta consabida: os traidores da Pátria. Que traição e que pátria? A Pátria nesses dias levava o nome duplo de Calles-Obregón. A cada seis anos a Pátria muda de sobrenome; nós os homens que esperamos na praça o sabemos, e por isso nessa manhã os advogados nos causaram tanto riso.

Chegaram as mulheres vendendo *chalupitas* e água fresca; nós comemos ilusões, enquanto os governantes patriotas nos fuzilavam.

Por trás das barras de uma janela de seu hotel, dom Pepe Ocampo olhava o que acontecia na praça. Alguns homens se aproximaram de sua sacada.

— Diga a Isabel que estão julgando seu irmão!

O hoteleiro olhou para eles com desprezo e continuou procurando com os olhos a fachada distante do vicariato.

— Não se importa com a sorte de seu irmão?

Um homem se agarrou às barras da grade e olhou zombeteiramente para o dono do hotel.

— Dedo-duro! – gritaram muitas vozes.

Ao ouvir os gritos ofensivos dom Pepe entrou depressa e ordenou a seus serventes que fechassem as persianas de todas as sacadas. O hotel ficou separado da zoeira da rua para não ser alvo dos gritos.

— Vamos subir os galhos dos tamarindos e entrar pelo telhado para tirar Isabel e que vá pedir pela vida de seu irmão!

— Vamos! – concordaram dezenas de vozes.
— Viva Nicolás Moncada!

Com a rapidez dos gatos os homens treparam nas árvores para alcançar os telhados e entrar nos pátios do hotel; outros tentaram forçar as portas. Produziu-se então um alvoroço que correu por todo Ixtepec. Do Comando Militar chegou a ordem, ninguém obedeceu, de desocupar a praça. As portas do quartel se abriram e deram passagem para a cavalaria. Diante dos empurrões dos cavaleiros, o povo se dispersou lançando gritos, sobre as pedras ficaram pisados os chapéus de palha e entre os cascos dos cavalos se enredaram algumas mantilhas de mulheres.

No espaço luminoso de uma manhã, o processo do padre Beltrán e seus amigos se converteu na causa de Nicolás Moncada. O jovem nos fez esquecer a igreja e os outros injustiçados. O padre, Joaquín, Juan Cariño, Charito, o doutor e sua mulher passaram à categoria de comparsas na tragédia da família Moncada. Os olhos de Ixtepec se fixaram em Nicolás e suas frases e suas atitudes atravessaram milagrosas as paredes do vicariato e chegaram à praça para correr de boca em boca. Sabíamos que o jovem recusava a comida que Francisco Rosas mandava vir do hotel para os processados e que não aceitava a roupa limpa que ofereciam os militares. De noite, em um barril que lhe levava um dos guardiões lavava sua única camisa.

— Viva Nicolás Moncada! – gritavam minhas ruas e meus telhados. O grito se multiplicava agora, "Viva Cristo Rei!", e chegava até a sala do julgamento. De noite, encolhido em sua cama de campanha, Nicolás o escutava melancólico enquanto procurava as frases e os gestos que empregaria no dia seguinte diante de seus juízes. Sabia que estava em um beco cuja única saída era a morte.

"Vamos embora de Ixtepec, vamos embora..." haviam dito ele e seus irmãos desde pequenos. Juan era o primeiro que havia encontrado a saída; quando se aproximou para vê-lo, estava estirado de boca para cima olhando para sempre as estrelas. "Caminhe filho da puta!", ouviu que lhe diziam enquanto o separavam de seu irmão. "Irei de boca para baixo para não levar nada deste povoado que nos traiu"... e não pôde chorar; assombrado pela fuga de seu irmão, nem sequer percebeu quando os soldados lhe ataram as mãos às costas. "Vamos embora de Ixtepec..." Os três haviam querido fugir para voltar depois e abrir uma corrente de frescura no povoado fechado como um podredouro de cadáveres. Fecharam as grades da cela e ele ficou de pé indagando o paradeiro de Juan.

Por que Juanito? Em um abrir e fechar de olhos se soltou de sua mão e da mão de Isabel e fugiu para outras paragens. "Aqui a ilusão se paga com a vida", disse-lhe a voz de Felipe Hurtado desde a noite que entrava quente no suor dos soldados. Viu chegar o dia, e antes de ir para prestar sua primeira declaração, os guardiões lhe disseram que Isabel havia dormido com o general Francisco Rosas. "Que morra agora mesmo!" A presença de Rosas o impediu de chorar. Não via a cara de Justo Corona fazendo-lhe perguntas. "Do sangue dos inocentes brotam fontes que lavam os pecados dos maus..." A voz de Dorotea repetia uma história de sua infância, e no escritório de Rosas a voz grave de Corona se convertia em palavras sem sentido. E a fonte de sangue estirada nas pedras de Las Cruces e a fonte regada no vestíbulo a quem haviam purificado? Nem sequer a Isabel, fechada no Hotel Jardín. Sua ira se converteu em cansaço e sua vida se reduziu a um só dia velho e esfarrapado. A traição de sua irmã o lançava a esse dia de escombros e dentro de suas ruínas tinha que atuar como se vivesse nos dias inteiros dos juízes. Obrigou-se a ver com frieza o general e tentou saber o que havia acontecido em sua vida e na de seus irmãos; na tarde que foram para Tetela para voltar a Ixtepec, uns dias depois para resgatar o padre Beltrán e dom Roque, os três estavam tristes. Apáticos se refugiaram sob a sombra de "Roma" e "Cartago" e ali conversaram pela última vez.

— Vocês se importam que o padre viva ou morra? – perguntou Isabel.

— Não – responderam eles.

— Quem deveria salvá-lo é seu amigo Rodolfito para que continue abençoando as terras que rouba...

Os rapazes se puseram a rir da violência de sua irmã.

— Tonta! É a porta de fuga...

A porta de fuga agora se fechava brutal em sua última cela da prisão de Ixtepec. Naquele instante, sob as árvores de sua casa, acreditaram que poderiam voltar para romper a maldição de Francisco Rosas e assim o disseram. Depois, pensativos, atiraram pedrinhas nas filas de formigas que fugiam depressa levando as folhas roubadas das acácias do jardim.

— São ladras as Franciscas!...

E naquela última tarde, os três se puseram a rir ao ouvir Nicolás batizar as formigas com o nome de Francisco Rosas.

— Acha que vamos nos sair bem? – ele perguntou debaixo da sombra de "Cartago".

— Saia de "Cartago", venha para "Roma"! – gritou Juan cruzando os dedos e tocando a casca da árvore da vitória para afugentar a má sorte da árvore de sua irmã. Sob os galhos de "Roma" falaram com rancor de Ixtepec e recordaram as palavras e a cara gorducha de dona Elvira: "Às vezes os simples dão o sinal".

— Se acontecer algo ruim, Rodolfito fará um negócio – disseram proféticos.

Nas noites da prisão, a tarde e suas palavras chegavam-lhe fragmentadas. "Se acontecer algo ruim"... Ouviu a frase impregnada de cheiros e sensações de um passado remoto. Seu passado não era mais seu passado, o Nicolás que falava assim era um personagem desprendido do Nicolás que o recordava da cela da prisão. Não havia continuidade entre os dois; o outro tinha uma vida própria distinta da sua; havia ficado num espaço separado do espaço do Nicolás que recordava com a precisão inapreensível dos sonhos. Ele, como Isabel, tampouco recordava com exatidão a forma de sua casa nem os dias que havia passado nela; sua casa já era só um monte de ruínas esquecidas em um povoado empoeirado e sem história. Seu passado era esta cela de Ixtepec e a presença contínua de seus sentinelas. Recordava seu futuro e seu futuro era uma planície de Ixtepec. A traição de Isabel aboliu a morte milagrosa. Já não dariam o passo até o mistério. E Juan? Agora sabia que Juan tinha morrido como ele ia morrer: de corpo inteiro, sem Isabel; eram seus cabelos, seus olhos e seus pés os que morreriam num horror imóvel; ver-se-ia desde dentro, enchendo-se de bichos como os corpos inchados dos mortos que encontravam de pequenos jogados nas planícies de Ixtepec. Não havia escapado do crime, não havia escapado da morte do povoado. Obstinado, tentando imaginar o que faria Isabel para se encontrar com eles nesse futuro tão próximo como a porta de sua cela. "Não pode ficar aqui, não pode nos deixar aqui", e via as planícies de sua infância infestadas de mortos. "Vamos embora de Ixtepec, vamos embora!"

— Jovem, você não dorme? – disse-lhe um dos soldados que o havia ouvido chorar à meia-noite.

— Está louco, durmo muito bem – exclamou Nicolás fingindo surpresa. Sua debilidade lhe pareceu imperdoável e fechou-se num orgulho seco. Frente aos juízes tratou de ocultar seu cansaço e o horror de achar-se tão só na sala que vigiava suas palavras e seus gestos.

— Sim, senhores, sou "*cristero*" e queria unir-me aos alçados de Jalisco. Meu defunto irmão e eu compramos as armas.

Suas confissões nos produziam calafrios. "Está juntando as balas para morrer." Sua decisão irritou os juízes. Queriam justificar seu julgamento irritando-o com provas, desejavam que se defendesse para provar sua falta e matá-lo como a um culpado, mas Nicolás queria morrer por sua própria mão.

— Ninguém nos instigou. Isabel, Juan e eu planejamos e executamos o plano sem conselhos de ninguém, por nossa própria vontade.

Ao ouvir o nome de Isabel, dito como se fosse propriedade do acusado, Corona mordeu os lábios e virou-se para ver se Francisco Rosas estava na sala de julgamento. Sua ausência o tranquilizou.

"Zomba deles. Abacuc vai entrar em Ixtepec", dissemos convencidos de que o exército que esperávamos entraria numa dessas noites para nos salvar. Alguns acreditam ler nas palavras de Nicolás que a salvação nos viria de Isabel. A jovem não havia entrado no hotel para nos trair. Estava ali, como deusa vingadora de justiça, esperando o momento propício.

— Já não gritem para ela! Ela está aí porque aí deve estar!
— Desde pequena foi muito digna!

E víamos Francisco Rosas com inveja. Ele continuava cruzando a praça a pé, ignorando os moradores que se reuniam sob o tamarindo para dar vivas ao irmão de sua *querida*; não assistia ao julgamento, ficava em uma sala perto jogando baralho e conversando com alguns de seus ajudantes enquanto outros lhe traziam as notícias do que acontecia no julgamento. Quando lhe repetiam que o jovem insistia em declarar-se culpado, interrompia o jogo e aproximava-se nervosamente da janela para olhar os partidários de Moncada que enchiam a praça. Parecia muito abatido. A vontade dos irmãos o levava a um terreno que desconhecia: sentia-se incapaz de julgar Nicolás e de dormir com sua irmã, mas já era tarde para que pudesse retomar o caminho. O que podia fazer? Assustado, entrava muito tarde em seu quarto para encontrar-se com Isabel. Seu vestido vermelho brilhava sob seus olhos escuros junto ao lampião.

— Apague a luz!

Sua voz desabitou-o. Já não encontrava as marcas de seu passado. Os Moncadas lhe haviam arrebatado Julia. Às escuras se despojava de suas botas e duvidava antes de entrar na cama onde só encontrava o medo de si mesmo. Andava perdido, pisando noites e dias desconhecidos, guiado pelas sombras que os irmãos lhe haviam jogado.

XII

No cinco de outubro se disse em Ixtepec: "Hoje vão ler as sentenças... Hoje entra Abacuc... Hoje Isabel faz alguma coisa..." O dia cresceu iluminado por estas frases, o céu se tornou rotundo e o sol brilhou perfeito. Cheios de gozo pela luz radiante fomos esperar na praça e rondar as sacadas do hotel. Vimos como saíram os militares muito cedo e encaminharam-se depressa até o vicariato. Pareciam atemorizados. Confiantes, comentamos sua passagem e comemos *jícama* e amendoins. O dia aberto sobre o vale parecia domingo, cheio de blusas rosa e alfajor de coco. Ocupamos os bancos da praça, fizemos grupos e espreguiçamo-nos no ar agradável da manhã. Sobre as copas dos tamarindos as horas correram sem esforço e as sombras deram a volta nas árvores. Ao meio-dia os amendoins nos haviam dado sede e os pés começavam a se impacientar na espera de Abacuc. Olhamos para o portão e as janelas fechadas do Hotel Jardín e o nome de Isabel carregou-se de violência. Até as duas da tarde as frases e a ira foram se desfazendo no calor e o dia deixou de ser domingo.

"O padre Beltrán condenado à morte!"

A sentença caiu sobre a praça com o furor de um rocha caindo sobre uma palhoça. Olhamo-nos assustados e procuramos o lugar que ocupava o sol. "Não importa, ainda é cedo..." Aguçamos os ouvidos em busca do galope dos cavalos de Abacuc. O silêncio nos respondeu. A serra estava longe, talvez o calor os tenha feito caminhar devagar, mas chegariam. Não podiam nos abandonar nesse dia tão desgraçado.

"O doutor Arístides Arrieta condenado à morte!"

Voltamos a esperar, sem palavras e sem ameaças, aquele golpe que tardava tantos anos em chegar.

"Joaquín Meléndez condenado à morte!"

E se Isabel nos traía?... E se não chegassem os nossos? E quem eram os nossos se éramos uns órfãos a quem ninguém ouvia? Havíamos vivido tantos anos na espera que já não tínhamos outra memória.

"Nicolás Moncada condenado à morte!"

Também Nicolás devia morrer? Tornávamos a olhar as janelas do Hotel Jardín, imóvel e alheio a nós. Parecia muito distante com seus muros rosa e suas grades pretas. Era um estranho dentro das ruas de Ixtepec. Fazia muito que havia se convertido em inimigo e sua presença era um agravo a nossas penas. Dentro estava Isabel, outra estrangeira. As mulheres se puseram a chorar;

os homens, com as mãos nos bolsos, bateram os pés no pó e olharam para o céu para dissimular sua angústia.

"Rosário Cuéllar, cinco anos de prisão!"

"Carmen B. Arrieta, livre sob fiança!"

"Juan Cariño, livre por não gozar de suas faculdades!"

Tudo havia terminado de acordo com a vontade dos estrangeiros e nós não nos íamos da praça. Continuávamos esperando.

O sol se incendiou detrás de meus montes e os pássaros que vivem nos tamarindos começaram sua algazarra noturna. Em qualquer dia de meu passado ou de meu futuro sempre há as mesmas luzes, os mesmos pássaros e a mesma ira. Anos vão e anos vêm e eu, Ixtepec, sempre esperando.

Os militares saíram do vicariato, tiraram indiferentes seus lenços, limparam o suor e foram tranquilos para o hotel. A quem importava nossa ira ou nossas lágrimas? Não a eles que se moviam tão agradáveis como se estivessem a sós. Em silêncio, as saias roxas e as blusas rosa se fundiram nas sombras alaranjadas da noite.

Se a memória me devolvesse todos os instantes contaria agora como nos retiramos da praça e como caiu pó sobre o pão quente de Agustina e como nessa tarde não houve ninguém que o comesse.

Diria também como foi a luz de luto dessa noite e que formas tiveram suas árvores violeta, mas não recordo. Talvez a praça ficou vazia para sempre e só Andrés, o cabeleireiro, continuou dançando abraçado a sua mulher. Tanto, que ela chorava ao compasso da música e nós olhávamos assombrados aquele abraço. Mas o cinco de outubro não era domingo nem quinta-feira e não houve serenata nem Andrés dançou com sua mulher. Só houve desídia e o nome de Nicolás Moncada vagando cada vez em voz mais baixa. Queríamos esquecê-lo, não saber nada dele nem de seus irmãos. Dava-nos medo recordá-lo e saber que nessa mesma tarde havíamos renunciado viver dentro da paisagem de seus olhos. Agora sentado nesta pedra aparente, pergunto-me uma e outra vez: Que será deles? Em que se transformou a terra que devorou nossos olhos retratados neles?

Depois dessa tarde chegou uma manhã que agora está aqui, em minha memória, brilhando sozinha e afastada de todas minhas manhãs. O sol está tão baixo que ainda não vejo e a frescura da noite povoa os jardins e as praças. Uma hora mais tarde, alguém atravessa minhas ruas para ir para a morte e o mundo fica fixo como em um cartão postal. As pessoas voltam a se dar "bom dia", mas a frase ficou vazia em si mesma, as mesas estão envergonhadas e só as últimas palavras do que foi morrer são ditas e repetidas e cada vez que são repetidas se tornam mais estranhas e ninguém as decifra.

Ao amanhecer desse dia marcado para os fuzilamentos os moradores saíram para a praça e para as entradas das ruas para esperar o cortejo. Havia se dito que às quatro da manhã tirariam os presos e os levariam ao campo santo, o lugar escolhido para a execução. A praça estava quieta, as amendoeiras do átrio imóveis, as pessoas calavam e olhavam para o chão que começava a se tornar rosa. Já tudo estava dito.

Em seu quarto Francisco Rosas com o torso desnudo se reconhecia em frente ao espelho. Uma cara estranha olhava para ele do fundo do mercúrio. O general passou o pincel de barba sobre a superfície do espelho para dividir em duas a imagem que tinha à sua frente, mas o rosto, em lugar de se deformar e desaparecer como se decompõe e desaparece um rosto refletido na água, continuou olhando para ele impassível. O espelho lhe devolvia uma imagem desconhecida de si mesmo: seus olhos amarelados eram manchas de azeite que olhavam para ele desde um mundo vegetal; a luz da lamparina fazia-o surgir de um lugar sombrio em cujo fundo brilhava impávida a cal. Ensaboou nervosamente as bochechas para disfarçar a cara que olhava para ele e pôs um interesse minucioso em barbear-se.

Da cama, Isabel meio desnuda via seus gestos.

— Por que se levanta tão cedo?

Sobressaltou-se. As palavras da jovem o tiraram do mundo cadavérico do espelho. Cortou o lábio superior e a espuma do sabão se tornou rosada como o creme de um sorvete de morango. A cara grotesca do espelho olhou para ele.

— Cada pergunta que você faz! – contestou furioso.

— É verdade o que vai acontecer?

As palavras de Isabel entraram no espelho como injúrias.

— Você já o sabe... Já o sabia – respondeu o homem com brutalidade.

Isabel ficou em silêncio. Rosas se virou para o espelho para terminar de barbear-se, depois se vestiu muito devagar, deu o nó na gravata com esmero, escolheu dois lenços umedecidos em água de colônia e guardou-os preocupado no bolso de trás da calça. A jovem, fascinada, seguia seus movimentos. A sombra alta de Francisco Rosas corria pelas paredes imitando seus gestos; o ir e vir de suas botas sobre as lajotas ressoava na abóbada do quarto. Da rua não chegavam ruídos. Ainda não amanhecia.

— Eu não tenho culpa...

Os passos se detiveram um instante e o homem se virou para olhá-la.

— Tampouco eu...

— Eu não sou a única culpada...

— E qual é a minha culpa? Ter-lhe chamado naquela noite no portão? Você já havia se oferecido. Não me diga que é inocente. Sabia o que queria e trouxe-me para seu inferno... Está me ouvindo? Seu inferno!...

E Francisco Rosas lívido e ameaçador, aproximou-se da jovem com o punho alto, disposto a desfazer-lhe o rosto a golpes. Os olhos de Isabel, alheios à sua cólera, detiveram-no.

— Quero ver Nicolás. Ele sabe que eu não inventei essas mortes...

— Cale-se! Não quero ouvir falar mais dos Moncadas... Nunca mais!... Quando dançou comigo já sabia tudo...

— Já havia matado Juan quando me chamou – Isabel saltou e aproximou sua voz do rosto de Francisco Rosas. O general se deixou cair em uma cadeira e aproximou a cabeça entre as mãos. Era verdade que o sabia e que só por isso a havia chamado no portão. Por que o fez? Nunca o saberia. Isabel se aproximou dele e inclinou-se sobre seu ouvido.

— Quero Nicolás – ordenou com voz muito baixa.

Francisco Rosas levantou os olhos e olhou sua cara de rapaz.

— Quero Nicolás – repetiu a cara de Isabel cada vez mais parecida com a cara de seu irmão.

De fora chegaram os passos de seus ajudantes aproximando-se da porta do quarto de seu chefe, já prontos para os fuzilamentos. Francisco Rosas ouviu-os chegar e teve medo que a jovem os ouvisse. Levantou-se, tirou o biombo que cobria a entrada e fechou a porta. Isabel se precipitou sobre seu vestido vermelho e começou a vestir-se. O general a pegou pelos ombros.

— Isabel, ouça-me, sim, sabia que seu irmão Juan estava morto...

A moça olhou para ele. Tiritava como se tivesse muito frio.

— Sim o sabia – insistiu Rosas.

— Por isso me chamou. Sempre soube que o faria...

— Eu não – disse ele, desalentado. Soltou a jovem e refugiou-se em um canto do quarto. De costas lhe chegou o estrépito do furor de Isabel que abria as gavetas da cômoda e revirava a roupa, jogando camisas, os frascos e as gravatas ao chão enquanto procurava algo sem encontrá-lo...

— O que está procurando? – perguntou assustado.

— Não sei... Não sei o que estou procurando – disse ela com um frasco na mão dando-se conta que não procurava nada.

O general se aproximou dela, tirou o frasco de sua mão e depois o deixou cair no chão.

— Não procure, não há nada... Ainda não o sabe, mas não há absolutamente nada.

— Nada?

— Nada – repetiu Francisco Rosas, seguro de sua afirmação.

— Nada – repetiu Isabel, olhando seu vestido vermelho meio abotoado.

O general se sentiu aliviado. "Nada são quatro letras que significam nada", e o nada era estar fora desse quarto, dessa vida, era não voltar a caminhar o mesmo dia durante anos: o sossego.

— Pois dê-me Nicolás...

— Deveria ter me pedido antes – gemeu Rosas, sentindo que ainda havia algo e que ele seguiria ricocheteando de dia em dia como uma pedra lançada em um barranco sem fundo.

— Antes... – repetiu abraçando-se a Isabel como se se segurasse a qualquer mato para deter-se na queda. Ela, afogada pelo abraço, continuou tiritando longo tempo junto ao peito do amante.

No corredor os oficiais evitavam se olhar; teriam preferido não ouvir a voz fragmentada de seu chefe, nem a voz desordenada de Isabel. Dom Pepe Ocampo se aproximou deles solícito.

— Já lhes trazem um cafezinho quente.

Os oficiais não contestaram; olharam para o chão com tristeza e ajustaram os cinturões. O capitão Flores tirou de um dos bolsos de sua calça uma garrafa de conhaque, passou a seus companheiros e beberam um gole.

— É preciso...

— Só assim se vai vivendo – comentou sem vê-los. A manhã o havia encontrado na desgraça. Cada dia que passava se sentia mais desgraçado. Ele, como Francisco Rosas, esperava o nada que se obstinava em disfarçar-se em mortes, em baralhos, em cantos e em gritos. A companhia de seus amigos já não o consolava. Nesse momento as sombras do corredor lhe serviam para esconder suas lágrimas. Deu as costas a seus amigos e viu Luisa envolta em uma camisola azul de pé na porta de seu quarto. Submisso se aproximou da mulher.

— Depois deste dia não espere nada – disse Luisa e fechou a porta de um golpe. Flores ficou uns instantes em frente à porta fechada. Não sabia o que dizer nem que atitude tomar. Ele não esperava nada. Envergonhado, voltou para junto dos oficiais.

— Capitão, não deveria permitir-lhe esses modos. As mulheres estão para obedecer.

Os oficiais sorriram: Justo Corona sempre dizia o mesmo. Até hoje, este cinco de outubro, dia em que iam fuzilar um sacerdote e a um jovem de vinte anos irmão da *querida* de seu general...

— Má sorte tem o homem com as procuradas e com as oferecidas – comentou Pardiñas, fazendo alusão ao atraso de Francisco Rosas.

— A Cruz também se sublevaram as gêmeas. Ainda não saiu. Vá chamá-lo, Pardiñas, está ficando tarde – disse Justo Corona olhando seu relógio de pulseira à luz de uma lamparina.

Pardiñas se aproximou da porta do quarto de Cruz e chamou-o com energia; chegou-lhe a voz consternada do tenente-coronel.

— Quem?

— Meu tenente-coronel, já são quatro da manhã.

— Já vou – respondeu Cruz.

Dentro, Rafaela e Rosa rezavam em voz baixa; Cruz, de pé diante delas, vestido e barbeado, tentava obter seu perdão.

— O que vocês querem que eu faça? Não posso me opor às ordens... Querem que me fuzilem? Ouçam, é isso que querem?... Sim, querem me ver estirado, destripado a balas! E para isso me fingiram afeto? Se a única coisa que têm querido é ver-me morto. Meninas, ouçam-me! Eu sou um homem que ama a vida. Sou muito diferente de um padre... Para que serve um padre? Não ama às mulheres nem ama a vida. Para ele é igual morrer ou viver... e agora que o matamos vai para o céu... Por outro lado eu não gozo de outra vida nem de outro céu que o que vocês me dão...

As irmãs, ajoelhadas, continuaram a rezar.

— Está bem, estou indo... – disse Cruz aproximando-se da porta.

Esperou uns instantes e ao ver que suas amigas não mudavam de atitude, deu um murro na parede.

— Querem me ver abatido em meu próprio sangue mas não vão conseguir! – E saiu batendo violentamente a porta.

XIII

Um risco laranja finíssimo se levantou do horizonte escuro, as flores que se abrem à noite se fecharam e seus perfumes ficaram no ar uns instantes antes de desaparecer. O jardim começou a nascer azul por entre as sombras roxas. Outra manhã passava inadvertida para os homens que bebiam café antes de ir organizar as mortes. Cruz se aproximou do grupo. Dom Pepe lhe ofereceu um café fumegante. O tenente-coronel aceitou a taça e olhou para seus amigos enquanto tratava de sorrir.

— O que aconteceu? – perguntou, apontando para a porta do quarto de Rosas.

— Estão lutando para achar sossego – disse Flores taciturno.

O general acariciou os cachos e a testa de Isabel; depois se afastou dela com suavidade, arrumou-se um pouco e saiu trêmulo para o corredor. Seus homens olharam para o chão. Passou a vista sobre eles e apontou para as xícaras de café que tinham na mão.

— Onde está esse? – perguntou com desprezo.

— Estava por aqui. Trouxe-nos café.

Flores se dispôs a procurar o hoteleiro, mas Rosas pegou o bule de café e serviu-se de uma xícara.

— Está frio! – disse com raiva, e jogou-a na grama do jardim.

Dom Pepe, aparecendo com seu sorriso de sempre, disse:

— Meu general!

— Tranque bem o portão, pois vão querer entrar – disse Rosas sem olhá-lo. Aproximou-se da lamparina que ardia sobre a mureta e olhou seu relógio: eram quatro e onze minutos da manhã.

Pôs-se a andar com passos largos. Ao sair pelos portões e ver os vizinhos silenciosos, virou-se para seus homens.

— Que vida! – exclamou.

As pessoas mal olhavam para ele. Havia ganhado a partida e só a tristeza cobria o povoado vencido. Deu-se conta de que estávamos na rua para presenciar nossa derrota. Apertou o passo. Pela primeira vez avançava por um mundo diferente; a fumaça se havia dissipado, e as árvores, as casas e até o ar tomavam corpo.

Sentiu que levava sobre os ombros todo o peso do mundo e uma fadiga muito antiga tornou interminável a distância do hotel até o vicariato.

Quando Rosas atravessou as barreiras de soldados que vigiavam o Comando Militar, alguns grupos de mulheres e homens vingativos se aproximaram das sacadas de Isabel para chamá-la pelo nome, gritar-lhe filha ingrata e injuriá-la; com vozes carregadas de ira lhe relatavam o que acontecia na rua.

— Já chegaram ao vicariato!

E bateram na porta da sacada, mas a sacada permaneceu fechada às palavras de Ixtepec.

No Comando Militar Francisco Rosas escutou sua própria voz dando ordens absurdas. No primeiro pelotão a cargo do capitão Flores iriam o padre Beltrán e o doutor Arrieta. Flores deu um passo à frente e perfilou-se ante seu chefe.

— Leve escolta dupla – acrescentou lacônico Francisco Rosas.

No segundo pelotão, a cargo do capitão Pardiñas, iriam Nicolás Moncada e dom Joaquín. Julio Pardiñas olhou sem pestanejar para o general. "Caramba! Sobrou para mim!", disse a si mesmo desgostoso e tentou não deixar transparecer sua contrariedade. Rosas o chamou para um aparte.

— Faça com que quando chegarmos ao cemitério, Moncada já não esteja mais por ali...

O capitão olhou-o sem entender seus desejos, mas lhe pareceu mais prudente não lhe fazer mais nenhuma pergunta.

— Antes de cruzar o rio disperse os curiosos e despeça o grosso da escolta – acrescentou Rosas sem mudar o tom de voz. Não gostava de dar explicações a seus subalternos.

— Mas... – começou Pardiñas.

— Não há mas, capitão. O tenente-coronel lhe entregará outro prisioneiro.

Francisco Rosas tirou seus cigarros; ofereceu um ao oficial e ele pegou outro; deu uma tragada e olhou a hora em seu relógio.

— Cruz já o está procurando na prisão municipal. Assim que chegue seu assistente para avisar que já saiu com ele, vamos embora.

Apoiou a perna no parapeito da janela e contemplou a praça quieta. O benefício de um novo dia despertava os pássaros. Abria a copa das árvores e desenhava suavemente os perfis das casas. O general se sentiu sossegado.

— Compreendo, meu general, há que dar gosto aos que nos dão.

Julio Pardiñas olhou para ele de soslaio. Suas palavras não o tiraram desse minuto inefável. O oficial se sentiu confuso. De repente, a resolução de Rosas o deixou contente. E viu-o com admiração.

Cumpria a ordem de fuzilar quatro condenados e salvava o irmão de Isabel. Ninguém podia censurá-lo. Tampouco ele, o encarregado do pelotão de fuzilamento. Quis dizer algo agradável e pensou em Isabel.

— E depois dizem que a *querida* é a que não nos quer.

A alusão à Julia rompeu o minuto de sossego. Francisco Rosas virou-se para olhar para ele, jogou o cigarro e ajustou a calça com ambas as mãos.

— Quando chega o esquecimento é que já acabou a vida, capitão.

Em que luzes perdidas do amanhecer flutuaria Julia? Havia fugido para sempre dos amanheceres de Ixtepec. Viu-a nesse instante caminhando os céus de outras praças e o corpo pesou como se ele fosse o fuzilado desse cinco de outubro no campo santo de Ixtepec. Passaram-se uns minutos de silêncio e Julio Pardiñas se arrependeu de suas palavras que haviam trazido Julia até a sacada do quarto. "Deixou-o chateado para sempre", disse a si mesmo, e desejou que terminasse logo a espera junto a Francisco Rosas.

O assistente de Cruz chegou ofegante.

— Meu general, já estão a caminho com o escolhido que é um...

Francisco Rosas interrompeu-o com violência.

— Não importa quem seja! Que se prepare para sair o primeiro pelotão e dez minutos depois você sai com seus presos – acrescentou olhando com desgosto para o capitão Pardiñas.

Os corredores e o pátio de laranjeiras se encheram de idas e vindas, de ordens peremptórias, de vozes e de passos. A morte dos demais é um rito que exige uma precisão absoluta. O prestígio da autoridade reside na ordem e na dispersão de forças inúteis. Até o último dos soldados leva nesse dia um rosto solene e impenetrável. Imóveis, com os rifles no ombro e a baioneta preparada, esperavam a entrega dos presos. O general Francisco Rosas saiu do Comando Militar seguido por um grupo reduzido de ajudantes. A cavalo se dirigiu para o campo santo. As pessoas viram-no sair e passou-se a notícia de boca em boca, de rua em rua.

— Rosas já saiu para o cemitério! – gritaram diante dos balcões de Isabel.

A jovem não ouviu os gritos que vinham da rua. Imóvel, avançava em um espaço onde as noites e os dias eram ilusórios. Fora do tempo, de costas para a luz, decompunha-se em outras Isabéis que tomavam formas inesperadas. O quarto do Hotel Jardín e os objetos que o mobiliavam pertenciam a um tempo do qual havia saído sem mudar de postura. Só eram testemunhas de um passado abolido. O único existente era um futuro fora do tempo no qual avançava como dentro de um previsto final. As vozes da rua entraram amotinadas nos quartos das outras *querida*s. Antonia, impelida pelos gritos, precipitou-se ao corredor e encontrou-se com Luisa que se dirigia ao quarto das gêmeas. Sentadas no chão, as irmãs viram suas amigas chegarem atônitas. Luisa se deixou cair na cama desfeita e passou a mão pelos cabelos opacos. O azul de seus olhos estava sujo como o azul de sua camisola deteriorada. Antonia se pôs junto dela e enfiou a cara no lençol.

— Já foi ao cemitério – repetiu Rosa, incrédula. Então os milagres não existiam? Suas rezas haviam sido ineficazes?... "Talvez ainda chova fogo antes dos disparos..."

— Quero ir com meu pai... – gritou Antonia.

— E a outra?

— Está fechada.

— Pobre Isabel! – gritou Antonia.

— Pobre? Que vá embora, ele não a quer.

— E por que a trouxe? – perguntaram inocentemente as gêmeas.

— Para fazer o mal!... Ele é mau... Mau! – gritou Antonia possuída por uma raiva súbita.

— É verdade, para fazer o mal...

— Mau! Somos iguais a ele e nesta noite a vida começará como antes – sentenciou Luisa.

— Você está enganada; nunca será como antes – respondeu-lhe Rafaela.

XIV

No pátio do Comando Militar posicionavam os presos. O primeiro pelotão se organizou para sair à rua. O padre Beltrán, vestido com a casaca e a calça listrada de Juan Cariño, ocupou seu lugar entre os soldados. Um sargento lhe amarrou as mãos às costas; o sacerdote deixou que o fizesse em silêncio. Sujo e abatido o doutor Arrieta olhou as mãos do padre que começaram a ficar roxas. O mesmo sargento se aproximou dele e com presteza lhe atou as mãos e colocou-o ao lado do sacerdote.

Justo Corona gritou umas ordens incompreensíveis que retumbaram no pátio e o primeiro pelotão se pôs em marcha, passou debaixo das laranjeiras e saiu para a rua de luzes ainda muito suaves. Nós os recebemos em silêncio. "Já os estão levando..." Os olhos que os viam partir não os veriam voltar daquele passeio sem regresso. Envergonhados baixávamos a vista e escutávamos o barulho compassado das botas militares que marchavam monótonas sobre o calçamento de pedra da praça.

Viraram à esquerda e desceram a rua do Correio, procurando o caminho mais curto para o cemitério. As árvores estavam graves com os galhos quietos. Pouco a pouco as vozes foram se levantando:

"Já levaram o padre e o doutor!"

Luisa acariciou a medalha que levava pendurada no peito. Era um gesto inútil: a medalha não a afastava da noite imediata que estava já dentro do hotel.

— Limpe-me as botas! Estão salpicadas com o sangue do padre.

E Luisa obedeceu sem titubear a ordem de seu amante e limpou as botas de Flores até deixá-las polidas como espelhos. Aceitaria sempre a abjeção em que havia caído. "Ninguém cai, este presente é meu passado e meu futuro; sou eu mesma; sou sempre o mesmo instante." Voltou a acariciar a medalha do Divino Rosto e deixou-a deslizar sobre seu peito. Ali estava desde o dia de sua primeira comunhão, tão igual ao dia de hoje que lhe pareceu que era o mesmo.

Quando o primeiro pelotão descia a rua do Correio, apareceu a cavalo o coronel Justo Corona seguido de um grupo de cavaleiros.

O coronel tentou parecer indiferente, mas sua cara contraída e a rigidez de seus ombros denunciavam sua emoção. Já era tarde para que tentássemos libertar os condenados e mesmo assim Justo Corona marchava alerta e olhava de soslaio as sacadas entreabertas e as cortinas abertas para dar um adeus mudo às vítimas. Uns minutos depois o segundo pelotão conduzindo dom Joaquín e Nicolás saiu para a manhã mal desenhada de Ixtepec. Uma escolta reforçada o seguia. Dom Joaquín, amarrado às costas, seguia com dificuldade o ritmo dos jovens e parecia preocupado em manter o passo, como se não quisesse ficar mal em seu último passeio por Ixtepec. Tinha um rosto cansado, mas se poderia dizer que na prisão havia rejuvenescido; um ar infantil presidia seus movimentos. Ao sair para a rua com as mãos atadas às costas, Nicolás olhou para nós com um amplo olhar circular, metade de assombro, metade de alegria; depois levantou os olhos e avançou seguindo o passo.

— Adeus, Nicolás! – gritavam das sacadas à passagem do jovem que caminhava em mangas de camisa. As despedidas o tiravam de seu assombro; espantado se virava e presenteava sorrisos relampejantes. Ao passar em frente à casa de sua tia Matilde baixou os olhos; ali ficavam para sempre ele e seus irmãos jogando em "Inglaterra". Lembrou seus bosques verdes e seus caçadores de casaco vermelho. "Continuarão tão verdes nesta manhã de seca"; chegaram-lhe as frases do teatro confundidas nas vozes de Hurtado e de Isabel; só sua irmã vivia fora de sua memória, segurada de dia e de noite pela sua mão. "Não se pode ficar aqui!..." Embaixo, olhando-os, estavam sua mãe e sua tia sentadas em duas cadeiras iguais; seu pai muito longe detinha os relógios, e apesar de seu gesto os minutos avançavam velozes pelo caminho que levava até o cemitério: "Iremos embora de Ixtepec..."

Dom Joaquín não quis ver as janelas fechadas de sua casa, "ali vivi"; tudo era um sonho, um belo sonho disciplinado onde cada frasco e cada gesto vivia dentro de um minuto exato. A ordem dessa manhã o confundiu, e virou-se para ver o seu sobrinho que também olhava para ele. Que estranho que os dois morressem na mesma hora se seus tempos eram diferentes! Era melhor não dizer nada.

A manhã avançava tênue. As vacas que a essa hora saíam para o campo cruzavam com os condenados. Os cachorros também saíam ao encontro dos militares conduzindo os presos, e latiam irritados um bom tempo às botas dos soldados. Dom Joaquín olhou para eles agradecido: "Oxalá alguém se ocupe deles!", e viu-os procurarem no lixo algo que pôr na boca. Nas casas ninguém havia acendido o fogo. As pessoas olhavam o cortejo; algumas mulheres seguiam o pelotão que levava Nicolás; outras, mais adiante, acompanhavam de longe o padre e o doutor. A casa dos Moncadas estava tão silenciosa como a vejo agora desde esta altura; suas janelas estavam já fechadas guardando para sempre o ar estranho da manhã dos fuzilamentos.

Nicolás e seu tio chegaram às margens de Ixtepec e o capitão Pardiñas dispersou as mulheres que seguiam o cortejo. Só os militares e os presos tomaram o caminho do campo santo.

Por essas paragens Julio Pardiñas deveria proteger a fuga de Nicolás Moncada; de vez em quando o militar se virava para ver o jovem que alheio à sua próxima liberdade caminhava certo de sua morte. Debaixo de um terebinto, o assistente de Cruz esperava com o prisioneiro da prisão municipal. De longe, Pardiñas viu os dois homens fumando sob os galhos da árvore. Do outro lado do rio, a uns cem metros, desenhavam-se as cercas do cemitério; atrás, nas colinas, brilhavam as cruzes minúsculas e azuis sobre a terra amarela.

"Aí vai Nicolás!"

O grito devolveu sua forma às sombras nas quais se desintegrava Isabel. A jovem se pôs de pé e aproximou-se da janela para ouvir melhor os rumores que chegavam da praça. O mesmo grito se empenhou em repetir-se e em cair sobre ela como uma chuva de pedras. Não entendia.

"Já levaram Nicolás ao campo santo!"

Uma voz estranha colada às frestas da persiana entrou em seus ouvidos como se quisesse confiar-lhe um segredo grave. Afastou-se da janela e desconheceu outra vez o quarto em que se achava; encontrou-se em uma paisagem imóvel onde a terra e o céu eram pedra. A porta se abriu com um empurrão.

— Vá pedir a vida de seu irmão! – ordenou Rafaela.

Umas mulheres de olhos de pedra olhavam para ela. Isabel não contestou; nunca as havia conhecido. Lembrou-se de umas serenatas e umas jovens girando na música como rabos de cometas. Ela não havia entrado nesse estrondo de joias e pratos. A desconhecida se aproximou, abotoou o vestido e procurou seus sapatos extraviados entre as roupas atiradas no chão.

— Rosa, vá buscar Gregoria.

Rosa saiu à procura da velha. Os olhos das mulheres esperaram fixos, fora do tempo, como os ponteiros do relógio detidos pela mão de Félix. Entrou a criada.

— Acompanhe Isabel ao campo santo para que peça pela vida de seu irmão.

— Prometeu-a para mim – recordou Isabel.

— Ele a enganou!

Tomaram-na pelo braço e puseram-na em frente ao portão fechado do hotel. As mulheres discutiram com dom Pepe Ocampo, levantaram o ferrolho, abriram as portas e empurraram-na para a rua. Encontrou-se na praça rodeada de um gentio que se movia como um animal informe. Gregoria a pegou pela mão. "Já levaram seu irmão para o campo santo", disseram as bocas até umedecer seu rosto com saliva. "Filha ingrata, seus pais estão chorando a sua desgraça." E os olhos escuros brilharam um instante perto dos seus iluminados com a luz dos sonhos. Não podia avançar: girava sobre si mesma como naquela noite dentro da igreja, em que procurou Francisco Rosas e separou-se dos seus.

— Abram passagem...

Balançada pelo ódio, Isabel perdia o rumo e os minutos se afundavam no ir e vir dos passos e das vozes.

— Abram passagem... – suplicava Gregoria.

Quando alcançaram a rua do Correio, a criada levava as tranças desfeitas e pelas faces de Isabel rodavam lágrimas.

— Anime-se que chegaremos, menina.

Diante delas a rua baixava rápida até a saída do povoado. A luz do amanhecer a afinava convertendo-a em uma espada estreita. Puseram-se a correr e seus passos se repetiram sobre as pedras e os contrafortes como se mil corridas as fossem perseguindo. Os vizinhos por trás das cortinas sorriam. "É a menina Isabel, pobrezinha", suspirou Cástulo que espiava do telhado da casa de dona Matilde. Só Cástulo desejava que Isabel obtivesse a vida de seu irmão; Ixtepec inteira queria que expiasse seus pecados.

Chegaram ao rio. Em outubro a correnteza vai muito baixa, e a irmã de Nicolás o vadeou a pé e saiu do outro lado com o vestido vermelho jorrando água. Gregoria, empapada, viu como o rio levou sua mantilha.

— Não chore, menina, Deus nos fará chegar a tempo...

No campo santo fuzilavam. O general de pé junto a umas tumbas, muito próximo das fossas abertas, presenciava as mortes.

O capitão Flores aproximou-se para dar o tiro de misericórdia ao padre Beltrán e o sangue correu apressado sobre o colarinho duro da camisa de Juan Cariño. À primeira luz da manhã iluminou a cara do sacerdote que havia ficado estranhamente fixa. "Jovens, vocês não têm a razão, por isso cometem crimes..." as palavras do senhor presidente estavam vivas na casaca ensanguentada. Flores tentou não olhar. "Quanta confusão! Por que essa cara estranha deveria morrer com as palavras e o traje do amigo?..."

Dom Joaquín, com os olhos baixos, olhava seus sapatos que afundavam na terra removida que logo cairia sobre seu corpo. "Que estranho estar embaixo; eu sempre caminhei por cima dela." Por que iam escondê-lo fora de hora e com os sapatos postos? O sol saía pontual e ele, em vez de olhá-lo refletido nos muros de seu quarto, estava de pé e com os calçados pretos da festa. "Ainda não me despi...", disse a si mesmo assombrado. Nesse dia havia um desacordo entre as horas e os feitos. "Esta carta é para minha esposa", disse uma voz conhecida, e a frase ficou ricocheteando de tumba em tumba, enchendo a manhã com a frase do doutor Arrieta. As palavras emudeceram com uma descarga mais sonora que a anterior. Dom Joaquín viu que seus sapatos afundavam um pouco mais na terra daquela cerimônia e que a luz avançava suavemente para iluminar o final da festa mais brilhante de Ixtepec.

— Meu general, eu não sou convidado! Eu só sou um ladrão de cavalos!

A ordem da festa de dona Carmen se rompeu com as palavras intrometidas do desconhecido, que junto da fossa aberta para Nicolás Moncada proclamava sua qualidade de não convidado. Uma descarga e um tiro de misericórdia calaram os protestos do intruso. A ordem se restabeleceu e dom Joaquín soube que havia chegado seu turno e que o portão da casa de sua amiga se fecharia para sempre sobre ele. "Tomara que no céu aceitem animais!", e lembrou a triste sorte dos cachorros de Ixtepec.

"Quem os recolherá agora?" e pensou intensamente no céu, tentando imaginar o rosto dos anjos que veria em uns segundos mais. Mas não teve tempo: estirado na terra ensanguentada seus olhos ainda em busca dos anjos protetores dos cachorros quando Pardiñas veio dar-lhe o tiro de misericórdia.

Depois se produziu um silêncio assombroso. O campo santo cheirava à pólvora, os militares calavam diante dos mortos que se esvaíam em abundância e rompiam com seu sangue a harmonia das cruzes azuis e das lousas brancas. As cabeças e os peitos destroçados viviam uma vida intensa e desordenada e o cemitério azul e branco parecia reprovar a sua presença.

Os militares se olharam incômodos. Para que haviam matado toda aquela gente? Haviam cometido um ato estúpido. Francisco Rosas mordeu os lábios.

— Não falta ninguém, não é verdade? – disse para se dar coragem antes de ordenar o enterro das vítimas.

— Falta eu! – gritaram para ele de uma das ruas do cemitério.

Francisco Rosas se virou contrariado: havia reconhecido a voz. Nicolás Moncada, muito pálido, avançava até ele em linha reta. Desconsolado pela presença do jovem, o general buscou os oficiais e encontrou suas caras fadigadas de sangue. "Não aceitou meu perdão..." Empalideceu e bateu com as palmas das mãos nas coxas.

— Ah!... O parecer do capitão Pardiñas dizia que você havia fugido... – disse depois de uns segundos.

Nicolás permaneceu silencioso: Rosas fez um gesto vago e Pardiñas se aproximou do jovem. De costas, o general ouviu o disparo.

Fascinados, os oficiais viram a camisa branca de Nicolás, estirada na manhã, enchendo-se de sangue. Ouviu-se alguém correndo e detrás de umas tumbas apareceu o assistente do tenente-coronel Cruz. Vinha suando e sem fôlego.

— Não se deixou guiar, meu general... escapou e correndo pegou este caminho – disse o homem sem tirar os olhos do corpo de Nicolás.

Francisco Rosas deu um soco violento em uma das cruzes de pedra e sem dizer uma palavra mordeu os lábios.

— Eu digo que ele não gosta da vida... – acrescentou o homem, assustado pela cólera do general.

— Quem não gosta é você, filho da puta! – gritou Cruz enfurecido.

Francisco Rosas olhou para sua mão surpreendido da dor que lhe produziu o golpe. Pensou que ia chorar e voltou a golpear a cruz com mais força. Seus homens esqueceram os mortos para olhar furiosos para o soldado que havia deixado Nicolás escapar. Rosas olhou um instante para o jovem estendido na terra e depois deu as costas. Por que havia de matar sempre a quem amava? Sua vida era um engano permanente; estava condenado a vagar sozinho, deixado ao acaso. Sentiu-se muito desgraçado e pensou com rancor em Nicolás, que com os olhos vidrados da morte via sua derrota. Os Moncadas lhe mostraram o mundo da companhia e quando entrava nele, confiante, arrebatavam-no para deixá-lo só outra vez, entregue ao nada de seus dias. Haviam-no enganado e ele havia jogado limpo. "Nunca mais perdoarei ninguém", disse a si mesmo sentido, e lembrou-se das palavras enganosas de Isabel e o rosto orgulhoso do irmão. Mas algo se havia rompido nele e sentiu que suas bebedeiras seriam só de álcool.

Sua carreira de general do exército mexicano acabava de afogar-se no sangue de um jovenzinho de vinte anos. Em que acreditava Nicolás? Em algo que ele havia entrevisto nessa manhã. Sua vida inteira se precipitou sobre as tumbas silenciosas de Ixtepec; uma sucessão de gritos e de descargas o deixou paralisado; Isabel e Julia se romperam no estrépito dos fuzilamentos, suas noites de serra e seus dias de guarnição saltaram em pedaços. Viu-se de pé, sem rumo nesse campo santo cheirando à pólvora, ouvindo um pássaro que cantava sobre uma das tumbas. Havia cinco mortos estirados a seus pés, e Nicolás olhava suas costas. "E agora Francisco Rosas?", disse com medo de começar a chorar diante de seus subordinados que guardavam silêncio respeitosamente e olhavam para o chão. Mas Francisco Rosas, que não queria a compaixão de ninguém, pôs-se a andar por uma das ruas do cemitério. Nunca pensou que a morte desse pirralho o afetaria dessa maneira.

"Servia para mais... que lástima!", e quis fugir do campo santo onde também ele acabava de morrer. Conteve-se para não correr. "Pior é o ladrão de cavalos", disse para esquecer os olhos de Nicolás.

Nunca mais poderia ver de novo os olhos de Isabel... "Eu não sou convidado, meu general..." E a ele quem o havia convidado para Ixtepec? Também ele era um fuzilado do acaso. Encontrou seu cavalo e saiu a galope a campo aberto. Queria ir-se de Ixtepec, não saber nunca mais dos Moncadas. E correu sem rumo pela manhã radiante que subia da terra cheia de luzes e cheiros, alheia a seus pesares. O coronel Justo Corona a galope pleno o seguia. De longe Isabel e

Gregoria os viram passar. A jovem seguiu com os olhos o cavalo de seu amante correndo sobre a luz dourada de outubro.

— Está fugindo. – E deixou-se cair sobre uma pedra. A desconhecida do Hotel Jardín que lhe havia abotoado o vestido tinha razão: havia enganado-a.

— Sim, minha menina, vai fugindo... – Gregoria se acomodou junto a Isabel e chorou com a doçura dos que conhecem a desgraça e aceitam-na. Voltou-se para suas lágrimas, sem olhar para Isabel, perdida em uma solidão sem pranto. Não só chorava pelos Moncadas: uma desgraça encadeava outra desgraça, e poucas vezes Gregoria tinha tempo de recordá-las e chorá-las.

XV

O sol se levantou com força e o campo se encheu de cantos de cigarras e zumbidos de víboras. Já tarde, depois de enterrar os fuzilados, os soldados regressaram ao povoado. No caminho encontraram duas mulheres sentadas nas pedras e ao reconhecer Isabel afastaram-se depressa. Gregoria foi a sua procura. Queria saber o que havia ocorrido no cemitério. Voltou com Isabel e a jovem lhe produziu medo: via-se muito estranha vestida com seu traje de baile vermelho sentada no meio do campo. Não se atreveu a contar o que lhe haviam dito os soldados. Olhou-a um longo tempo. Em que pensava essa última convidada da festa de Ixtepec, coberta de sedas vermelhas? Da noite iluminada com luzes de Bengala só sobrava o vestido vermelho secando-se ao sol sobre as pedras.

— Ele a quer muito, minha menina...? – perguntou assustada.

Isabel não respondeu. Gregoria, inquieta, tocou-lhe o joelho: queria quebrar o feitiço dessa manhã, igual em aparência a todas as manhãs.

— É um pecado, minha menina – E Gregoria olhou para o campo santo onde estavam Juan e Nicolás.

— Você já não tem casa...

Nenhuma palavra podia comover Isabel; estava endemoniada.

— Tampouco pode voltar ao hotel...

A velha teve a impressão de que Isabel não a ouvia e ela queria levantar-se e ir embora desse lugar que a ensurdecia com seu silêncio.

— Vamos ao santuário, minha menina; ali a Virgem lhe tirará do corpo de Rosas.

Suas palavras giraram no mundo sem ruídos de Isabel. O futuro não existia e o passado desapareceria pouco a pouco. Olhou o céu fixo e o campo imperturbável e idêntico a si mesmo: exato, limitado por montanhas tão permanentes como esse dia exato, limitado por duas noites iguais. Isabel estava no centro do dia como uma rocha na metade do campo. De seu coração brotaram pedras que corriam por seu corpo e tornavam-no imóvel. "Como estátuas de marfim, uma, duas, três...!" A frase da brincadeira infantil chegava-lhe sonora e repetida como um sino. Ela e seus irmãos ficavam imóveis ao dizê-la, até que alguém a quem haviam indicado em segredo passasse por ali, tocava-os e quebrava o encantamento. Agora ninguém viria para desencantá-la; seus irmãos também estavam imóveis para sempre. "Como estátuas de marfim, uma, duas, três...!" As palavras mágicas se repetiam uma e outra vez e o dia também estava imóvel como uma estátua de luz. Gregoria falava desde um mundo leve e móvel que ela já não acompanhava. Olhou-a sem pestanejar.

— Vamos, minha menina.

A velha se pôs de pé e pegou Isabel pelo braço. A jovem se deixou levar e as duas tomaram o caminho do santuário no qual me encontro agora e desde o qual me contemplo. Daqui as vejo fazerem a volta no povoado, pois Gregoria não quis atravessá-lo: deu-lhe medo que vissem Isabel e que Isabel os visse. E foram me rodeando, caminhando pelas fraldas dos cerros que me guardam. Lá pelas cinco da tarde sentaram embaixo de um terebinto; o calor as fez buscar uma sombra. Gregoria recordou que perto dali vivia Enedino Montiel Barona, o mais sábio e o mais cortês de meus moradores. Agora seu casebre é somente um monte de pedras e há muito que morreram suas pombas e que Gregoria deixou Isabel debaixo do terebinto para ir pedir um socorro. Enedino, como bom pobre, deu-lhe o que tinha: um punhado de tortilhas, um pouco de sal e uma moringa de água fresca. Isabel bebeu a água e Gregoria polvilhou de sal as tortilhas e comeu-as com gosto. A essa hora ninguém havia perguntado por elas. Em Ixtepec o dia passava agoniado de desgraças e cada um se voltava para si mesmo esperando o final daquelas horas que pareciam não querer ir embora de minhas esquinas.

— E a Virgem poderá apagar esta manhã?

— Com o favor de Deus, mas não há que pensar nem uma vez em Francisco Rosas, minha menina. Há que ir com o pensamento voltado para a Virgem, e quando chegarmos a seus pés ela se lembrará de nós e ao descer a encosta esse homem haverá ido para sempre de seus pensamentos; ali a Virgem o segurará com suas próprias mãos.

Isabel escutou-a com atenção e observou como mastigava sua tortilha. O nome de Rosas lhe era apenas familiar; seu passado fugia de sua memória; só ficava essa manhã formada por coincidências assombrosas reduzida a Gregoria comendo sua tortilha.

Levantaram-se e continuaram seu caminho. Lá pelas sete da noite as duas vinham subindo a encosta que agora olho. Gregoria rezava em voz muito alta e de repente suas palavras tomaram formas de cones azuis, lagartixas sorridentes e pedaços enormes de papel que dançaram em frente dos olhos de Isabel... "Matou Nicolás. Enganou-me... Rosas me enganou."

Disse Gregoria que a menina Isabel se virou para olhar para ela com olhos espantados. Levava sangue nos joelhos, o vestido vermelho rasgado e pó cinza nos cachos. O sol estava se afundando e seu último resplendor alaranjado tirou reflexos sombrios da seda vermelha. A jovem ficou em pé e pôs-se a correr encosta abaixo.

— Ainda que Deus me condene quero ver Francisco Rosas outra vez!

Sua voz sacudiu a colina e chegou até as portas de Ixtepec. De seus olhos saíram raios e uma tempestade de cachos negros lhe cobriu o corpo e levantou-se um redemoinho de pó que tornou invisível a mata de cabelo. Em sua correria para encontrar seu amante, Isabel Moncada se perdeu. Depois de muito procurá-la, Gregoria a encontrou estirada muito abaixo, convertida em uma pedra, e aterrorizada se benzeu. Algo lhe dizia que a menina Isabel não queria se salvar: estava muito ligada ao general Francisco Rosas. Gregoria se aproximou da pedra maldita e dirigiu-se a Deus pedindo-lhe misericórdia. Gregoria passou a noite toda empurrando a pedra encosta acima para deixá-la aos pés da Virgem, ao lado dos outros pecadores que aqui jazem; até aqui a subiu como testemunha de que o homem ama seus pecados. Depois desceu a Ixtepec para contar o ocorrido.

Passada a meia-noite Juan Cariño saiu da prisão e cruzou o povoado. Não quis aceitar a liberdade até saber que ninguém caminhava pelas minhas ruas. Não queria que o vissem vestindo a batina; parecia-lhe uma ofensa a seus amigos mortos. Os golpes da aldrava sobressaltaram as *cuscas*. Já haviam esquecido de sua existência e assustadas perguntaram por trás da porta:

— Quem é?

— Um que já se foi – respondeu o louco aceitando sua condição futura de fantasma.

XVI

 Passaram-se as semanas e os meses, e como Juan Cariño nós nunca mais voltamos a ser nós mesmos. Também Francisco Rosas deixou de ser o que havia sido; bêbado e sem se barbear, já não procurava ninguém. Uma tarde foi embora em um trem militar com seus soldados e seus ajudantes e nunca mais soubemos dele. Vieram outros militares para presentear terras a Rodolfito e a repetir enforcados em um silêncio diferente e nos galhos das mesmas árvores, mas ninguém, nunca mais, inventou uma festa para resgatar fuzilados. Às vezes os forasteiros não entendem meu cansaço nem meu pó, talvez porque já não tenha ninguém para falar dos Moncadas. Aqui segue a pedra, memória de minhas dores e final da festa de dona Carmen B. de Arrieta. Gregoria lhe pôs uma inscrição que agora leio. Suas palavras são rojões apagados.

 "Sou Isabel Moncada, nascida de Martín Moncada e Ana Cuétara de Moncada, no povoado de Ixtepec a primeiro de dezembro de 1907. Em pedra me converti a cinco de outubro de 1927 diante dos olhos espantados de Gregoria Juárez. Causei a desgraça de meus pais e a morte de meus irmãos Juan e Nicolás. Quando vinha pedir à Virgem que me curasse do amor que tenho pelo general Francisco Rosas que matou meus irmãos, arrependi-me e preferi o amor do homem que me perdeu e perdeu minha família. Aqui estarei com meu amor a sós como lembrança do porvir pelos séculos dos séculos."